梁緣成蓁

1

文創風 677

北棠 著

目錄

序

北棠

關於寫作，其實是一場意外。

生命中有一道牆，偶爾會有裂縫出現，如果能及時找到並穿過這道裂縫，可能就是另外一個世界。

於我，就是偶然穿過那道關於寫作的裂縫，從此成為一名言情小說作者。

關於寫這本書，也是一場意外。

一開始只是想寫一個溫潤如玉、溫柔專情的書生。他身材頎長，面如冠玉，有禮有節，心懷善意，遇到一個值得珍愛一生的姑娘，最終花好月圓，喜結良緣。

後面創作過程中，給人物加入了一些設定，使他們變得鮮活。

但我想描寫的，並不僅僅是一個愛情故事。書生讀的是聖賢書，為的是萬世開太平。

這本書的創作過程並不輕鬆，一是因為自身知識和寫作水準的局限，二是自己想要描述給讀者的，很多時候並不能描述完整，有時會寫得很痛苦。

但更多的是感動與快樂。為女主終於覓得良人，為書生得勢兼濟天下。

僅以百年之約，梁緣成蓁。

第一章

青州容縣。

新上任的林縣令不過二十四、五歲，相貌堂堂，一表人才。剛到任，容縣的仕紳、商客們就巴巴地給林縣令遞帖子，林縣令都一一婉拒了。

百姓都說容縣終於等來了青天大老爺。

果然，這青天大老爺勵精圖治，愛民如子，很快就贏得一片讚揚，在容縣風評極佳。百姓都道林縣令兩袖清風，作風清廉，敬老愛幼，菩薩心腸。林縣令身邊有個美豔動人的林夫人，見面的人都會欽羨一聲。「林夫人您嫁得真好！林大人年紀輕輕，前途不可限量！」

林夫人並不接話，只是抿嘴淺淺一笑。

百姓不知道的是，他們見到的「林夫人」，不過是個鳩占鵲巢的姨娘。

丫鬟如意走進堂屋，就見主子正坐在一張小凳上縫衣服。

如意走過去，輕輕說道：「小姐，您歇一會兒再做吧！」

沈蓁蓁抬起頭，就見如意站在她面前。

如意看著小姐身上穿的粗布衣裳，原本纖細秀美的雙手，已被磨得粗糙變形，看著這樣的小姐，如意淚意上湧，面上卻強扯出笑來。

「不礙事，總歸是閒著。」沈蓁蓁笑笑，又低下頭去，繼續縫著衣服。

如意見勸不了小姐，無奈地搖搖頭。「小姐，我去備飯了。」

大廚房那邊不會給她們準備飯食，只能自己做；但她們住的偏院並沒有灶房，做飯的地方都是自己用磚頭簡易搭建的。

如意走出去沒多久，就來了一個不速之客。

「好久不見，姊姊可安好？」一聲嬌笑傳來。

沈蓁蓁抬起頭，就見杜月茹穿著一身玫紅色的對襟側金盞紋紗裙，梳著花鬟，頭上戴著一枝嬌豔的白玉蘭，妝容精緻，嫋嫋婷婷地倚在門上。

換作以前，沈蓁蓁可能會刺她幾句，但現在，她只是看了一眼又低下頭去。

杜月茹見沈蓁蓁不理會她，也不生氣，兀自走進屋。「姊姊這屋好生陰冷，姊姊還是去院子裡做衣服吧！」

沈蓁蓁沒有抬頭。「不知杜姨娘來我這裡，有何貴幹？」

杜月茹聽見「姨娘」兩字，臉色扭曲了一瞬，又很快掩飾下來。

「瞧姊姊說的，我這不是閒著無事，來看看姊姊嗎？」杜月茹說完，在一旁的桌子邊坐下。

沈蓁蓁心裡冷笑一聲，沒有再接話。

杜月茹又說道：「姊姊來容縣這麼久，還沒出過門吧？夫君最近太忙了，沒能顧得上姊姊，回頭哪天姊姊有空，妹妹帶著姊姊出門逛逛可好？」

沈蓁蓁像是沒聽懂杜月茹話裡的暗諷。「不麻煩姨娘了，姨娘要是沒別的事就請吧！我這屋子陰暗，怕姨娘待久了對身體不好，累得姨娘以後懷不上子嗣。」

杜月茹聽到「子嗣」兩字，臉色僵了一瞬，又恢復過來。「我茶都還沒喝呢！姊姊怎麼就請人走了？」說完自顧自倒了一杯水，沒有茶，壺裡裝的是水。

沈蓁蓁低著頭做衣裳，沒有看她。

杜月茹很快就匆匆走了，沈蓁蓁抬起頭，看著一身富貴打扮的杜月茹走出門。她心裡無悲無恨，今天這一切都是她自己求來的，能怪得了誰？

沈蓁蓁放下衣服，看見桌上杜月茹倒的那杯水。

她確定杜月茹一定沒有喝這杯水，但她心裡還是膈應，便走過去，將粗瓷茶杯連水一起扔出門外。

杯子碎裂的聲音傳來，沈蓁蓁突然清醒過來，自嘲一聲。

自己這是在幹什麼？

她伸手倒了一杯水，水已經涼了，她兩口喝下去，正想倒第二杯，卻感覺有些不對勁，這水的味道似乎有些澀。

沈蓁蓁放下杯子，突然感到肚子一陣劇痛，接著便跌坐在地上。她剛想呼救，卻發現自己已經發不出聲音。

痛感越來越強烈，似乎五臟六腑都被融化一般。她感到一陣嘔意，張嘴吐出血來，一吐就止不住。
沈蓁蓁不停地嘔著血，心裡明白過來。
那水……是杜月茹！
漸漸地，她感到渾身力氣彷彿流盡一般，再支撐不住，倒在地上。
不知過了多久，沈蓁蓁似乎感覺不到痛意了，這半生如走馬燈，浮現在她眼前。
那個還是涼州第一富戶沈家千金的她，親人視為掌上明珠，嬌生嬌養。
沈蓁蓁似乎看到了那個嬌媚如花的姑娘，像是杜月茹頭上戴著的那枝純粹的白玉蘭，她微笑了一下。
至死，她都沒有想到那個男人。
等如意做好飯，進房來請沈蓁蓁用飯時，就看到自家小姐躺在地上，滿地的鮮血將她的衣裳染紅，嘴邊還流著血，臉上卻掛著一絲微笑。
杜月茹忐忑地坐在房裡，強壓下心裡的不安。搖籃裡，她的兒子安哥兒開始哭鬧，杜月茹更加煩亂，吩咐奶娘帶著安哥兒出去玩一會兒。
秋凌走進房來，輕聲說道：「夫人，偏院那位死了。」
杜月茹倏地站起身。「死了嗎？」
秋凌點點頭。「不知怎地，突然就死了，聽說還嘔了好多血，怕是突染惡疾。」說完笑了一聲。「恭喜夫人！」

正房死了，她的主子就能扶上正位了。

杜月茹卻跌坐在椅子上，擺擺手，讓她出去。

秋淩感覺夫人的反應有些奇怪，但她還是依言出去了。

秋淩雖是杜月茹的心腹，但這件事，從頭到尾只有她自己知道。

杜月茹愣了半天，復又笑起來。心裡鬱結多年的氣驟然散了，要不是她沈蓁蓁橫插一腳，她早就是名正言順的林夫人，會做這麼多年的姨娘？

杜月茹心情放鬆下來，坐在黃銅鏡前，梳了個妝。

她從首飾盒裡取出一支髮簪，剛要插上，想起這是那死鬼的陪嫁之物，心裡膈應起來。

她翻著首飾盒，想將首飾盒裡原本屬於沈蓁蓁的首飾都挑出來拿去當掉，挑到最後，首飾盒裡只剩下寥寥幾支簪子，妝檯上滿滿一堆都是沈蓁蓁的首飾。

沈蓁蓁醒來時，四周密不見光。

她感到頭有些昏疼，外面傳來嘈雜的聲音，卻聽不真切。她四處摸索著，四壁都是牆，卻不像是棺材，突然，她感覺自己摸到一扇門，一腳踢開，彎腰走了出去。

外面倏地安靜下來。

驟然暴露在陽光下，她有些睜不開眼。

耳邊傳來一道呼聲。「哎呀！沈小姐，您不能下轎啊！蓋頭呢？如意，快把小姐的蓋頭找來！」

沈蓁蓁轉過頭，瞇著眼看清了眼前的女人，是她成親時的媒人。

「沈小姐，您別擔心，不就是花轎斷了根轎杆嗎，您在轎上稍微等等，已經派人去準備新的花轎了。」

沈蓁蓁愣愣地看著滿臉脂粉的劉媒人嘴一張一合。她這是在哪兒？

她看向四周，這是一隊迎親的儀仗隊，人人都穿著喜慶的大紅衣裳。旗鑼傘扇，還有手拿嗩吶鑼鼓的禮樂儀隊，街邊站滿了圍觀的百姓，正在議論紛紛。

「小姐，快將蓋頭蓋上！」

如意焦急的臉出現在她面前，想要為她蓋上蓋頭，卻被她伸手阻止了。

「如意？」沈蓁蓁難以置信地睜大眼，看著眼前面色紅潤、梳著俏麗雙丫鬟的如意，她還是活潑鮮活的模樣，跟在林家生活幾年後的面黃肌瘦大相徑庭。

「小姐，您怎麼了？」如意緊張地看著她。

「如意，我們這是在哪兒？」沈蓁蓁喃喃問道。

如意瞪大了眼睛。「小姐？我們是在送嫁的路上啊！」

沈蓁蓁愣愣地看著一身玫紅對襟俏色小襖的如意，緩緩低下頭，就見自己身上穿著那件金絲繁錦五喜嫁衣。這件嫁衣是她親手繡的，一針一線都是滿滿將嫁他為妻的歡喜。

只是這件嫁衣，明明已經被心死的她燒掉了。

劉媒人在一旁看著摸著嫁衣發呆的沈蓁蓁，不禁擔心起來。這沈小姐莫不是中邪了吧？

轎杆都能好生生地斷了，說不定……

劉媒人打了個寒顫，不敢深想下去。

「沈小姐啊！咱先上轎等。」劉媒人扯出笑，扶住沈蓁蓁的手臂，想將她扶上轎。

沈蓁蓁愣愣地由劉媒人扶著走了兩步，看到背後那頂罩著大紅色綾羅紅綢的花轎，上面用金絲銀線繡著各式吉祥花紋，四角繫著珍珠大紅流蘇。轎後是一隊抬著嫁妝的妝奩隊伍，前面幾個妝奩盒子敞開著，裡面裝滿了各式金銀飾品。

花轎佈置得極為豪奢，卻怪異地齊齊斷了一根轎杆。

沈蓁蓁死死盯著那根轎杆，握緊了手。這是她前世成親的那天！為什麼她會回到這一天？她怎麼都不會忘了她人生悲劇伊始的這天，因為這根轎杆在迎親路上斷了，林家人嫌她晦氣，從她進了林家後，便對她百般刁難。

不，悲劇是從她哀求母親請媒人去林府問親時就注定了。

陽光照在沈蓁蓁身上，暖洋洋的，那麼真實。

如意見小姐突然掉下淚來，有些慌亂地抽出手帕，給沈蓁蓁拭著眼淚，可沈蓁蓁的眼淚卻像斷線般止不住。

「小姐，您怎麼了？」

劉媒人也輕呼道：「我的小姐啊！您這是怎麼了？大喜事可不興哭啊！」

劉媒人心中暗嘆倒楣，她做媒人二十多年，轎杆在半路斷了還是頭一遭。沈家是涼州數一數二的富貴人家，獨女出嫁，這花轎木料肯定是名貴的好料，怎麼好生生地就斷了呢？

沈蓁蓁抱住如意，哭得止不住，像是要將前世所有受過的委屈都發洩出來般，身子忍不住打顫。

如意從沒見過小姐如此痛哭，伸手輕輕拍著沈蓁蓁的背。「小姐，沒事、沒事……」圍觀的百姓見沈蓁蓁突然大哭起來，竊竊私語。沈家大小姐莫不是中邪了吧？

良久，沈蓁蓁停止哭泣，臉上的妝都糊成一團，如意用手帕幫她擦拭。

沈蓁蓁眼眶紅腫，不停打著哭嗝，眼神卻堅定起來。

既然上天讓她重活一世，她無論如何都會好好珍惜，絕不會……絕不會再嫁進林家！

「這是怎麼了？」

沈蓁蓁身後傳來一句清冷的詢問，她的心驟然一顫。這聲音的主人，她太熟悉了！

她僵硬地轉過身，就見林行周穿著一身紅綢喜衣，胸前綁著大紅喜花，玉樹臨風地站在她面前，稜角分明的臉上卻滿是冷漠，夾雜著一絲不耐煩。

林行周長了一副冠玉般的臉，她前世就為了這麼一張臉，甘願委屈半生。

林行周看著沈蓁蓁紅腫的雙眼和凌亂的妝容，沒有半分憐惜，強壓著不耐煩，問道：「沈小姐這是怎麼了？」

沈蓁蓁將他眸中的不耐煩看在眼底，為什麼前世的她，看不到他的嫌棄，甘願將一生埋葬進去？

沈蓁蓁沒有說話，突然伸手將頭上的鳳冠扯下，狠狠擲在地上。鳳冠在地上滾了兩圈，幾顆珍珠彈落下來，滾進人群裡，引來一陣瘋搶。

「小姐！」

如意被沈蓁蓁這突如其來的舉動嚇得捂住嘴，劉媒人則張大嘴，驚得說不出話來。

林行周臉上帶了些怒容。「沈小姐這是做什麼？」

沈蓁蓁卻不管周圍的動靜，看著林行周，冷冷說道：「這門親事，就此作罷！」

如意已經驚得說不出話。這門親事是因為小姐看上了林行周，求夫人請人上林家問親才求來的，這會兒小姐卻無緣無故說要退親？

「沈小姐可知道自己在說什麼？」林行周滿臉怒容，聲音冰冷。

沈蓁蓁看著林行周冷漠的眉眼，笑了下，一字一句地道：「我說，這門親事作罷！」說完又補充道：「放心，已經送去林家的那些家具、妝奩，不會再要回來，就當是退親的補償。」

林家人有多貪婪，沈蓁蓁前世已經深切體會過，前世明明瞧不起她商戶之女的身分，卻為了錢財，讓林行周娶了她。

林行周怒極反笑，連說了幾個好。「沈小姐要退親，那就退吧！」說完轉身招呼幾個林家的人，頭也不回就想走。

「且慢！」沈蓁蓁阻攔道。

林行周頭也沒回，她再後悔已經晚了。

「不如趁著劉媒人在，將退親書寫給我吧！免得回頭這樣、那樣的麻煩。」沈蓁蓁迅速說道。

林行周以為她是後悔了才叫住他，沒想到是要退親書！

林行周轉過身，冷冷道：「退親書我會寫好送去沈家。」鬧到這分上，難道誰還會反悔不成？

沈蓁蓁卻知道，如果這會兒不逼林行周寫下退親書，以後不知道要給林家多少好處，才能讓他們將退親書交出來。

「想必林公子以後也不想再跟沈家有任何牽扯，現在將退親書寫了不正好嗎？林公子若是將退親書寫了，我這些嫁妝，隨林公子挑選。」

沈蓁蓁深知林行周有一股自恃讀書人的清高傲氣，說這些不過是在激他。

林行周果然氣得渾身發抖，二十年來，他還沒有受過如此羞辱。

嫁妝裡就有筆墨紙硯，沈蓁蓁吩咐如意去取來。

「小姐！」如意著急地看著小姐，不明白小姐到底怎麼了，非要退親不可。

「快去！」沈蓁蓁面色嚴肅地喝道。

如意見小姐面色堅決，只好去了。

林行周臉色通紅，氣得說不出話來。不管圍觀百姓的議論聲，等如意將筆墨紙硯端過來，便一把搶過去，胡亂磨了幾下墨，就著顏色還淡的墨水，刷刷幾下寫好退親書。

沒有朱丹，他咬破拇指，摁下手印，將退親書扔給沈蓁蓁。

劉媒人急得直跳腳，在一旁勸著，兩邊都不為所動。

林行周寫好退親書後，就欲翻身上馬。

劉媒人趕忙上前攔住，賠笑道：「林公子啊！婚姻大事豈可兒戲，說退就退？林公子消消氣，沈小姐這是捨不得家中親人呢！當不得真。」

林行周甩開劉媒人的手。「既非兒戲，退親這話豈可輕易說出來？覆水難收，就如沈小姐所說，這門親事就此作罷。」說完想要翻身上馬，誰知怒氣上湧，沒有踩穩馬鐙，踉蹌一下險些摔倒。

沈蓁蓁面無表情地看著林行周怒氣沖沖地騎馬而去，沒再提讓他挑嫁妝的事。

劉媒人見林行周走了，轉身看見沈蓁蓁無動於衷的臉，心裡也是怒火上湧。沈大小姐什麼時候提退親不好，非得走到半路才說退親，這不是在砸她劉媒人的招牌嗎？

「也麻煩劉嬸子摁個手印吧！」沈蓁蓁道。

鬧到這種地步，劉媒人也知道，這親事黃了。

路邊有好事者不知從哪裡找來朱丹，扔了過來。劉媒人在林行周的血手印旁，摁下了手印。

沈蓁蓁鄭重地在退親書上摁下手印，看著手裡的退親書，心裡真正地放鬆下來，真心實意地笑著道謝。「多謝劉嬸子成全。」

劉媒人看著沈蓁蓁臉上的笑，搖搖頭。沈家小姐怕真是中邪了！

沈府。

道賀的賓客歡聚一堂，觥籌交錯間，沈老爺一臉不豫地走到大堂門前，拱手沈重道：

「今日承蒙諸位賞臉，只是沈某那不孝女竟在半路私自退親，我沈家世代家風嚴謹，沈某實在沒臉再多說。事已至此，沈某無顏再留各位，過後沈某一定登門致歉，實在是對不住諸位親朋好友。」說完，深深朝院裡一拜。

來賓驚訝之情溢於言表，剛剛歡歡喜喜出嫁的沈家小姐，竟然自己半路退親？雖然難以置信，但這種事，沈老爺不可能說笑。

眾賓客都識趣地起身告辭。

沈老爺低著頭站在正院門口，不停致歉，臉上皺紋深深，滿是頹喪。

送親的儀仗隊回到沈府時，賓客已經走了大半，剩下的賓客見送親儀仗隊果然回轉了，真正與沈家交好的人家都趕快離開，以免讓沈家人難堪，其餘的人磨磨蹭蹭地在沈府大門口徘徊不走，等著看熱鬧。

沈蓁蓁下轎後，站在沈府門前，愣愣地看著大門上方的「沈府」兩字。

上輩子出嫁後，林家便舉家遷往長安，好讓林行周安心備考，除了回門那天，整整五年，她再也沒能回來。

可這會兒沈府大門緊閉，一個僕人上前敲門，沒人應答。

沈府廳堂裡，氣氛很是壓抑，坐在上首的沈老爺臉色沈得快滴下水來。

沈母小心翼翼地說道：「老爺，把蓁兒關在外面不妥，先將她接進來再說吧！」

沈老爺「啪」地一下，將桌上的茶杯摔到地上。「我沈家的臉都被她沈蓁蓁丟盡了！接進來？只怕我沈家先人的棺材板都要壓不住！我沈家沒有這麼不守婦道的女兒！福貴、福貴！」

門外的管家聽到老爺叫他，連忙快步走進廳來。

「老爺。」

「你去告訴那個不孝女，從此以後，我沈家只當她死了，讓她去別處安生吧！我沈家與她再無瓜葛！」頓了頓又說道：「那些嫁妝，我沈家也沒臉再收回來，讓她自己帶走。」

廳裡眾人大驚失色，沈蓁蓁的二哥沈嘉輝急道：「爹，您說什麼呢！再怎麼說，小妹她都是沈府的小姐！」

沈母驚道：「老爺，您怎麼能說出斷絕關係這種話來！」

沈老爺怒喝道：「我今天說的話，你們都聽好了，以後我沈府沒有什麼小姐！福貴，你還愣著幹什麼，快去！」

福貴猶豫片刻，見老爺盛怒，只好應聲出去了。

沈嘉輝站起身來，欲跟著福貴出去。

沈老爺喝道：「你想去哪兒？回來給我坐下！」

沈嘉輝轉過身，看著父親。「您真的不肯認小妹了嗎？」

「我沒臉認她，你給我回來坐下！」沈老爺怒不可遏地喝道。

沈蓁蓁的二嫂肖氏趕忙走過去，拉住沈嘉輝，輕聲道：「公公他只是一時著急上火，哪會真捨得跟小姑斷絕關係？夫君別頂撞公公，等公公氣消了，再慢慢商議。」

肖氏說得在理，沈嘉輝也擔心父親會氣出什麼好歹，只好回去坐下了。

沈蓁蓁等了很久，都不見有人來開門，旁邊圍觀的人指指點點的，沈蓁蓁心一沈再沈。

在別人眼裡，她退親退得毫無道理，讓沈府蒙上天大的羞，還傷透父母的心。退了親的姑娘有什麼好結局呢？不是長伴青燈古佛一生，就是嫁給鰥夫。

半刻後，沈府大門開了一條縫，福貴從裡面出來，快步走向沈蓁蓁。

沈蓁蓁看著福貴親切熟悉的面容，眼眶不禁一熱。前世後來家道中落，樹倒猢猻散，福貴卻留了下來，還曾千里迢迢和她二哥去京城看望過她。

「福伯。」沈蓁蓁話音剛落，眼淚就忍不住流了下來。

沈蓁蓁是福貴看著長大的，這會兒見小姐委屈地掉下眼淚，心裡也很難受。

福貴輕聲說道：「小姐受委屈了。小姐，您先去城南別苑裡住幾天吧！」

沈蓁蓁倏地抬起頭。「爹爹他……他是不是不願意認我了？」

福貴沒有正面回答。「老爺他正在氣頭上呢！小姐您聽我的，馬車我已經安排好了，您先去別苑住幾天，等老爺氣消了再回來。」

沈府門口圍觀的百姓越來越多，沈蓁蓁不怕自己被議論，可是她不願意牽連到家人。幾輛馬車從後門繞道駛了過來，福貴又派人將嫁妝裝車，沈蓁蓁怔怔地站在沈府門口，透過那條門縫，只能看到前院一角。

她突然跪下，朝沈府大門磕了三個響頭。

福貴吩咐完其他僕人，轉過頭就看到一身紅嫁衣的沈蓁蓁磕頭這一幕，心裡突然一凜。

小姐這是……

沈蓁蓁深深看了一眼面前氣派的沈府大門，轉身彎腰進了馬車。

福貴站在原地，看著車隊消失不見，心裡卻惴惴不安。小姐跪地磕頭那幕，讓他有些心神不寧。

福貴進了正房回話。「老爺，小姐已經走了。」

原本臉色陰沈的沈老爺怔了一下，隨後站起身來。「以後，我沈家再無小姐，你們記住了。」說完走出正房，像是洩了氣一般，整個人都佝僂了幾分。

福貴見老爺走了，走到沈嘉輝身邊，輕聲將沈蓁蓁跪地磕頭的事說了。

沈嘉輝大驚失色。小妹這是在作別，難道她會想不開？

他立即衝出門，等他追至城南別苑，運嫁妝的馬車已經到了，卻不見沈蓁蓁的蹤影。

他帶著別苑其他下人，瘋狂在城中四處找尋，卻怎麼都找不到人。

沈嘉輝慌忙回到沈府，想帶更多人手去找，福伯遞了封信給他，是趕馬車的下人帶回來的。

沈嘉輝急忙拆開，匆匆讀完，鬆了口氣又提起心來——小妹竟想要離開涼州？她從小到大都沒有離開過涼州城，這會兒匆匆忙忙的，她一個弱女子能去哪兒？

沈嘉輝打算出門去追，福貴道：「小廝說小姐已經登船走了，二爺現在去也追不上小姐了。」

沈嘉輝頹然停下腳步。

小妹為何離開，他其實都知道，無非是想以離開的方式，盡快讓這場風波平息下來。

沈蓁蓁站在船板上，看著涼州越來越遠。

她原本沒想今天就走，只是路過南港時，突然想要馬上就走，她怕再停留，想要離開的決心會因不捨而磨滅。

臨近盛夏，河風帶著一絲暖意。

清風從她耳旁掠過，浪花打在船舷上，呼呼作響。兩岸青山慢慢遠退，河風揚起她幾絲秀髮。

沈蓁蓁微微張開手，這是活著的感覺。

她回到船艙，剛打開門，在房裡看守行李的如意便出聲叫她，聲音裡帶著一絲慌亂。

「小……夫君。」

沈蓁蓁走過去，伸手摟住如意。

「如意，妳怕不怕？」

如意怎麼也想不到，小姐竟會突然遠走他鄉。路過南港時，小姐突然叫了停，吩咐她去買兩套棉布成衣，在馬車裡換下身上的嫁衣。兩人扮作出遠門的年輕夫妻，隨意上了碼頭上將開的一艘客船。

如意搖搖頭。「如意不怕。」

沈蓁蓁看著強撐著說不怕的如意，安撫似地對她笑了笑。如意怎麼會不怕呢？連她自己都不知道要去何方。

兩天之後的傍晚，船停靠在一處小城，稍作歇息。

沈蓁蓁站在船舷上。港口處停著許多小船，滿載歸來的漁民們，站在船上唱著漁舟小調。

「雲裡游，天上走，畫中人家笑聲流。漁歌當香啊！魚群追著走。啊！水上更比水中美呀……笑聲淌進花雨樓，花雨樓……」

沈蓁蓁看著日暮下的漁舟晚唱，撐著竹篙的漁民們滿臉笑容，一股輕鬆自心底升起來。

如意被慌忙跑進船艙的沈蓁蓁嚇了一跳。

「小姐？」

沈蓁蓁顧不上多說。「快，如意，我們就在這裡下船。」一邊說邊收拾行李。

「啊？」如意被這突如其來的決定弄得有些慌亂，但還是跟著一起收拾行李。

緊趕慢趕的，終於在船開之前，將東西都拿下船。

如意提著東西，問道：「小姐，我們要去哪兒啊？」

「先找個地方住下吧！」

沈蓁蓁帶著如意，提著兩包東西，找到一家客棧。

兩人剛進門，一個店小二就迎了上來。「兩位客官，請問是打尖還是住店啊？」

沈蓁蓁道：「住店，開一間上房。」

「好，客官您稍等。」說完轉頭對櫃檯後的掌櫃唱喏。「掌櫃的，一間上房。」
掌櫃衝著兩人和善地笑了笑。「客官須交一兩押金，押金在您退房時會退還給您。」
沈蓁蓁點點頭，從懷裡取出荷包，湊了一兩碎銀遞過去。雖然大齊國內安定，但出門在外還是要謹慎點，故沈蓁蓁荷包裡只裝著幾兩碎銀。
掌櫃從牆壁上取下一塊竹牌，遞給她。「這是房牌，客官您拿好。」
沈蓁蓁接了過來，小二接過她們手裡的包袱，領著她們往樓上走。
「兩位客官請跟我來。」
沈蓁蓁轉身拉住如意的手。「娘子，小心樓梯。」這話表明了兩人之間的關係。
如意已經被沈蓁蓁一口純正的官話驚得說不出話來。小姐什麼時候學會官話的？
「小二哥，我與夫人出門在外，路經貴地，感覺這裡山清水秀，人傑地靈，有意在這裡居住一陣，小二哥可否給我們講講這裡的風土人情？」
小二笑道：「原來如此。咱們這兒啊！名為泉城，隸屬長安，再往北兩百來里，就是京都長安。咱們泉城最適合居住了，離長安近，官府清廉，百姓安居樂業。」
沈蓁蓁笑了笑。「難怪聽小哥的口音，帶著官話味。」
兩人在客棧裡暫時安頓下來。
接下來的兩天，沈蓁蓁帶著如意隨意逛了逛泉城。
城內茶肆林立，泉城百姓似乎愛好喝茶。百姓臉上不見愁苦，街道打掃得乾乾淨淨的，民風淳樸，治安看來也好，沈蓁蓁很是滿意，打算在這裡定居下來。

常住客棧自然不是法子，但人生地不熟的，沈蓁蓁便跟小二打聽消息。

小二一聽她想在城裡租個院子，笑道：「哎喲，客官，您可算是趕上了，我一個親戚前兩天還向我打聽有沒有人想租院子呢！您看，您要是有意看房子的話，我就去把我的親戚帶來，您跟著她去看看？」

沈蓁蓁笑道：「那就麻煩小哥了。」說著取出碎銀，塞給小二當作介紹費。

小二道了謝後就退出房。

第二天，小二果然將他的親戚帶過來了，是一個中年大嬸，姓吳，人有些微胖，面相很是和善。

見面寒暄了幾句，沈蓁蓁讓如意在客棧等著，自己跟著吳大嬸去看院子。

院子位置有些偏，需要穿過一條名為「柳蔭巷」的狹長巷子，才到院子的大門。

吳大嬸掏出鑰匙將門打開，院子裡種了一棵枇杷樹，已是滿樹青黃。沈蓁蓁一看那枇杷樹，就喜歡上了。

院子有些小，只有一間主臥、兩間耳房，十分乾淨整潔，家具、廚房、茅廁，一應俱全。

沈蓁蓁很滿意，立刻就訂了下來，一個月八百文錢，先交了三個月的定金。

沈蓁蓁畢竟秀氣得不像男子，身形又極纖瘦，吳大嬸便有些懷疑；而沈蓁蓁畢竟要住下來，隱瞞身分不大好，便將自己是姑娘的事說了。

吳大嬸倒沒覺得有什麼，畢竟姑娘出門在外不方便，扮做男子實屬無奈。

吳大嬸很是熱心腸，看她是異鄉人，又是姑娘家，就將去官府報備租房文書的一應事宜一手包下。

沈蓁蓁回去退房，帶著如意住進柳蔭巷。

掌燈時分，兩人外出採買一天，終於吃上飯。

沈蓁蓁倒了兩杯酒，將其中一杯推給如意，酒是去買菜時，路過酒坊，興起打的。

「如意啊！以後就是我們兩人相依為命了，多謝妳，肯陪我漂泊千里。」沈蓁蓁舉起酒杯敬道。

如意趕忙端起酒。「我跟著小姐六年，小姐對我的好，我都記在心裡，小姐萬莫說感謝的話。」

沈蓁蓁看著如意還略顯稚嫩的臉，驀然流下眼淚。前世她那麼落魄，只有如意陪在她身邊。

如意見小姐突然掉下淚來，慌忙取出手帕，遞給沈蓁蓁。

沈蓁蓁擺擺手，胡亂抹了兩把眼淚。「我是歡喜過了頭。」

如意看著沈蓁蓁一杯接一杯，又哭又笑的，有些糊塗。小姐這是開心還是難過？

如意勸她少飲一些，沈蓁蓁醉眼矇矓間，伸手拍拍如意的肩。「如意，妳知道嗎？小姐我的命，從今以後就是自己的了。」

隔壁院子。

梁珩正坐在院子裡，就著微弱的月色看書，聽見隔壁院子裡傳來女子又哭又笑的聲音。

不知隔壁搬進了什麼樣的鄰居，梁珩搖搖頭，又低下頭看書。

「珩兒啊！別看太晚，當心傷了眼睛。」屋裡傳來他娘的聲音，夾雜著織布機的聲音。

「知道了，娘。」梁珩應了一聲。

一會兒後，隔壁的聲音就消停了。

天上一輪上弦月，慢慢隱入烏雲中，梁珩實在看不清書上的字，只好收起書，回了房。

第二天，沈蓁蓁醒來的時候，已是日上三竿。

她覺得頭昏昏沈沈地有些疼，起身換好衣服，卻沒有再穿那身男裝。在旅途上扮男人安全一些，如今安頓下來，已經沒有必要了。

如意聽到房內傳來動靜。「小姐起身了嗎？」

沈蓁蓁應了一聲，如意端著洗漱的水進來了。

沈蓁蓁坐著梳妝，沒有黃銅鏡，將就著隨意綰了個髻。

「如意，以後妳不用伺候我了，咱們就做一對姊妹。」沈蓁蓁放下木梳，走過去將木盆接了過去。

如意睜大眼睛。「這怎麼行？」

沈蓁蓁彎腰淨面。

「傻丫頭，如今我不是沈府的小姐了，妳我兩人相依為命，妳就是我的親人。」沈蓁蓁拉起如意的手，說道。

如意心疼地看著沈蓁蓁，她是真的沒有家了，小姐卻是有家不能回。

「小姐……」如意猶豫著，似乎在糾結該不該問。

沈蓁蓁看著如意臉上的疑惑，明白她想問什麼。

「妳想問我為何會突然悔親，對嗎？」

如意點點頭。這親事明明是小姐自己求來的，小姐有多歡喜，她都看在眼裡，突然毫無預兆地悔親，不僅她想不明白，只怕所有人都不明白。

「他不是良人。」沈蓁蓁頓了頓，又道：「如意，妳相信嗎？我在花轎上作了一個夢，夢到我嫁至林家的後半生。林家人都不是什麼好人，他們看不起我商戶之女的身分，卻因為貪圖我沈家的財產，而讓林行周娶我。夢裡林家的生活，我現在回想起來都害怕，所以我一定要退親。」重生這件事，她不會告訴任何人。

竟是因為這個原因？如意睜大眼睛。「小姐，那只是一個夢啊！」

沈蓁蓁慘澹一笑，若只是夢就好了。「太真實了。如意，妳想，當初親事未定的時候，林家人就各種拿喬，想要我沈家多陪嫁些嫁妝。夢裡，我的嫁妝最後都被林家人霸占了，到最後，我還被林行周的姨娘害死了！」

說到最後，沈蓁蓁不禁握緊拳頭，表情也變得猙獰可怖。

如意見小姐像是夢魘一般，眼裡滿是仇恨，忙抱住她，拍著她的後背，安撫道：「沒事了、沒事了，只是夢而已……」

沈蓁蓁驚醒過來，感覺到掌心疼得厲害，才發覺指甲竟已深深嵌入肉裡。

如意見小姐這麼大反應，心裡有種直覺，也許小姐沒有嫁去林家是對的。

沈蓁蓁收拾好情緒，跟著如意走出房間。

如意已將早點做好，陽光正好，照在身上暖洋洋的。

沈蓁蓁用過早點，將門一鎖，帶著如意出門採購物品。路過隔壁院子時，傳來一陣讀書聲。

「靜女其姝，俟我於城隅。愛而不見，搔首踟躕。靜女其孌……」

聲音聽著極為年輕，如玉石相撞般清脆，又若百年陳酒般醇厚，金石絲竹般，洋洋盈耳。

這人倒是有副好嗓子。沈蓁蓁心想。

昨天已經來過坊市，今天倒是輕車熟路。兩人採購了不少東西，雇了輛馬車，才將東西拉回家，趕車的小夥子還熱心地幫她們把東西搬到院子裡。

一陣忙亂後，沈蓁蓁隨意洗浴一番，在枇杷樹下新買的軟椅上躺下，欲小憩一番。

午時陽光正烈，枇杷樹下卻很涼爽，暖風輕輕拂面，沈蓁蓁漸漸睡著了。

她好像夢到一股山泉，泉水淙淙，清亮動聽。悠悠的聲音慢慢近了，變得真實起來，讓沈蓁蓁醒了過來。

「君子有三樂，而王天下不與存焉。父母俱存，兄弟無故，一樂也；仰不愧於天，俯不怍於人……」

日落西山，天邊的餘暉變成暖黃色，竟已是下午了。

沈蓁蓁坐起身，身上蓋著的毯子滑落到腿上，她都不知道如意什麼時候給她蓋上毯子。

如意正坐在一旁做針線，見她起身，笑道：「小姐您醒了？」

沈蓁蓁問道：「我睡了多久？太陽都下山了。」

如意笑了笑。「誰教這些天小姐累壞了。」

沈蓁蓁起身，簡單洗漱一番。

兩人買了些果脯，準備送給周圍的鄰居，沈蓁蓁用錦袋一袋一袋地分裝好。俗話說，遠親不如近鄰，兩人在此地舉目無親，能與鄰里打好交道，以後也算有個照應。

「如意，我去送禮品了。」沈蓁蓁托著銅盤走出來，上頭擺著七、八個鼓鼓囊囊的錦袋。

如意放下手裡的繡品，站起身來。「我去送吧！小姐。」

沈蓁蓁笑道：「妳在家繡花吧！我送完就回來。」

以前還是沈家大小姐時，她會忌諱這種拋頭露面的事，但現在入了市井，就不能講究這麼多了。

沈蓁蓁端著托盤，敲響對面院子的門。

「誰啊？」裡面傳來一聲詢問，聲音很是稚嫩。

沈蓁蓁禮貌地道：「打擾了，我是對面新搬來的鄰居，前來拜訪貴府。」

「阿婆、阿婆，有人來了！」

一陣蹦蹦跳跳的聲音由遠而近，門嘎吱一聲，從裡面打開，伸出一顆小腦袋，頭上用紅綢帶紮著兩支朝天辮，一雙古靈精怪的大眼睛看著她，十分討喜。

小男娃奶聲奶氣地問：「妳是誰？」

沈蓁蓁還沒來得及說話，又一陣腳步聲傳來。「狗兒，讓客人進來。」

小男娃「嗯」了一聲，將大門打開，門內露出一個背有些佝僂的老嫗身影。老嫗穿著一身青布衣裳，銀白頭髮一絲不苟地貼在頭上，面相和善。

沈蓁蓁忙問好，又將上門的理由說了一遍。

老嫗和善一笑。「原來是新來的鄰居，快，屋裡坐，吃碗茶。」

「今兒就不坐了，我還要去拜訪其他鄰居，來日再來叨擾。」說完，沈蓁蓁從銅盤裡拿了一袋果脯什錦遞給狗兒。「新來乍到，沒什麼好送給您的，這些果脯就給狗兒當零嘴吧！」

狗兒沒有接，抬頭看了看祖母。

老嫗笑道：「那就多謝姑娘了。」人家都親自送禮上門了，不收不合適，回頭再還一份禮就行。

老嫗示意狗兒接過來。「狗兒，謝謝小嬸嬸。」

狗兒乖巧地道謝。「謝謝小嬸嬸。」

沈蓁蓁聽見這稱呼，不禁一愣，想到自己梳了已婚婦人的髮髻，釋然一笑。

她伸手摸了摸狗兒的辮子。「那就不打擾您了。」

沈蓁蓁又到了旁邊一家。

開門的是個女人，看樣子不過二十七、八歲，臉色有些憔悴，皺紋爬滿眼角。

沈蓁蓁說明來意，又將禮品遞了過去。

女人猶豫了會兒，接了過去，讓沈蓁蓁稍等。片刻後，她拿了兩顆雞蛋出來，當作回禮。

沈蓁蓁注意到女人身上穿的粗布衣服上打了半數的補丁，甚至有的地方補了好幾層，針角細密得看不出來。她猜測女人家裡並不寬裕，便不肯收。

女人似拙於言辭，面帶著急，硬將雞蛋塞給沈蓁蓁，又勉強對她笑了笑，才將門關上。

沈蓁蓁握著兩顆帶著女人體溫的雞蛋，愣愣地在門口站了半晌。

梁珩正在房裡練字，他捨不得用宣紙和墨，便用毛筆沾了水，在桌面上寫著。書桌已經用了很多年，黑色的桌面有些坑洞，不大平整。

他聽到敲門聲，放下筆，走到院門前打開門。

只見門前站著一位穿著淡青色長裙的姑娘，膚色如玉，身段窈窕，面若桃花，眉眼如畫。

梁珩不敢多看，微低下頭，輕聲問道：「敢問這位小姐有事嗎？」

沈蓁蓁看著面前的男子面皮由白變紅，心底有幾分好笑。

「叨擾了，我是隔壁新搬來的鄰居，我姓沈，以後還請多照應。」

梁珩抬頭看了沈蓁蓁一眼，正好撞上沈蓁蓁含笑的眸子，臉又是一紅，飛快低下頭，雙手一拱，朝沈蓁蓁做了一揖，期期艾艾地問好。「原來是沈小姐，小……小生有禮了！」

沈蓁蓁聽著有些耳熟的聲音，又聽他自稱小生，瞬間明白他就是那個唸書的書生。

沈蓁蓁這才認真地打量梁珩。

只見他身著一身素白色的深衣，衣衫有些舊了，長衫下的身形有些消瘦，更顯得長身玉立；白淨的臉略顯蒼白，面頰消瘦卻稜角分明，眉眼秀氣，鼻梁高挺；嘴唇弧度溫柔，正緊緊地抿著，顯示出主人的緊張。

沈蓁蓁從托盤裡拿了一袋果脯遞給他。「初次拜訪，一點禮品不成敬意。」

梁珩忙用雙手接過。「沈小姐太客氣了。」

他有些猶豫，按理他應該要請沈小姐進屋喝杯茶，但現在家裡只有他一個人，怕傳出去有毀人家姑娘的清譽。

沈蓁蓁看了一眼梁珩的手，他的手十分修長白皙，只是右手食指有些變形，想來是經常握筆桿造成的。

沈蓁蓁笑了笑。「那就不打擾公子了。」

梁珩忙作揖致歉道：「下次家母家來時，歡迎小姐來做客。」

沈蓁蓁看著梁珩頭上用一支木簪固定著一絲不苟的髮冠。「公子客氣了。」

梁珩站在門口，看著沈蓁蓁走到旁邊的周家，敲響周家的門。他關上院門，將那袋果脯放進堂屋裡，回屋繼續練字。

沈蓁蓁敲了門，裡面沒有人回應，一直傳來嘎吱嘎吱的聲音，極有規律。

她等了一會兒，見沒有人開門，又敲了一遍。「請問有人嗎？」

裡面的聲音停了下來，一道尖銳的女聲傳來。「大丫！死孩子盡知道玩，去開門！」說完嘎吱的聲音又響起來。

過了一會兒，門從裡面打開了，一個七、八歲模樣、蓬頭垢面的女孩出現在面前。

「妳是誰？」女孩生硬地問道。

沈蓁蓁笑道：「小妹妹，我是隔壁新搬進來的鄰居，妳娘呢？」

女孩轉頭朝裡面喊了一聲。「娘，有個人要找您！」

嘎吱聲又停了下來。「是誰啊？大丫妳個死孩子，連人都認不得了嗎……」

聲音由遠而近，一隻粗糙的手拉開大門，一個臉色暗黃、頭髮有些散亂的女人出現在沈蓁蓁面前。

沈蓁蓁剛想問好，女人就驚呼一聲。

「喲！這是哪家的小娘子？」

女人有一張大餅臉，上頭有些雀斑，膚色暗沈粗糙，身上圍著一條看不出原色的圍裙，圍裙上滿是油膩。

沈蓁蓁勉強笑了笑。「大嫂子，我是隔壁新搬來的鄰居，我姓沈。」

女人哦了一聲。「小娘子跟丈夫一道搬過來的嗎？做什麼營生？」

沈蓁蓁沒料到有人會問她夫君的問題，只想著已婚的女人比未婚的姑娘要少些是非，便梳了已婚的髮髻。

沈蓁蓁猶豫了會兒，說道：「我守的是望門寡，不做營生。」丈夫是沒有的，只好說還沒嫁過去，他就已經死了。

女人聽到望門寡，眼裡明顯閃過嫌棄，撇撇嘴。「那妳有什麼事？」

沈蓁蓁尷尬地笑了笑，從托盤裡拿了一袋果脯遞過去。「嫂子，這些果脯就給孩子們當零嘴吃吧！」

女人看著錦袋，眼裡閃過驚喜，忙接過去，扯開錦繩，就見裡面裝了滿滿一袋果脯什錦，高興起來。「瞧瞧妳，這麼客氣做什麼！」

女人抬頭，看到托盤上還有好幾袋，眼珠一轉，狀似為難道：「可是小娘子，我家有三個孩子，怕是不夠分呢！」

沈蓁蓁愣了一下，明白過來，這女人是想多要一包呢！旁邊那個女孩又眼巴巴地看著她，於是她又從托盤上拿了一包遞給她。

女人笑盈盈地接過去，盯著托盤上剩下的幾包錦袋。「我家有三個孩子呢！」

沈蓁蓁僵了一下，萬沒想到會遇上這樣貪得無厭的人。

她又遞過去一包，忙不迭地告辭道：「那就不打擾嫂子了。」

女人這下滿意了，笑道：「小娘子慢走。哦，對了，小娘子以後要買豆腐，就上我們周家來，便宜算給小娘子。」

原來這家是做豆腐生意的，那嘎吱嘎吱的聲音，想必是在磨豆子了。

沈蓁蓁僵笑一下。「好的。」說著飛快離開周家大門，回到自家院子。

如意見小姐慌張的樣子，嚇了一跳。「小姐怎麼了？」

「沒事。」沈蓁蓁擺擺手，心裡卻打定主意，以後要離周家遠一點。

第二章

梁珩回屋沒多久，出門給人送衣服的梁母趙氏就回來了。

趙氏回屋，就見堂屋桌上放著一只青豆色的錦袋，她疑惑地打開，裡面裝著滿滿的蜜餞、果脯。

「珩兒啊！這果脯是誰送來的？」趙氏隔著牆壁問兒子。

梁珩聽到聲音，放下筆，進了堂屋。

「這是隔壁新搬來的鄰居送的，娘，您看要回什麼禮適當？」梁珩說著，給趙氏倒了杯水。

趙氏看著手裡的錦袋，平常人家送禮，不會想到送果脯，還用這麼漂亮的錦袋裝著。

「這錦袋布料是綢子，人家懂禮，我們家雖然清貧，但也不能沒了禮數，回頭我給人家送幾顆雞蛋去。」

兩天後。

沈蓁蓁吃著夾生的米飯，和如意對視一眼，兩人面上皆是苦笑。

前世，沈蓁蓁後來雖很落魄，但如意從不讓她踏進廚房，飯菜都是如意做的，如意一開始也不會做飯，之後做得多了，手藝就練出來了。而現世的如意，以前是她院裡的大丫鬟，從來沒有進過廚房，熬點粥還行，做飯就不行了，兩人已經連續吃了兩天的夾生飯。

如意的臉有些紅。「對不起，小姐。」

沈蓁蓁放下碗，看著桌上的幾道菜，青菜鹹得無法入口，魚煎得焦黑，裡面卻沒熟。

「如意，我們倆都不會做飯，這樣下去肯定不行，要不我們先請個幫傭做飯吧！我們跟著她學一點，以後就會了。」

如意想想也是，做飯這事真是要學的。

沈蓁蓁站起身來。「咱們倆人生地不熟的，不知人底細，不敢隨便請，我去請吳嬸幫幫忙。」

沈蓁蓁提著剩下的兩包果脯，來到吳嬸家，敲了門。

過了一會兒，吳嬸打開門，沈蓁蓁笑著問好。

上次沈蓁蓁就跟吳嬸坦白過自己姑娘的身分，但吳嬸看到身穿女裝的她，還是愣了一會兒，回神後才請沈蓁蓁進屋坐。

沈蓁蓁進屋，將禮品遞過去，笑著將來意說了。

吳嬸滿口答應下來，沈蓁蓁謝過吳嬸，略坐會兒便告辭了。

吳嬸動作很快，下午就將人給沈蓁蓁帶了過去。

沈蓁蓁剛醒不久，院門就被人敲響了。如意開了門，見吳嬸站在門外，背後站著一個將近四十歲的女人。

如意忙請兩人進來，又轉頭叫沈蓁蓁。「小姐，吳嬸來了。」

沈蓁蓁從房裡走出來，見吳嬸後面跟著一個穿藍布衣裳的女人，個頭不高，面相倒是和善。

沈蓁蓁忙請兩人進屋坐。

吳嬸招呼著女人坐下，笑盈盈地介紹道：「這是趙嬸，可巧，就住隔壁呢！還是鄰居。」

沈蓁蓁有些驚訝。「我前兩天拜訪了鄰居呢！沒見到您啊！」

趙氏笑了笑。「姑娘去的時候，我不在家，只有我那兒子在家，正尋思給姑娘回禮呢！只是這兩天實在是忙不過來。」

趙氏這兩天一直早出晚歸的，又怕趕上人家的吃飯時間，一直沒能過來，倒是沒想到新鄰居竟要請幫傭。她跟吳嬸認識很多年了，吳嬸一聽沈蓁蓁要請幫傭，想到趙氏家境清貧，人也是知根知底的，便想著介紹她。

原來是那書生的母親，沈蓁蓁笑了笑。「那可真是巧了。」

等如意上過茶，沈蓁蓁繼續道：「是這樣的，我和如意都不會做飯，所以想請人幫忙買菜、做飯，不要求廚藝特別好，可口即可。」

趙氏笑道：「這個夫人放心，我做飯二十多年了，大菜不會，家常菜還是拿手的。」趙氏看沈蓁蓁梳著已婚婦人的髮髻，便稱呼她夫人。

沈蓁蓁笑笑。「嬸子別客氣，叫我蓁蓁就行。那行，一個月給您算半兩銀子，飯也在這吃，您等等有空的話，今天就過來做晚飯，行嗎？」她不想再吃夾生飯了。

這工錢高得不僅讓趙氏吃驚，連吳嬸都有些吃驚。

前世沈蓁蓁也算是過過苦日子，體會過窮人生活不易，對現在的她來說，半兩銀子不算什麼。想到那天書生身上穿的衣裳，而趙氏身上的衣裳也是打了幾層補丁，她家家境可能十分困難，又是街坊鄰居，就多開了些。

趙氏忙說道：「使不得、使不得，哪能要您半兩銀子，您開個兩百文，我就感激不盡了。」她一個月累死累活地給人縫洗衣裳，最多不過能掙個一、兩百文，娘兒倆一省再省，才堪堪夠用；現在只是買菜、煮飯，沈蓁蓁就開出半兩銀子的費用，她哪能多要？

沈蓁蓁笑道：「使得，就這麼定了。一會兒我先給您兩百文，月底再給您結剩下的。」

趙氏又連忙推辭。

沈蓁蓁笑道：「趙嬸別跟我客氣了，以後就麻煩趙嬸了。」

吳嬸也在一旁說道：「趙家嬸子就別推辭了，以後啊！好好給東家做事就行。」梁家確實困難，沒個頂梁柱，還供著個讀書人，街坊鄰居都知道她家困難。

趙氏紅著眼眶道謝，沈蓁蓁又招呼兩人喝茶。

吳嬸坐了一會兒就告辭了。見時間不早了，沈蓁蓁取出兩百文遞給趙氏。「時間不早了，嬸子要回去交代一下嗎？米菜家裡都有，您一會兒過來做飯就行。」

趙氏接過銀子，又道謝。

沈蓁蓁道：「嬸子可不興這麼客氣，您又不是白拿我的銀子，沒什麼好謝的，您先回去吧！」

趙氏便告辭回家去了。

梁珩在房間，聽到院門嘎吱一聲後就沒動靜，也沒聽到他娘的腳步聲，他放下書走到窗前，就見他娘背靠在院門上，愣愣地掉著眼淚。

梁珩嚇了一跳，忙打開門，幾步衝到趙氏身邊，著急問道：「娘，您怎麼了？」

趙氏回過神來，見兒子臉上滿是焦急，伸手擦了擦眼淚。「沒事。珩兒啊！咱們遇上貴人了。」

梁珩扶著趙氏進屋，趙氏看著比自己高出快兩個頭的兒子，心裡倍感安慰，總算快要熬出頭了。

梁珩聽完趙氏的話，既驚訝又感激。沒想到前兩天上門的小姐，就是要請人的東家，而有了這半兩銀子，意味著他母親以後再也不用沒日沒夜地給人縫洗衣裳。

趙氏抬頭看著兒子道：「以後沈娘子家若是有什麼需要幫忙的，咱們能幫的，一定要幫。」

梁珩點點頭，反應過來他娘話裡的稱呼。「娘為何稱沈姑娘為娘子？」

「沈娘子應是已經嫁人了，梳的是婦人頭。」趙氏又接著道：「等等娘得去沈娘子家做飯，做好了再回來給你做。」

梁珩愣愣地點點頭，回過神來。「娘，我自己做就行，您別兩邊跑了。」

「鄉試剩沒幾個月了，你只管好好溫習功課，娘做好了就回來。」趙氏不贊同地說道。

梁珩見母親不樂意，只好點頭應下。

趙氏交代完事情，匆匆忙忙地出門去隔壁了。

梁珩卻愣在原地，他不知道自己是怎麼了，怎麼聽到沈小姐其實不是小姐而是娘子的時候，心裡有些堵得慌？

趙氏到了沈家，如意帶著她熟悉廚房。

廚房不大，只有一個灶臺、一個碗櫥。碗櫥像是用了很多年，顏色已經變得漆黑，所以沒有用它，碗筷瓢盆都放在方几上，用蒸布蓋著。

米和油都放在方几下，如意掀開木蓋，指給趙氏看，雪白的豬油裝了滿滿一桶，米則用布袋裝著，都是上好的大米。

如意又指著方几旁邊的一堆菜，說道：「您看今晚要做什麼菜，我給您打下手。」如意官話說得不大好，但還是能讓人聽懂。

趙氏一看，方几上有小白菜、雞蛋、黃瓜、茄子、番茄，還有幾根苦瓜和幾個馬鈴薯，旁邊的木盆裡還裝著一塊豬肉。

看見這麼多食材讓趙氏有些驚訝，梁家的菜都是自己種的，菜園地不夠，就算再怎麼精打細算地種，菜也總是不夠吃。

趙氏猜想她們可能來自富貴人家，以前是十指不沾陽春水的，只是不知為什麼到了泉城來；但是趙氏沒有多問，撩起袖子就開始準備。

「姑娘，我這就開始做飯了，妳去忙自己的吧！別一會兒讓煙熏著妳。」

如意笑道：「嬸子別客氣，叫我如意就是了，我沒事，給您打下手吧！雖然我不會做飯，但能陪您嘮嗑幾句。」

如意笑起來，臉上有兩個小小的梨渦，很討喜。趙氏這輩子只有梁珩一個兒子，大大方方的如意讓她打心裡喜歡。「那如意妳坐旁邊看著就行。」

趙氏動作俐落，煮飯、切菜的速度流暢，如意搭不上手，只好坐在灶門口前添柴火，一邊和趙氏話著家常。

「您家有幾口人啊？」

趙氏一邊切菜，一邊說道：「就我和我兒子兩個人，他爹以前是私塾先生，十多年前過世了。」

「那您真是不容易。」如意感嘆道。

趙氏笑了笑。「好在總算要熬出頭了，過幾個月就是鄉試，孩子要上京趕考去。」

如意驚訝道：「您兒子還是個秀才？」

趙氏心裡升起自豪。「孩子懂事爭氣，知道家裡不容易，還供他唸書，省吃儉用地給他攢束脩，他也刻苦。我不求他考上狀元，就算中了最後一名，也算是慰藉他爹在天之靈了。」說完覺得在別人家提自己死去的丈夫不好，衝如意笑笑，連忙轉移話題。

「如意和沈娘子是哪裡人呢？聽口音像是南邊的。」

如意笑道：「您猜得對，我們是涼州人。」

趙氏並不知道涼州在哪裡，嗯了一聲又道：「沈娘子官話說得真好。」

「可不是，我都不知道小姐打哪兒學的呢！」如意並沒有說這是她們第一次出遠門，畢竟還不清楚趙氏的為人。

趙氏很快就將飯菜做好了，都是家常菜，紅燒茄子、馬鈴薯炒肉絲、涼拌黃瓜，還有一碗雞蛋苦瓜湯。

趙氏將飯菜端上桌，沈蓁蓁聞香而來，看著桌上色香皆俱的菜品，驚嘆了句。「嬸子廚藝真好！」

趙氏笑笑。「都是些家常菜，合娘子胃口才好。」

沈蓁蓁坐下，拿起筷子。「那我先嚐嚐。」

味道果然很好，茄子香爛，入口即化，馬鈴薯絲清脆可口。沈蓁蓁讚了一聲，請趙氏坐下一起吃。

趙氏謝絕道：「我還得回家去給孩子做飯，您和如意先吃吧！碗筷放著就行，我一會兒過來收拾。」

沈蓁蓁聽她這麼說，便道：「那我們給您留些菜在廚房，您回家做好飯了，就過來吃飯吧！」

趙氏忙道：「不用給我留，我等等隨便吃些就行。」

沈蓁蓁擺擺手。「您趕緊回去吧！一會兒天都要黑了，您做好就過來啊！」

待趙氏離開，沈蓁蓁便讓如意拿碗來，每樣菜都給趙氏留了些，放回鍋裡保溫。

沈蓁蓁連吃了兩碗飯，放下碗，滿足地嘆息一聲。

如意笑道：「瞧您，我做的飯就那麼難吃嗎？」

沈蓁蓁斜眼看了看如意。「妳說呢？」

如意想了想自己做的菜的品相，搖搖頭，確實是很難吃。

趙氏匆匆回到家，生火煮飯。

她做了道水酸菜，還煮了青菜湯，又打了兩顆雞蛋下去。

梁珩應了一聲，放下書，走進廚房淨手。

「珩兒啊！吃飯了！」

梁珩將飯菜端上桌，趙氏見梁珩擺了兩副碗筷，便道：「隔壁給娘留了飯，娘過去吃，不用給娘擺碗筷了。」

梁珩愣了下。「不是給娘每月半兩銀子嗎？還管飯嗎？」

趙氏點點頭。「沈娘子人很和氣，還有個姑娘，大概是沈娘子的丫鬟，人也和氣。」

梁珩回想起那天見到的那個沈小姐，不過十六、七歲的模樣，雖然只看了一眼，但總記得她面色如玉的樣子。

趙氏見天色漸漸暗了下去，又匆匆忙忙回到沈家。

沈蓁蓁正坐在枇杷樹下的躺椅上納涼，見趙氏進來，笑道：「嬸子，給您留的飯菜放在鍋裡了，您快去吃飯吧！」

趙氏笑著應了一聲，往廚房去了。

廚房裡沒人，點著根蠟燭，趙氏掀開鍋蓋，就見鍋裡放著一碗裝得滿滿的菜。趙氏很多年沒吃過油水這麼足的菜了，米飯也是上好的江南大米，晶瑩剔透，顆顆飽滿。趙氏吃著飯，眼淚掉了下來，想到兒子消瘦的臉頰，嘴裡頓時如同嚼蠟一般。

明天給兒子稱斤肉補補身體吧！趙氏想。

就這樣，趙氏在沈家做起了幫傭。

趙氏守寡十多年，處事圓滑，以前也算是書香門第家的女兒，進退有禮，主僕相處融洽。

這天，如意陪趙氏去買菜，沈蓁蓁在家繡著花，繡到一半，繡線用完了。她想著左右無事，便鎖上門，準備去附近的繡樓裡買些繡線。

剛出門沒多久，迎面朝她走來一隻狗。

沈蓁蓁看著那條尾巴夾在屁股後面、體形龐大、狀似凶惡的狗，有些害怕，便想避到一邊，誰知她不避還好，一避讓那條狗停下來，看了她一眼，突然低吼了幾聲，猛地朝她衝過來。

沈蓁蓁嚇得尖叫一聲，倒退幾步，差點跌倒在地。

梁珩正在院內看書，就聽到院外巷子傳來一聲尖叫。他放下書，快步走到院門邊，一打開門，看到前幾天上門拜訪的沈小姐正站在巷子中央，一隻齜著牙的凶惡大狗正圍著她打轉。

沈蓁蓁僵在原地，一動不敢動，緊張地盯著那惡狗，生怕牠會突然撲上來。

這時身邊突然傳來溫潤的聲音。「沈小姐別怕。」

沈蓁蓁轉過頭，看到前兩天見過的那個書生，不知什麼時候走到她身旁來。

梁珩一手拿著拴門用的方木，一手將沈蓁蓁拉到身後，護著她退回梁家院子裡。那狗低吼著跟著他們走了兩步，到底沒有撲上來。

梁珩關上院門，用手裡的方木將門拴上，轉過頭來，輕聲安撫道：「沈小姐，沒事了。」

沈蓁蓁聽著梁珩溫柔的聲音，回過神來，意識到自己不知何時竟抓住了書生的衣袖。她趕忙放手，被她揪住的地方已經變得縐巴巴的，她慌忙伸手捋了幾下，但是衣裳布料是粗棉的，很難捋順。

梁珩輕聲道：「無礙，沈小姐不必在意。」

沈蓁蓁有些尷尬地放開手，福身一拜。「多謝公子的救命之恩。」

梁珩趕忙讓開。「當不得，沈小姐客氣了。」

沈蓁蓁看著似比她還慌亂的書生，展顏笑了笑，像是一朵含苞海棠開了花。

梁珩看得一愣，看沈蓁蓁臉色依舊蒼白，忙進屋取來凳子，讓她坐下。

沈蓁蓁怕那隻大狗還沒走，不敢出去，便謝過梁珩坐下了。

梁珩又匆忙進屋倒水，家裡沒有杯子，只得拿了個乾淨的粗瓷碗倒了碗水。

「沈小姐請喝水。」梁珩有些局促地用雙手將碗遞給沈蓁蓁，低著頭，不敢看她。

沈蓁蓁將水接過來。「多謝公子。」

家裡只有他和沈蓁蓁兩人，院門還不得已關上了。梁珩不敢跟沈蓁蓁一起坐下，但現在他回房也不適合，便尷尬地杵在一旁。

沈蓁蓁接過水，喝了一口，兩人不知該說些什麼，氣氛有些沈默。

沈蓁蓁今天穿著一身小袖短襦、黃橡色的寬襬裙，一條齊腰絲帶襯得她腰肢纖細，修身的短襦勾勒出她美好的線條，黑亮柔順的頭髮簡單地綰著，只插著一支玉簪，露出一截秀美的脖頸。

沈蓁蓁也感受到尷尬的氣氛，找話道：「聽孀子說，公子兩個月後要赴京趕考？」

梁珩低著頭，輕嗯一聲。

前世沈蓁蓁曾陪著林行周赴京趕考過，對這事還頗有些經驗，便道：「到時候，京城會湧入幾萬名考生，住房會很難找，公子還是要早做打算，到時若是去得晚了，便只能住客棧的通鋪了。一間房裡住著幾十個人，環境差不說，還很吵鬧；若是京裡有親戚，公子還是先租個院子好，雖然價錢貴了些，但環境安靜，能安心備考。」

說到這裡，沈蓁蓁難免想起了林行周，臉色沈了下來。不知道涼州那邊，退親的事處理得怎麼樣了？雖然林行周已經寫了退親書，但就怕林家又出什麼么蛾子。

沈蓁蓁猜得沒錯，她後來才知道林家確實做了怪。

梁珩有些疑惑，為何沈蓁蓁一個姑娘家會知道這些？他看向沈蓁蓁，就見她臉色突然沈下來，似乎想到什麼不好的事。

梁珩見她面色不好，便沒有出聲詢問。

沈蓁蓁見時間差不多了，起身道：「今天多謝公子了，我先告辭了。」

「小姐等等，我去看看那狗走了沒。」梁珩走到院門前，打開門，探出頭四下看了看，沒看到那隻狗，便將門打開，讓到一邊。「那隻狗已經離開了，沈小姐安心回去吧！」

梁珩細心的舉動，讓沈蓁蓁心裡感覺有些暖，她微微一笑。「多謝公子。」

梁珩看著沈蓁蓁從他身邊走過，周圍殘留著她身上淡淡的香味，他臉一熱，不敢多問，趕忙將門關上。

林氏端著木盆出來倒髒水，正好看到沈蓁蓁從梁家走出來，林氏不顧正端著滿滿一盆髒水，連忙跑回院子，露出一顆頭，悄悄地盯著梁家。

只見梁珩站在門口，目送著沈蓁蓁回家，狀似依依不捨，又像是怕人看到一般，慌忙關上院門。

林氏走出院門，將盆裡的髒水朝沈家的方向一潑，呸了一口。「什麼破爛貨啊！剛搬到這兒才幾天，就勾搭上男人，我呸！」看來晚上要好好警告自家男人，別被人勾了去。

經過這麼一遭，沈蓁蓁也無心去買繡線了。

如意和趙氏說說笑笑地提著菜回來，就見到沈蓁蓁坐在枇杷樹下的躺椅上發呆。

如意看著那一樹熟透了的枇杷，笑道：「這枇杷喜人，就是有些高，摘不到，明兒我找根竹竿，打幾串下來解解饞。」

沈蓁蓁笑道：「可不是，光看不能吃，真急人。」

趙氏提著東西正往廚房走，聞言便道：「竹竿可打不下來，會打壞了。如意和沈娘子要是真想吃，我讓我兒子過來，爬上樹去打幾串下來。」

如意有些猶豫，畢竟趙氏的兒子是外男，雖然是個讀書人，但現在家裡只住著她和小姐兩個姑娘。

只是她沒想到，小姐會出聲應下來。

「那好，多打些下來，也給吳嬸送一些去。」沈蓁蓁笑道。那個面皮有些薄的書生讓她生不出防備，沒多想就應了下來。

趙氏笑道：「行，我家有梯子，明天讓我兒子扛過來。」

「妳個不生蛋的老母雞，要不是怕拖累周兒的仕途，早就把妳掃地出門了！當年我就說，低賤的商戶之女怎麼配得上我們周兒，誰知連蛋都不會下！妳整天擺張臭臉給誰看？不願意待在我們林家，妳就給老娘滾……」

錢氏說著像是不解恨，猛地推了沈蓁蓁一把，沈蓁蓁一時不備，被推得一踉蹌，狠狠跌坐在地上。

錢氏咬著牙一邊罵，一邊狠擰沈蓁蓁腰背上的肉。

沈蓁蓁像是感覺不到痛一般，髮髻散亂，麻木地坐在地上，任錢氏打罵。林家如今飛黃騰達，錢氏對外自詡林家為權貴人家，卻還是改不了那副市井嘴臉。

「娘，這是在做什麼？」杜月茹挺著肚子從門外走進來，裝作一臉迷茫的樣子。

錢氏趕忙迎上去，扶著杜月茹的後腰。「哎喲，月茹妳怎麼來了，妳安心在房裡養胎就是，出來做什麼？」

杜月茹笑道：「您孫子悶得慌呢！」

錢氏看著杜月茹的大肚子，眉開眼笑。「我這孫子跟他爹一樣，在娘肚裡都不老實。」

杜月茹笑了笑，看向地上的沈蓁蓁。「姊姊坐在地上做什麼？地上涼，快起來。」

沈蓁蓁冷眼看著她們婆媳融洽的場面。杜月茹見沈蓁蓁坐著不動，親自過來準備扶她起來。

杜月茹笑盈盈地俯下身，湊在沈蓁蓁耳旁，低聲道：「姊姊，連孩子都生不了，妳怎麼有臉霸占著正房夫人的位置？」聲音裡滿是森森寒意。

沈蓁蓁轉過頭，就見杜月茹掛著笑意的臉，離她不過兩寸。

接著，杜月茹的臉突然變得猙獰起來，五官扭曲，尖聲道：「既然妳不願意挪，我就幫妳挪。妳去死吧！」

沈蓁蓁突然感到胸口鑽心一疼，低下頭，看到胸口上插著一支金簪。這簪子她認得，是她出嫁時，二嫂給她添的箱。

「啊——」

沈蓁蓁尖叫一聲，猛地從床上坐起來，大口喘著粗氣。

「小姐怎麼了？」睡在隔壁的如意被吵醒，迷迷糊糊地問了一句。

沈蓁蓁驚醒過來。「沒事……妳繼續睡。」

如意嗯了一聲就沒動靜了。

沈蓁蓁呆呆地坐在床上。杜月茹和錢氏猙獰的嘴臉，像是想將她吞進肚裡。夢裡的一切那麼真實，真實得讓她感覺重生一世不過是個夢，她依然活在前世那場夢魘裡。

良久，沈蓁蓁平靜下來，這才感覺身上黏糊糊的，竟是出了一身冷汗。

她輕聲下床，點了蠟燭，重新換上一身褻衣，躺回床上，卻怎麼也睡不著了。

她睜著眼睛挨到快天亮，才迷迷糊糊地睡過去。

沈蓁蓁醒來時，已是辰時末，太陽升得老高，陽光透過紗窗的縫隙射進房間，在地上映出星星點點的光影。

沈蓁蓁拉開門，走到水缸旁洗漱。

廚房裡，如意正幫著趙氏做飯，兩人說著話，沒注意到院子裡的動靜。

「這炒茄子啊！岩鹽要最後放，不然茄子會變黑……」趙氏的聲音傳來。

沈蓁蓁洗漱完，進了廚房。

趙氏先看到她。「娘子起身了？」

如意轉過頭，看到小姐，笑道：「今兒小姐難得睡了回籠覺。」

昨晚如意睡得迷迷糊糊的，已經將那一聲尖叫忘了。今早，她見小姐很晚都沒有起身，便進房去看了看，見小姐睡得正熟，便輕輕退了出來。

趙氏正在炒乾辣椒，廚房裡有些嗆，沈蓁蓁打了招呼又退了出來。

昨晚，趙氏回家將打枇杷的事一說，梁珩就應了下來。他雖然是讀書人，沒爬過樹，但沈小姐家只有兩個姑娘，爬樹這種事，自然不能讓姑娘去做。

飯後，趙氏就帶著梁珩過來了。

梁珩換了身肉桂色的粗布短衫，肩上扛著一架梯子。他跟在趙氏後面進院，輕聲跟沈蓁蓁和如意問好，便規矩地低著頭站在一旁。

如意沒想到趙嬸的兒子竟是這般玉樹臨風的模樣，大著膽子悄悄打量了他幾眼，只見他面如冠玉，看上去瘦弱了些，但通身都是溫文儒雅的讀書人氣質。

趙氏將背上的小簍子取下來，讓兒子揹上。梁珩將梯子架到樹上，揹著小簍子往上爬，趙氏則站在樹下給他扶梯子。

沈蓁蓁站在樹下，看著梁珩踩著梯子往上爬，囑咐道：「公子小心。」

梁珩低下頭，就見穿著一身薑色半臂衣裳的沈小姐，正以手擋陽光，仰頭看著他。

梁珩臉一熱，不敢再看，繼續往上爬，將枇杷一串一串地摘下，扔進背後的小簍子裡。

如意興奮地在樹下驚呼。「哎，公子，那串，那串很大……公子，那邊、那邊……」

梁珩順著她的呼聲摘，明顯有些手忙腳亂。

沈蓁蓁笑道：「如意別喊了，看梁公子被妳喊得手忙腳亂的。」

如意頓了頓，反應過來自己太不矜持了，臉一紅，噤了口。

很快地，梁珩就摘了滿滿一簍子枇杷，小心翼翼地下了樹。

趙氏幫兒子將小簍子卸到地上，沈蓁蓁走過來，見滿簍黃中帶紅的枇杷很是喜人，抬頭又看到梁珩額頭上掛滿汗珠，動作比想法快，她從袖子裡掏出手帕，遞給梁珩。「公子擦擦汗吧！」

梁珩看著那膚若凝脂纖纖素手中的櫻色絲帕，慌亂地伸手用袖子擦了幾下額頭，謝絕道：「別把小姐的手帕弄髒了，多謝小姐。」梁珩雙頰有些紅，不知道是被陽光照得還是因為害羞。

沈蓁蓁笑了笑，察覺到自己的舉動有些不當，便收回手帕。

一旁的趙氏看了看兩人，讓梁珩將背簍拿到陰涼處，梁珩拿過去放置好後，便欲告辭。

這時如意端著竹籃從廚房裡走出來。「公子摘下來的枇杷還沒嚐過呢！吃些枇杷再回去吧！」

梁珩謝絕道：「多謝姑娘的美意，枇杷就不吃了，我這便回去。」

沈蓁蓁見他面色泛紅，心知他又害羞了，便道：「那行，一會兒趙嬸回去時，帶一些回去吧！今天多謝公子了。」

趙氏在一旁道：「當不得沈娘子的謝。」轉頭對兒子道：「珩兒快回家去吧！」

梁珩向兩人告辭，扛著梯子走了。

三人坐在屋檐下，將枇杷從枝椏上拔下來，用水清洗乾淨，留了些自己吃，其餘的晾在院裡。

沈蓁蓁撿起一顆圓潤飽滿的枇杷，剝皮嚐了嚐。果肉肥厚，清甜多汁，接連吃了好幾顆。

如意道：「這枇杷比黃州枇杷也不遑多讓了。」黃州枇杷很有名，果粒肥大，鮮嫩多汁。

沈蓁蓁愣了一下。每年她大哥去黃州進貨，都會帶枇杷回來，她出嫁那時，大哥去黃州進貨了，沒能趕回來。

如意看小姐臉色黯了下去，自覺說錯了話，不該提起以前家裡的事讓小姐傷心。

「小姐……」

沈蓁蓁回過神，看著如意笑了笑。「不要緊。」

如意見小姐笑了，又高興起來。

趙氏在一旁看著，雖然不明白她們在說什麼，但也知道自己不該開口，便沈默地吃著枇杷。

梁珩在房間練字，聽到房門被敲了兩下，他轉過頭，見他娘站在門口看著他。

「娘，您回來了。」梁珩放下筆，站起身。他娘很少在他看書、寫字時進門來打擾，現在來一定是有事。

梁珩已經將那身短衫換了下來，換上那件素色長衫。趙氏走進門，看著玉樹臨風的兒子，卻突然掉下淚來。

梁珩見他娘突然掉淚，慌忙走過去，扶著趙氏的手臂。「娘，您怎麼了？」

趙氏抹著淚，半晌才說道：「珩兒啊！你翻年就二十了，娘卻沒能給你找房媳婦……」

梁珩將趙氏扶至一邊坐下，無奈道：「娘，您怎麼又在擔心這個？兒子現在準備考試，哪有時間成親呢？」

趙氏道：「別人像你這個年紀，家裡孩子都有兩、三個了。」說著嘆了口氣，又掉下淚來。「說來還是因為咱們家太窮，連像樣的彩禮都拿不出來。」

這幾年，趙氏陸陸續續託媒人給梁珩說過親，但要麼聽到他家家境就一口回絕，要麼就是看在梁珩秀才身分上，願意議親，卻開出他們家拿不出的彩禮條件，總之幾回都沒能成。

趙氏自己受苦受難都能忍下，放在兒子身上，她就心疼得要命。

梁珩又勸道：「娘，等兒子考上功名再說吧！現在就算有姑娘不嫌棄我們家，若是到時候考不上，豈不讓人家姑娘失望嗎？」

趙氏嚇了一跳，連哭都忘了。「說什麼考不上，呸呸，佛祖保佑，我兒說的當不得真。」

這麼多年趙氏累死累活，就是因為兒子一定會考上功名的信念在支持著她，梁珩深知母親這種信念，家裡最難的時候，他好幾次提出不去私塾唸書，都被他母親哭著阻止。

趙氏話音一轉，突然道：「珩兒啊！沈娘子守的是望門寡，這望門寡啊！最是惹人非議了，你以後可要離沈娘子遠些，別叫沈娘子落人口實。」

沈蓁蓁跟趙氏閒聊時，已經說過望門寡這個編造的身分，她如今還不知道這個身分會給她帶來多少麻煩，只想著自己這輩子不會再成親了，望門寡能讓人望而卻步，省去麻煩。

梁珩一愣，總算明白為何他娘今天會突然提起他成親的事來，原來是想隱晦地提醒他不要跟沈娘子接觸太深。

趙氏也不知道為什麼，今天看自家兒子和沈娘子之間，總感覺有些怪。她明白沈娘子對她家有恩，但這恩情畢竟不能讓她將兒子搭進去。

沈娘子若是姑娘，這親事她怕是求都求不來，偏偏守了望門寡，望門寡最是剋家，她兒子是要考功名的人，怎麼樣都不能娶一個望門寡婦。

梁珩沒料到沈小姐年紀輕輕就守了寡，他愣了一會兒，才道：「我知道了，娘。」

他沒有多想他娘話裡另外的意思，只想著要顧及沈小姐的名聲。

趙氏不能將話說得太直白，畢竟只是她的預感，而且沈娘子對她家有恩，自己兒子又是極懂知恩圖報的，若是她把真正的原因說出來，說不定兒子會埋怨她。

等枇杷上的水分晾乾後，沈蓁蓁又給吳嬸家送了一些過去。

她本來想給街坊鄰居送一些，但想到周家嫂子的模樣，還是作罷。

日子便這樣一天天過去，兩人慢慢適應了泉城的生活，每天繡繡花、做做衣裳，偶爾出門買菜，日子如流水一般平靜。

當時離開得太匆忙，兩人都沒帶什麼衣裳，基本上都是後來置辦的。這天早飯後，陽光正好，沈蓁蓁便帶著如意出門。

泉城地處岷江邊上，往來的客船、貨船大多要在這歇腳，所以泉城街道上各地人都有，很熱鬧。
沈蓁蓁帶著如意逛了幾圈，買了些零嘴，恰好看見一間布莊，便帶著如意走了進去。
這件布莊規模很大，一面牆擺著各色布料，另一面的牆上還掛著不少成衣。
掌櫃是個中年女人，滿臉堆笑地迎了上來。「這位娘子想買些什麼？」
沈蓁蓁笑道：「看看有沒有適合的布料，做衣裳的。」
掌櫃笑道：「可巧了，新到了一批江南宋錦，顏色好，花樣也新穎，娘子您看看。」
江南宋錦珍貴，價錢也貴，掌櫃閱人無數，沈蓁蓁兩人身上雖然沒戴什麼貴重的飾品，但從衣裳布料就能推斷出兩人必是富貴人家的，就給她們推銷了宋錦。
沈蓁蓁自然知道四大名錦之一的宋錦，質地輕盈，印花十分精美，笑道：「那可要看看。」
掌櫃眉開眼笑地指著櫃檯上一疋銀星海棠色、印著暗紋的宋錦，道：「娘子看這疋，這可是今年出的新色，賣得最好，大戶人家的夫人、小姐們都很喜歡。」
沈蓁蓁看過去，顏色確實讓人眼睛一亮，極襯膚色，她很喜歡，但是想到自己現在望門寡的身分，便作罷了。
倒是旁邊一疋梧桐色的宋錦，沈蓁蓁極喜歡。
她轉頭對如意道：「如意，妳看看妳喜歡哪疋，一會兒一起買。」
如意點點頭。
沈蓁蓁挑了兩疋，如意也挑了兩疋，沈蓁蓁環顧間，看到西面進門處的牆上掛著一件紗質的柳染色交領襦裙，顏色素淨，裙角繡著幾朵海棠。

這種紗衣穿著極為涼爽，有些薄透，平日不能穿出門，夜間穿著睡覺卻極適合。沈蓁蓁有些心動，便問了衣裳尺寸。

得到掌櫃回答，沈蓁蓁估計自己能穿，便想買下來。

掌櫃笑道：「娘子買了這麼多，就給娘子打個折扣，原先賣二兩銀子，算娘子一兩半。」

沈蓁蓁笑道：「那就多謝掌櫃了。」

說話間，一男一女走進店裡。

男子看起來二十出頭，長相俊逸，穿著一身羽白色綢緞深衣，顯得長身玉立，風度翩翩，手裡搖著一把紙扇，通透的玉質扇骨，一派風流倜儻。

女子不過雙八年華，臉上略施薄粉，巴掌大的小臉上是一雙水靈大眼，穿著一身薄紗裙，胸前鼓鼓囊囊，透過紗衣，隱隱能看到兩條纖細白淨的手臂。

沈蓁蓁略看了一眼，便收回目光。

掌櫃抱歉地朝沈蓁蓁笑笑。「娘子請稍等。」

沈蓁蓁道：「無礙，掌櫃先忙。」

掌櫃笑著迎了上去。「兩位客官想買些什麼？」

齊渭笑了笑，以扇子指了指身旁的佳人。「掌櫃的看看有沒有適合這位小姐穿的成衣。」

掌櫃看了看他身邊的女子，心裡猜測這女子怕是風塵中人，尋常女子不會穿得這麼大膽，便笑著指了指牆上的幾件衣裳。「小姐看看這幾件有沒有喜歡的？」

唐鈺兒看了幾眼，似皆不滿意，搖了搖頭。

掌櫃笑道：「那姑娘自己看看可有喜歡的吧！」

唐鈺兒目光轉了一圈，看到沈蓁蓁相中的那件柳染色的薄衫，眼睛一亮，指著那件衣衫對掌櫃道：「就這件吧！」

她的聲音如黃鶯出谷，又似清風呢喃，一腔吳儂軟語，是個江南女子。

掌櫃抱歉地道：「這件衣衫，那位夫人已經定下來了，正要包起來。」

唐鈺兒眼中明顯閃過失望，順著掌櫃的手看向沈蓁蓁。沒想到掌櫃口中的夫人這麼年輕，一身青花緞子襖裙，面上粉黛未施，白淨的臉看起來比她還年輕。

鬼使神差地，唐鈺兒說了句。「啊！我以為這衣裳是姑娘才能穿出去的呢！」說完似自覺說錯了話，忙向沈蓁蓁福身。「小女子無意冒犯夫人，還請這位夫人見諒。」

沈蓁蓁看著她面帶愧色的臉，突然想起前世，林行周不顧她的反對，將杜月茹接進府裡那天。

杜月茹給她敬茶，不等她伸手就鬆了手，滾滾熱茶便灑在她身上。

杜月茹慌亂地跪下道歉，林行周一把將杜月茹拉起來，凶她道：「妳自己不小心，還想賴給月茹嗎？」

從頭到尾，她一句話都沒有說。

沈蓁蓁回過神，看著唐鈺兒，突然笑了笑。「不是我不肯割愛，只是這衣裳的尺寸對姑娘來說，小了些。」

這是在拐著彎說她身段及不上她。唐鈺兒氣一堵，來不及說話，旁邊看戲的齊滑就輕笑了一聲。

齊滑一進店，就看到裡面站著的沈蓁蓁。沈蓁蓁不是傾國傾城的絕色，他只看了一眼就沒多注意，沒想到這小娘子是個嘴尖舌巧的，不動聲色地就將鈺兒氣得說不出話來。

寧王齊戍，乃當今聖上的親皇叔，而齊滑正是寧王最小的兒子。

齊滑上面還有兩個哥哥，皆十分有才幹，撐持門戶的事自然不指望他。齊滑生性風流，最愛玩樂，小時候就滿長安城蹦躂，算是長安一霸，誰都不敢惹，誰也惹不起。

齊滑長大後，對長安城有些膩了，便帶著僕從，滿大齊地跑。

他自詡風流倜儻，身邊自然不能少了佳人相伴。他久聞揚州瘦馬的美名，前陣子特意去了揚州，隨手散播他到達揚州的消息。果然，第二天當地官員便上門拜訪，還送了不少美人給他。

齊滑瞅著唐鈺兒長相溫婉，帶著股江南女子特有的嬌柔氣質，便留下了她。

唐鈺兒是養父母悉心養大的，琴棋書畫樣樣精通，陪著齊滑一路到了泉城。本來齊滑挑中她，她歡喜了很久，若能被齊滑接進府去，哪怕是做個小妾，都是她最好的歸宿。這一路她算是極盡挑逗，齊滑對她也是溫柔相待，可調笑歸調笑，卻總是坐懷不亂。

唐鈺兒有些著急，今天用飯時給齊湑敬酒，故意想將酒水灑在他身上，她好近身為他擦拭一番。沒想到齊湑反應很快，酒沒倒在他身上，她自己反而被桌上碰倒的酒壺灑了一身，這才會來買衣裳。

齊湑自然明白她的小心思，也不戳破。

他轉頭對唐鈺兒笑了笑，溫柔道：「這衣裳胸圍怕是小了些，我們去別處看看。」

唐鈺兒臉色飛上兩朵紅霞，嬌羞地低下頭。「公子……」

齊湑拉著她，轉身往外走，快走出門時，轉過頭，見沈蓁蓁還看著這邊，對她微微一笑，才離開了。

如意在旁邊輕啐了一聲。「呸，二流子。」

沈蓁蓁搖搖頭。這男子怕是哪個富貴人家的公子哥兒，不再管他們，結過帳，留下地址好讓掌櫃送貨過去，拉著如意回家。

梁珩坐在屋廊下看書，聽到院門嘎吱一聲，抬起頭，看見趙氏拎著一大籃衣裳走進院子。

「娘，您怎麼又去接活？」梁珩放下書，站起身說道。

趙氏如今在沈家做幫傭，活兒輕鬆，工錢也多，梁珩便不願他娘再像以前那樣累死累活地給人縫洗衣裳。

趙氏笑道：「沈娘子家活計不多，中午娘閒著呢！天氣暖和，洗幾件衣裳，能掙幾個錢是幾個錢。沈娘子跟娘說了，到時候你提前進京去，租個小院子，也能安心備考。」

梁珩皺皺眉，就算他不了解京城的房價，也能猜到到時候租房肯定是天價，家裡哪裡拿得出這錢？他娘為了供他唸書，已經盡力了，就算通鋪環境不好，他忍耐一下就是。

「娘，京城房子貴著呢！咱們哪住得起？到時候我住通鋪就行了，別人都能住，我自然也能住。」梁珩勸道。

趙氏卻不同意。「沈娘子說住通鋪，晚上睡也睡不好，睡眠不好，精神就不好。不是說要考七、八天嗎？睡不好怎麼進考場？」

梁珩見他娘滿臉堅持，明白他娘對科舉的執念，便不再多說。

趙氏一邊收拾，一邊道：「你安安心心地唸書就是，沈娘子說，到時候要是我們銀子不夠，她可以先預支一些工錢給娘。」

梁珩愣了一下，轉身進了房間，將門關上。

他愣愣地坐在書桌旁。沈小姐她……何以對他家如此好？

梁珩想起第一次見到沈小姐，她眉眼溫柔，膚如凝脂，巧笑嫣然，談話落落大方。

良久，梁珩回過神，站起身，難得研墨，鋪上一張平常捨不得用的宣紙，提筆欲練字。

提筆運氣，心念合一，下筆行雲流水。

梁珩看著紙上的兩行字，愣了良久，直到筆尖落下一滴墨，滴在雪白的宣紙上，他才驚醒過來，慌忙將筆放至一邊，掏出手帕沾乾了墨汁，但宣紙上到底還是印上了墨漬。

梁珩看著那滴墨漬，嘆了口氣。

也許是天意吧！

等墨乾了，梁珩珍而重之地將宣紙捲好，拉出書桌下裝書的箱子，放了進去。

烈日當頭，沈蓁蓁和如意沒逛多久就回家了。

沈蓁蓁略收拾一會兒，照例躺在軟椅上午睡。枇杷樹樹葉寬大濃密，遮住了陽光，樹下一片陰涼，沈蓁蓁很快就睡熟了。

一個時辰後，隔壁的讀書聲照例伴著她醒來。

「道之不行也，我知之矣。知者過之，愚者不及也。道之不明也，我知之矣……」

這是《中庸》裡的名篇，沈蓁蓁隱約記得一些。

前世她還是姑娘時，看了不少書。後來嫁到林家，錢氏只要看到她看書，便嘲諷她惺惺作態，一個商戶之女看什麼書，後來她便漸漸不看了。

沈蓁蓁沒有起身，躺在軟椅上，聽著隔壁傳來的讀書聲，像是夏雨打在芭蕉上，滿是清涼之意。

她慢慢閉上眼睛，又睡了過去。

如意起身的時候，見小姐還在睡，便輕輕出了院門，到隔壁叫上趙氏，一道買菜去了。

沈蓁蓁是被敲門聲吵醒的。

她打開門，見門外站著一個穿著素色短衫的夥計。

夥計笑著問道：「請問這是沈夫人家嗎？」

沈蓁蓁看著他身後的馬車，猜測可能是布莊送布料來了，便道：「是的，請問小哥是送布過來的嗎？」

夥計笑道：「是的，真是不好意思，晚了些。」

沈蓁蓁道：「不礙事。」

夥計將幾疋布扛進院子。「夫人，您看要將布疋放在哪裡？」

沈蓁蓁跟在他後面，打開堂屋的門。「放在桌上就行。」

夥計將布放下，目不斜視地出了房。

沈蓁蓁謝過夥計，給了十幾文錢，算作辛苦費。

夥計駕著馬車出柳蔭巷，心裡嘀咕。怎麼這夫人買得起名貴的宋錦，卻住在這麼簡陋的小院子裡？

不一會兒，如意和趙氏買了一隻鵝回來。

趙氏提著那隻呆頭呆腦的大白鵝，進門便道：「如意姑娘的心真是跟娘子一般善良，見賣鵝的是個頭髮花白的老人，衣裳也破舊，便買了下來。姑娘看是殺了還是養著？」

沈蓁蓁看著那隻呆頭鵝，愣愣地不知死到臨頭。「殺了吧！沒地方養呢！」

趙氏應了一聲，去生火燒水了。

如意不敢看，搬了小凳子坐在沈蓁蓁旁邊，陪她說話。

趙氏動作麻利，很快就收拾好了，走出廚房問沈蓁蓁想怎麼吃？

沈蓁蓁笑道：「趙嬸覺得怎麼做好吃，就怎麼做吧！」

趙氏笑了笑。「那行，就做燒鵝吧！蘸著醬料吃。」以前梁父還在時，梁家也是富足的，只是後來梁父害了病，家底掏盡，也沒治好病，人還是去了。

晚飯一做好，趙氏照例準備回家，沈蓁蓁叫住了她。

「趙嬸等等，帶些燒鵝回去，給公子嚐嚐吧！」沈蓁蓁站起身，準備去淨手。

趙氏連忙推辭。「使不得、使不得。」說著便想往外走。

沈蓁蓁忙道：「也不是什麼稀罕物，嬸子要是不做，我們誰都吃不著。嬸子先別走，免得如意再跑一趟。」

趙氏只好應下來，連聲感謝。

沈蓁蓁淨好手，進了廚房，切了小半隻下來，裝進盤子裡。本來想將鵝頭一塊兒切下來，想到梁珩是讀書人，吃了鵝頭別也變成呆頭鵝，便作罷了。

趙氏心情複雜地端著鵝肉回家。沈娘子對他們實在太好，可她卻防著沈娘子。

趙氏嘆了口氣。為何沈娘子偏偏是望門寡呢？

第三章

進入盛夏，天氣越來越熱了。

這天傍晚，趙氏在廚房收拾，沈蓁蓁坐在院裡納涼，如意將水井冰著的夏瓜拉上來，抱進廚房。

「嬸子，一會兒您收拾好了，出來吃瓜。」如意邊說，邊將夏瓜切成塊。

趙氏笑道：「妳跟娘子吃就是。」

如意停下來，說道：「嬸子別這麼客氣，幾塊瓜不算什麼。」

趙氏笑了笑，應了下來，繼續低下頭洗碗，心裡卻忍不住哽咽。人情冷暖，這十多年她見得太多了，真是菩薩保佑，才遇上這麼好的東家。

三人在院裡吃夏瓜，趙氏又忍不住跟沈蓁蓁打聽科舉的事。

沈蓁蓁其實不大願意提起這個，但想梁珩不日就要進京，便撿了些需要注意的說了。

趙氏聽得認真，連手裡的瓜都忘了吃。

正說話間，外面傳來一陣尖聲叫罵。

「你個殺千刀的，老娘累死累活掙回來的錢，你幾下就輸得精光，你還回來做什麼？你怎麼不死在外面！」

趙氏經歷得多了，見沈娘子和如意面有疑色，便道：「周家那兩口子又在吵架了。」

說完又補充道：「周家是做豆腐生意的，男的以前還算忠厚老實，這幾年不知道怎麼了，染上了賭癮，十天半個月就要去賭坊，兩口子為此經常吵架。娘子可別管，不是我背後說，周家那林氏可不是什麼好相與的。」

沈蓁蓁點點頭。周家男人聽著就不是什麼老實人，那林氏的性子，她已經見識過了。外邊動靜越來越凶，兩人先是吵嘴，吵著吵著好像打起來了。林氏尖銳的哭罵聲傳來，還夾雜著孩子的哭聲。

沈蓁蓁皺了皺眉。

趙氏道：「剛開始街坊鄰居還會上門勸幾句，但林氏那潑辣勁，翻臉就不認人，罵起來連上門勸架的都罵，幾回下來，再沒人願意管了。」

「對門左手邊那家是姓什麼？」沈蓁蓁突然想起那兩顆雞蛋，問道。

趙氏道：「那家原先的男人姓黃，女人姓孫。說起來孫嫂子也是苦命人。」

沈蓁蓁想起那天見到的孫嫂子，滿臉的愁苦，連笑都有些勉強。

趙氏說道：「孫嫂子原先的男人叫黃原，是個讀書人。以前我丈夫在世的時候，是我丈夫門下的學生，我丈夫誇過他好多回，說他聰穎，是塊料子。當初他家家境貧寒，我丈夫連束脩都沒收。黃原讀書時，家裡內外都是孫嫂子一手操勞，還養著兩個孩子，累死累活的。黃原一共考了兩回，才考上進士，本以為終於可以享福了，誰知道黃原連家都沒回，就寫了一封休書讓人帶回來，孩子也不要，讓孫嫂子看著辦。後來聽說黃原娶了一個大官家的小姐，到外地做官去了。」

沈蓁蓁萬萬沒想到，孫嫂子竟有這樣的遭遇。

如意聽得驚叫起來。「那個男人憑什麼拋家棄子！供他吃、供他喝，累死累活地給他做牛做馬，說休就休？孫嫂子怎麼不進京告他去，看他還怎麼做官！」

趙氏道：「可不是，街坊鄰居看不過，都這麼勸她，可孫家嫂子說什麼也不同意，說黃原出身卑微，在京城裡沒個照應，她以後再也幫不上他了，他休了她，還能在京城裡找個靠山。」

沈蓁蓁聽了原因一愣，如意也傻眼了。都說可憐之人必有可恨之處，孫嫂子也是讓人哀其不幸、怒其不爭了。

趙氏說到這裡，也打開了話匣子，將周邊鄰居家的情況大致說了一遍。

沈蓁蓁這才知道，對門那家姓曹，也是做生意的，盤了間麵點鋪子，兩夫妻在店裡忙活，早出晚歸的，老母親在家帶孩子。不過沈蓁蓁搬來半個月，都沒見過那對夫妻。

趙氏坐沒多久，便告辭回家，如意還塞了小半個夏瓜給她帶回去。

周家那邊折騰了大半個時辰，漸漸消停下來。

梁家。

梁珩點著油燈看書，臨近考試，前些日子趙氏買了幾斤桐油回來，專門給梁珩用。

正看著書，趙氏端著茶盤進來，盤子裡盛著幾塊紅瓤黑籽的夏瓜，煞是好看。

梁珩放下書，笑道：「今兒什麼日子，娘還買了夏瓜？」以前趙氏恨不得一文錢掰作兩文錢用，除了必要的開支，從來捨不得多花一文錢。

趙氏道：「沈娘子家送的，說讓你也消消暑。」

梁珩愣了一下。

趙氏將茶盤放在桌上，半晌，開口說道：「珩兒啊！娘覺得如意這姑娘極好，相貌標致，脾氣也好。」

梁珩拿起一塊夏瓜，咬了一口，清甜的汁水入肚，甜味似要流進心底。聽他娘這麼說，他知道如意姑娘自然是極好的姑娘，也沒有多想，便點了點頭。

趙氏見兒子點頭，滿意地笑了笑。「那珩兒你繼續溫習功課，娘不打擾你了。」

梁珩吃了一塊後，便不再吃了，油燈忽閃間，房間內還是有些昏暗。

暗夜深深，房間裡驅蚊的艾草味有些嗆人，梁珩直起身體，伸手揉了揉痠澀的眼睛。轉頭看到桌上那兩塊紅豔豔的夏瓜，臉上不覺掛上一絲笑意，像是在深夜裡，有人靜伴身側一般。

這天早上，沈蓁蓁和如意出門回來時，迎面遇上了孫嫂子。

她穿著一身青布舊襖子，身邊跟著一個十三、四歲左右的半大少年。少年穿著一身灰白粗布短衫，收拾得很乾淨。

孫嫂子面有喜色，正跟少年說著什麼。

沈蓁蓁停下來，笑著打了聲招呼。「孫嫂子早。」

孫氏也停下來，笑著回了一句。「妹子買菜回來了？」又低頭看著身邊的少年。「梵兒，叫嬸子。」

黃梵規矩地叫了一聲。「嬸子。」處於換聲期的少年，聲音裡帶著幾分沙啞。

沈蓁蓁笑著回應，心裡有些驚訝，柔弱的孫氏竟能養出這麼個氣質非凡的兒子。

黃梵有幾分像孫氏，相貌剛正，比孫氏高出半個頭，還帶著些稚氣的臉上滿是嚴肅之色，目光堅定，腰桿挺得筆直，隱隱透出一股沈穩的氣質。

沈蓁蓁問道：「嫂子這是去哪裡呢？」

孫氏臉上難得帶了些笑意，看著身邊的兒子，笑道：「梵兒要去陳家木坊做學徒了，我送他一程。」

沈蓁蓁一愣，有些明白過來，便笑道：「那真是恭喜嫂子，不耽誤嫂子了，您忙。」

孫氏笑笑。「我們這就走了，妹子什麼時候有空，來我家坐坐。」

黃梵也禮貌地朝兩人點點頭，跟著他娘走了。

兩人往家裡走，如意在後面輕聲說道：「原來這就是孫嫂子，看著柔柔弱弱的樣子，倒是她那個兒子看著像樣。」

沈蓁蓁道：「說來，孫嫂子應該也是對讀書這條路失望了吧！兒子去做木匠學徒，她反而很高興的模樣。」

如意點點頭。「可不是嗎？有些人空有一腹聖賢書，還不是改不了狼心狗肺的本性。」

說著，如意掏出鑰匙打開門，將菜提進廚房。

沈蓁蓁嫌在屋裡悶得慌，每天陪如意去買菜，倒成了樂趣。

幾天後，兩人買菜回來，剛走進巷口，就看到巷子裡站了幾個人，趙氏也在。

其中，周家嫂子拉著一個男人，指著男人的臉罵。

沈蓁蓁跟如意對視一眼，周家兩口子怎麼又鬧上了？

「老娘為你做牛做馬的，你竟然拿著老娘掙來的血汗錢去養暗娼?!你良心被狗吃了？」

男人低聲讓林氏別嚷嚷，林氏尖叫道：「你既然不要狗臉，就讓街坊鄰居看看，你這臭不要臉的……」

沈蓁蓁兩人加快了腳步，這是別人家的家事，她們沒有心思摻和。

兩人估計鬧有一陣子了，旁邊有人出言相勸。「周嫂子別罵了，有事好好商量。」

林氏尖聲道：「我鬧？是這臭不要臉的，拿著老娘的銀子去養暗娼，還養了這麼些年，老娘累死累活的，就是幫你養暗娼的嗎？」

越罵到後面越難聽，周家男人當眾沒了臉面，有些掛不住，突然狠狠甩了林氏一耳光。

林氏撲倒在地，號天哭地地號哭起來。「我為你們周家累死累活大半輩子，到頭來就是這麼個下場，我不活了啊——」

旁邊兩個孩子也跟著林氏哭起來。

周家男人似有愧色，想拉林氏起來，又拉不下臉，便杵在一邊，任林氏號哭。

林氏突然拉過沈蓁蓁上次見到的那個女孩開始打，女孩不哭不鬧地任林氏打，林氏邊打邊罵，周家男人也不管，只在一旁看著。

街坊鄰居都知道這林氏，只要一跟男人吵架，便拿孩子出氣。

曹家老太太看不過去，勸道：「周嫂子，妳別拿孩子出氣！」

林氏尖叫道：「我打我女兒，妳別多管閒事！」

曹老太太見勸不住林氏，嘆息一聲。「作孽喲。」轉身回家去了。

沈蓁蓁兩人也走到家門口了，可她看林氏一巴掌又一巴掌地打在女孩臉上，女孩的臉頰高高腫起，卻不哭不鬧，眼裡灰暗一片。

沈蓁蓁看得心痛，走上前道：「嫂子，冤有頭、債有主，誰惹您，您找誰去，孩子有什麼錯？孩子可是您親生的，您打她除了自己心痛，別人誰都沒影響，還白看了場熱鬧。」

林氏愣了一下，停了下來。

沈蓁蓁拉過那女孩，女孩身上的衣裳髒兮兮的，頭髮也亂成一團，臉上灰撲撲的，只有那一雙眼睛呆滯得懾人，裡面沒有半分靈動，像是一灘死水。

沈蓁蓁伸手替她理了理頭髮，心裡嘆息一聲。

女孩轉了轉眼珠看向她，沈蓁蓁對她笑了笑。女孩突然扯過沈蓁蓁的手，狠狠咬了上去。

小臂傳來一陣劇痛，沈蓁蓁不禁輕呼一聲。

如意嚇得驚叫一聲，周圍人也嚇了一跳，林氏嚇得連哭都忘了。

一旁的趙氏撲過來，拉住女孩。「大丫，妳這孩子做什麼？快鬆開！」

大丫卻死死咬住沈蓁蓁的小臂，不肯鬆開，眼裡滿是執拗，像是餓了很久的災民，寧死不鬆口地咬著救命的饅頭。

周家男人見自己女兒咬了鄰居娘子，急步走過來，揪住大丫的頭髮，狠狠往後一扯，喝罵道：「大丫妳要死嗎？快鬆開！」

大丫被狠狠往後一扯，還是不鬆口，沈蓁蓁手臂也被帶了過去。

周家男人見大丫死不鬆嘴，伸手就欲打她，沈蓁蓁連忙阻止。

「別打她！」沈蓁蓁忍著疼，低頭看著大丫，輕聲道：「大丫，鬆開吧！」

大丫看著沈蓁蓁溫和的臉，愣了一會兒，鬆開了嘴。

沈蓁蓁看到大丫眼角含著淚，她能明白大丫為什麼會咬她。

大丫生長在這樣一個環境裡，作為女孩，本來就不怎麼受重視，爹娘一吵架，就被當成出氣筒，從來沒有人對她好，也沒有人會考慮她的感受。

而她對她的維護，可能讓大丫無所適從。大丫已經習慣了不被人關心、爹娘的漠視，她對這一切已經有了保護殼，而這天，沈蓁蓁卻差點出手將這個保護殼打破，儘管她是出於好意。

沈蓁蓁手臂上的衣裳滲出血色，趙氏趕忙將她的袖子撩起，就見手臂上有著兩排深深的牙印，肉被咬破了，正流著血。

林氏看著沈蓁蓁的傷口，不禁嚇得噤口。

「小姐！」如意慌忙掏出手帕，慌亂地給沈蓁蓁包紮。

周家男人自然也看到了，反手就給大丫一巴掌。大丫被打倒在地，周家男人還欲再打。

沈蓁蓁忍著疼，連忙阻止。「別打了！」

周家男人轉過頭來。「都是大丫這孩子，我送娘子去醫館看看吧！」周家男人長相很普通，面相並不凶惡，沈蓁蓁卻對他沒有半分好感。

沈蓁蓁皺眉。「不麻煩大哥了，我不怪大丫，大哥千萬別打她了。」

趙氏趕忙說道：「娘子等等，我去叫珩兒來送娘子去醫館。」沈娘子和如意畢竟是姑娘，有事的話還是有個男子在身邊好一些。

趙氏小跑著進院門，顧不得順氣，便道：「珩兒，快，沈娘子被咬傷了，你快送她去醫館！」

梁珩手裡的書啪的一下掉在地上，顧不得撿，跑出房。他早就聽到巷子裡的動靜，但他沒有理會，只是沒想到沈小姐會被捲進去，還被咬傷了。

他衝出院門，一眼就看到人群中的沈小姐，他顧不上儀容，幾步跑到沈蓁蓁身邊。

沈蓁蓁手臂上已經包上手帕，隱隱有血跡滲出來。

「還疼嗎？」梁珩焦急地看著沈蓁蓁的手臂，聲音輕得像是怕她疼一般。

沈蓁蓁看著面色焦急的梁珩，搖搖頭，安撫似地笑了笑，來不及說話，後面跟來的趙氏焦急道：「珩兒你愣什麼啊！快送娘子去醫館！」

梁珩反應過來，一下蹲在沈蓁蓁面前。「沈小姐，我送妳去醫館！」

沈蓁蓁看著梁珩的後背愣了愣，如意忍不住說道：「小姐受傷的是手臂，能自己走，梁公子帶我們去醫館就是。」

梁珩愣了一下，站起身來，面色通紅。「那……那我送小姐去醫館吧！」

周家男人道：「是大丫這丫頭咬傷了娘子，我跟你們一塊兒去吧！醫藥銀子我出。」

沈蓁蓁聞言，轉頭看向周家男人，他看著倒是很真誠。

沈蓁蓁道：「不必了，我不怪大丫，也請大哥別再打她。」說完便轉頭對趙氏道：「嬸子在家做飯吧！」說著指了指旁邊地上的一籃菜。「菜在這裡。」

趙氏應下，沈蓁蓁和如意便跟著梁珩出了巷子。

林氏在後面看著幾人離去，撇了撇嘴。瞧梁家兒子那緊張勁，果然是有什麼見不得人的關係。

出了巷子，如意憤憤不平地道：「小姐，那丫頭真像野孩子，小姐好心好意地勸她娘別打她，怎麼反而咬了小姐？真是狗咬呂洞賓……」

沈蓁蓁阻止道：「好了，如意，那孩子也是可憐，爹不疼、娘不愛的。」

如意氣呼呼地說道：「那是小姐的錯嗎？不咬她爹娘，怎麼還咬小姐了？」

沈蓁蓁搖搖頭，沒再說話。

「這麼深的傷口，也不知道會不會留疤。」如意這麼一想，頓時著急起來，眼眶都急紅了。

沈蓁蓁拍拍如意的手。「不要緊，別擔心。」

梁珩沈默地走在一旁，聽她們說著話。

沒多遠就有一家醫館，名叫「善仁堂」，一個面目和善的老大夫坐在一旁的診桌後，見三人進來，問道：「幾位誰看病啊？到這裡來。」
三人走過去，如意說道：「大夫，我家小姐被人咬傷了。」
沈蓁蓁坐下來，將受傷的左手放在桌上。大夫拆開上面綁著的手帕，兩排深深的牙印露了出來，手臂上滿是血跡。
梁珩屏著呼吸，緊緊地盯著那兩排牙印。
大夫察看一番。「先把血清洗乾淨。」一招夥計端清水來。
等夥計把水端上來，如意小心翼翼地替她將血擦拭乾淨，兩排牙印清晰地顯露出來。
大夫又叫夥計取來藥酒。「這位小娘子，妳這傷需要用藥酒搽一搽，會有些疼，妳忍一忍。」
見沈蓁蓁點點頭，大夫便用棉花沾了藥酒，開始搽藥。
梁珩看著沈蓁蓁臉上的痛色，感覺自己的心也疼得打顫。他緊緊握著手，緊張地看大夫搽完藥酒，撒上藥，包紮起來。
「小娘子，妳這傷口結痂前不能碰水。」說著，老大夫抬頭對梁珩道：「這藥一天一換，連敷三天，小相公記好了。」
老大夫見沈蓁蓁梳的是婦人頭，又看梁珩緊張得冒汗，兩人年紀也相仿，以為兩人是年輕小夫妻。
梁珩沒有反應過來，愣愣地點點頭。
沈蓁蓁臉一熱，忙解釋道：「大夫誤會了，我和梁公子只是鄰居。」

老大夫愣了一下，意識到自己弄錯了，輕笑一聲道：「真是對不住。」

梁珩這會兒也回過神來，臉皮一下變得通紅，低著頭，不敢再看沈蓁蓁。

如意問道：「大夫，我家小姐這傷口會不會留疤啊？」

老大夫搖搖頭。「不好說，應該會留下，但不礙事，就算會留疤也不深。」

什麼不礙事啊？她家小姐以前可從沒有受過傷。「有沒有藥可以去疤？不論價錢，您只管開。」

善仁堂還真有去疤膏，不過價格很貴，見如意這麼說，便開給她們了。

幾人取了藥，謝過老大夫後出了醫館。

梁珩接過如意手裡的藥包，走在一旁。

如意看著目不斜視的梁珩。「梁公子的功課溫習得可好？」

梁珩轉過頭來，見沈蓁蓁也看著他，不禁想到大夫誤會他倆的關係，慌忙轉過頭去，低聲答道：「還……還好。」

如意對這個回答不甚滿意，追問道：「梁公子考試可有把握？」

梁珩搖搖頭。「天下能人輩出，比我學問好的不勝枚舉，自然不敢說絕對有把握。」

沈蓁蓁看著沒說三句話又紅了臉的梁珩，搖搖頭道：「公子自然是有真才實學的，可別妄自菲薄。」

突然，她想到一件事，林行周也會進京考試，不知道梁珩會不會碰上他？

梁珩轉過頭，見沈小姐滿臉複雜地看著他，不禁一愣，有些不明白她眼中的情緒，似憎恨，又似厭惡。

三人回到巷子，人早就散了，周家那邊也沒了動靜。

梁珩提著藥跟著她們進了沈家，趙氏已經做好飯，正焦急地坐在屋檐下等他們，見他們回來，趕忙站起身，問道：「怎麼樣了？」

沈蓁蓁笑道：「連累嬸子擔心了，沒什麼事，過幾天就好了。」

趙氏鬆了口氣。「那就好。娘子跟如意去洗手吃飯吧！飯我做好了，在鍋裡溫著呢！我們這就回去了。」

沈蓁蓁忙道：「嬸子別回去忙活了，公子將就在這兒吃吧！折騰這麼一早上，還要多謝公子送我們去醫館。」

梁珩連忙拒絕。「不、不，我自己回去隨便吃些就好。」

如意笑道：「君子遠庖廚，莫不是公子嫌棄寒舍簡陋？」

梁珩連忙道：「不不不……」

話還沒說完，如意便打斷他，拍板道：「既不是，那就這樣定了！」

趙氏在一旁看著兩人，笑了笑。「那就多謝娘子和如意姑娘了。」

梁珩見趙氏都這麼說了，只好應承下來。

趙氏招呼梁珩將飯桌搬到院子裡，見沈蓁蓁搬著凳子過來，梁珩迎上去，接過來擺好。

如意快手快腳地給梁珩端來一盆清水。「公子淨淨手。」

梁珩紅著臉道謝。

如意見梁珩臉皮通紅，笑道：「公子怎麼這麼容易害羞？俗話說遠親不如近鄰，公子不要這麼客氣，把我們當成外人，公子快坐。」

趙氏端著菜出來，看著兩人像一對璧人似地，心生歡喜，笑道：「如意姑娘真是生了一張巧嘴。」

等菜上齊，沈蓁蓁在梁珩隔壁一旁坐下來，招呼著趙嬸坐。

如意盛好飯，趙嬸也坐下了，不講究什麼男女不同席，大家坐在一塊兒。

趙氏燒了三菜一湯，清蒸魚、紅燒茄子、肉末豇豆，還有一道絲瓜湯。

梁珩吃飯時也帶著一股文質彬彬的書生氣，細嚼慢嚥的，很是斯文。

沈蓁蓁見梁珩只吃飯，也不挾菜，便挾了一塊魚肉給他。「公子吃菜啊！」

梁珩抬起頭，見沈蓁蓁正眉眼含笑地看著他。

他慌忙低下頭，輕聲道謝。「多謝沈小姐。」

沈蓁蓁笑道：「公子以後是要做大官的，這麼害羞可不行。」

趙氏聽著高興，笑道：「可不是，珩兒這些年悶頭唸書，沒什麼人際往來。我看娘子是見過世面的，以後還要麻煩娘子多教教珩兒。」可不是見過世面嗎？沈娘子對科舉的事熟稔得很，想必以前家中有人考過。

梁珩正悄悄用米飯蓋住那塊魚肉，沒接話。

飯畢，如意幫趙氏收拾碗筷，留下沈蓁蓁和梁珩坐在院中。

「公子打算什麼時候進京？」沈蓁蓁問道。

兩人隔得不遠，梁珩甚至能聞到沈蓁蓁身上的清香。本來他用過飯就該告辭回去溫書，卻感覺腳像被定住一般。

梁珩道：「約一個月後。」

沈蓁蓁輕聲道：「很多人考了一輩子也不見得能考上，公子還年輕，機會還多，盡力就是了，不必給自己太多壓力。」

梁珩看著沈蓁蓁溫婉恬淡的臉龐，只覺得心顫得厲害，喃喃叫了一聲。「沈小姐……」

沈蓁蓁看向他，眼裡帶著詢問。

梁珩也不知道自己想說什麼，只是想叫她。

沈蓁蓁沒有追問，低頭見地上有幾粒飯，彎腰撿了起來。

梁珩倏地站起身來，說一聲告辭，便匆匆走了，留下不明所以的沈蓁蓁。

如意端著一盤夏瓜出來，見梁珩不見蹤影，便問：「小姐，梁公子呢？」

沈蓁蓁笑道：「不知道怎麼了，突然告辭走了。」

如意笑了笑。「梁公子面皮實在太薄。」

梁珩有些慌張地回到家，臉上熱度遲遲不散。

他走進房間，撿起地上的書，卻怎麼都看不進去，腦海裡始終浮現沈小姐彎腰那一幕。

她今兒穿了一件水藍色的半臂裳，一彎腰，就露出裡面的粉白色肚兜。他當時正看著她，這幕剛好落入他眼中。

梁珩猝然放下書，走到院中打了井水洗臉，冰涼的井水終於壓下他臉上的熱意。

他很羞愧，怎可如此褻瀆沈小姐？

這天，趙氏照例去仙客居領髒被單，同行的還有住在柳蔭巷周邊巷子的街坊女人。大家都是熟識，一路說說笑笑的，倒也熱鬧。

袁嫂子將趙氏拉到一邊，悄聲問道：「大妹子，妳家梁珩要跟那個新搬來的望門寡女人議親嗎？」

趙氏一怔。「誰說的？」

「我聽她們在說。」袁嫂子用嘴努了努前面幾個女人。「說得可難聽了。」

趙氏的臉倏地沉了下來。「是哪個爛舌頭說的？我們家珩兒和沈娘子清清白白，可別壞了沈娘子的名聲。不行，我得問問她們去。」

趙氏趕上前面幾個女人，風風火火地問她們是從哪裡聽說的。

幾個女人沒想到趙氏會那麼直白地問出來，其中一人支支吾吾地道：「梁家嫂子別急，好像是你們隔壁鄰居周家豆腐坊的林氏說的。」

趙氏沈著臉，不去領被單了，轉身就往回走。

趙氏守寡這麼多年，性格自然是強硬的，不然早就不知道被人怎麼欺負。

趙氏上周家時，林氏正在磨豆腐，見趙氏面沈如水，不禁有些心虛。

「趙嫂子買豆腐嗎？」林氏勉強笑著打了聲招呼。

趙氏開門見山地問：「周家嫂子，是妳亂傳我家珩兒和沈娘子的謠言嗎？」

林氏素日裡就好說人長短，這事若是她說的，趙氏深信不疑。

林氏僵了一下，趙氏果然是上門找麻煩的。

趙氏一看林氏這反應，心裡還有什麼不明白的，喝罵道：「林氏，妳憑什麼亂傳我家珩兒和沈娘子的謠言？不怕爛了妳的舌頭？我家珩兒和沈娘子清清白白，偏妳這長舌婦亂嚼舌根！」

林氏一聽，不樂意了。「什麼清清白白，我親眼看到沈娘子從妳家門裡偷偷摸摸地出來！怎麼？敢做還不敢讓人說？」

趙氏一聽，氣壞了。「妳這長舌婦，上門做客就是有苟合，那妳家這多少男人來過？怎麼不說有見不得人的勾當？」

兩人誰也不讓誰，越吵越熱鬧。

梁珩正在房裡看書，聽到他娘和人吵架的聲音，連忙扔下書，循著聲音來到周家，見他娘正跟林嫂子罵得起勁。

梁珩忙上前拉住趙氏。「娘，您怎麼跟周家嫂子吵上了？」

「珩兒？你來做什麼？回家看書去！」

梁珩道：「您在這兒跟人吵架，我怎麼看得進去？」

林氏見梁珩來了，氣焰更甚。「當著大家的面，梁珩，你說說，那天沈娘子有沒有上你家，你還偷偷地送她出來？」

梁珩一愣，反應過來她說的是哪天，忙道：「那天沈小姐差點被狗咬了，才進我家避一避的。」

林氏哈哈一笑。「騙誰呢！就這麼巧，差點被狗咬？」

趙氏冷笑道：「可不是這麼巧？沈娘子不知道被誰家孩子咬了一口，遭了難，枉花了不少銀子不說，送幾塊豆腐就算完了。沈娘子大度不計較，偏偏有人連知恩圖報也不懂，反嘴就咬了沈娘子一口。」

林氏一聽，頓時滅了氣焰，訕訕地住了嘴。

梁珩道：「算了，娘，我們回去吧！」

趙氏不願意在兒子面前與人吵架，跟著梁珩回去了。

娘兒倆回到家後，梁珩便問：「娘，您怎麼跟林嫂子吵上了？」

梁父剛過世那幾年，經常有人明裡、暗裡欺負娘兒倆，那幾年趙氏經常跟人吵架，但是這幾年，隨著梁珩長大，趙氏已經很少跟人吵嘴了。

趙氏氣道：「周家那長舌婦，到處跟人說你和沈娘子的閒話！你們清清白白的，哪容得她胡說？」

梁珩問道：「她說什麼了？」

趙氏怎麼會跟兒子說那些穢語污言。「你好好看書就是，這些事你別管。」

趙氏說著就想進屋，梁珩卻突然說了一句。「娘，沈娘子的名聲毀在我身上了，我得負責。」

趙氏愣了一下，轉過頭，似有些不相信地追問道：「珩兒，你說什麼？」

梁珩鄭重地道：「我要對沈娘子負責。」

趙氏呆立當場，萬沒想到兒子會說出這種話。

「不行！」

梁珩看著趙氏堅決嚴肅的臉，有些不解。「為什麼，娘？」

趙氏張了張嘴。「沈娘子不適合，娘已經看好了，如意是個好姑娘，等你考中了，娘就給你做主，問問如意姑娘的意思。」

梁珩沒想到他娘竟打著這個主意。「沈小姐怎麼不適合了？如意姑娘是個好姑娘，但是兒子……」

他想說他中意的是沈小姐，話到嘴邊，硬生生地吞回去。他現在一窮二白，中意她這種話不敢輕易說出口。

梁珩雖沒說完，趙氏卻明白他未完的話是什麼。她壓低聲音，喝道：「珩兒，你瘋魔了不成？沈娘子是什麼身分，如何能與你相配？」

梁珩看著他娘眼中的冷意，突然明白他娘的意思，見他娘滿臉的驚詫、不滿，張了張嘴，卻說不出話來，頹喪地進了房間。

趙氏看兒子將門掩上，並沒有追上去，而是面色沈沈地站在原地。

沈蓁蓁正在睡午覺，迷迷糊糊聽到罵聲，心想大概是周家兩口子又在吵架，並不理會。

如意倒是聽得真切，等沈蓁蓁睡醒了，氣呼呼地跟她說了。

沈蓁蓁一愣，沒想到周家嫂子竟是這種人，不僅貪婪市儈，還如此好說人長短。

如意很生氣，沈蓁蓁卻沒有多少氣憤，她都是死過一次的人了，這些還不會讓她在意。

「由她們說就是了，我們只是在這裡暫住，實在住不下去了，咱們換地方就是，別氣了。」沈蓁蓁安慰道。

「這周家嫂子真不知道怎麼為人的，怎麼會有這樣的人？」在跟著沈蓁蓁出來以前，如意在沈府是極體面的大丫鬟，平日沒人敢給眼色看，也沒見過這麼恬不知恥的人。

沈蓁蓁笑道：「大千世界，什麼樣的人都有。以後咱們走南闖北，怕是會碰到更多像這樣的人，咱們不理會她就是。」

兩人聊了一會兒，如意猶豫地說道：「小姐……其實我覺得梁公子人挺好的。」

沈蓁蓁嗯了一下，表示贊同。

如意又道：「小姐要不要考慮、考慮梁公子？」

沈蓁蓁愣了一下，看著如意臉上的希冀，笑道：「梁公子哪裡得妳青眼了？」

如意見她並不生氣，說道：「梁公子脾氣好啊！」

「脾氣好的男子多著呢！」沈蓁蓁道。

「相貌也好。」如意道。

沈蓁蓁笑了笑。「相貌不過是皮囊罷了。」

如意又道：「梁公子還是讀書人，以後小姐可以做官夫人呢！」

沈蓁蓁怔了一下，眸色冷下來。官夫人？這一世她再不稀罕。

沈蓁蓁站起身來，道：「我們只是在這兒暫住，如意妳啊，就別忙活想找個姑爺了。」

是夜，沈蓁蓁躺在床上，輾轉反側，無法入睡。想到如意白天說的話，腦海裡總想起梁珩的臉。

梁珩長相俊秀儒雅，眉眼溫潤，上次碰上惡狗，孤立無援時，梁珩就出現在她身邊。那一句「沈小姐別怕」，讓她驚懼的心倏地安定下來。

沈蓁蓁回想起當時的場景，梁珩擋在她面前時，她像是一個溺水的人在水裡掙扎很久，精疲力盡的時候，遇到了救命的手，她就想要緊緊抓住……

最近，沈蓁蓁明顯感覺到趙氏似乎心裡有了膈應，每次做好飯就走，說話也是淡淡的，不像以前那麼熱情了。

沈蓁蓁並沒說什麼，只是趙氏這樣，讓她看著有些鬧心。

這天，趙氏正在廚房裡收拾，沈蓁蓁走了進去。

趙氏衝她笑了笑。「沈娘子怎麼進來了？」

沈蓁蓁走到灶孔邊坐下，道：「前幾日關於我和梁公子的流言，我也聽到了，還請嬸子不要介意。我們只是暫時在這裡住一段時間，之後就會離開，這些不實的流言，很快就會散的。」

趙氏怔了一下。

沈蓁蓁繼續說道：「梁公子就要考試了，嬸子別在意那些有的沒的，讓梁公子分心。」她明白趙氏心裡介意她現在的身分，她沒有道破，特意解釋一番，已是仁至義盡。說起來趙氏只是她們請的幫傭，若是在她們這兒做得不舒心，隨時可以給她結算工錢。

趙氏沒想過沈蓁蓁她們會走，放下碗，吶吶道：「娘子竟要走嗎？」

沈蓁蓁把話說完，便站起身。「嬸子您忙。」說完便出了廚房。

趙氏收拾好，出來打了聲招呼便回家去了。

回到家，天色已經暗了下來，兒子房間裡的燈光從窗戶裡照了出來。

趙氏在院中站了一會兒，便回房去了。

一切等考試後再說吧！

沈蓁蓁深居簡出的，很快一個月過去，到了梁珩赴京趕考的日子。

趙氏提前十多天就開始給梁珩收拾行李，生怕有什麼忘記帶了。

出發日子一天天臨近，趙氏似乎比梁珩還緊張，如意多次碰到她做飯的時候走神兒。

這天傍晚，趙氏收拾好廚房出來，就見到沈蓁蓁和如意坐在樹底下納涼。

前些日子，如意突發奇想，想起到了夏天，沈家涼亭都是用紗布罩起來擋蚊子，便買來紗布，將四角綁在枇杷枝椏上，在樹下弄了個四四方方的紗網罩。

這個紗網罩是趙氏陪如意去買的，花了二兩銀子，趙氏當時還不知道如意買它做什麼，沒想到竟是用來擋蚊子的，倒是新鮮，可就是貴。

沈蓁蓁見趙氏愣愣地站在那兒，心知她有事，便招呼了聲。「嬸子進來坐。」

趙氏應了聲，走過去撩開紗簾，如意連忙給她搬了張凳子過來，招呼她坐。

沈蓁蓁看著趙氏欲言又止，臉上滿是為難之色，猜出她想做什麼，便道：「梁公子這兩天就要進京了吧？」

趙氏點點頭。

「都收拾好了嗎？」

趙氏道：「都收拾好了，家裡沒有什麼東西能給他帶去，行李也不多。」

沈蓁蓁道：「嬸子還是給公子備一些常用的藥，像是腹瀉藥、風寒藥什麼的。聽說到時候京城裡有賣藥寶盒，裡面什麼常備藥都有，很方便，嬸子交代公子買一盒吧！」

趙氏又應了一聲。

「嬸子等等。」沈蓁蓁站起身進屋，趙氏頗有些坐立不安地等著。

沒多久，沈蓁蓁便從屋裡出來，走進紗罩裡，遞給趙氏一個荷包。

「嬸子，這是三十兩銀子，給公子進京用。」

趙氏聽到數目，嚇了一跳，忙站起身道：「不、不，娘子借十兩銀子就夠了。」三十兩銀子她還不上啊！

沈蓁蓁把銀子塞在趙氏懷裡。「窮門富路，出門在外，身上總要多備些銀子，嬸子收著吧！等梁公子中了大官，還怕沒銀子還我？」

沈蓁蓁說這些不過是想讓趙嬸收下銀子，梁珩就算考中了，若是清廉，要還上這三十兩銀子，怕也要等到很多年後；若是立刻就能還上，說明來路不正，沈蓁蓁也不會收。這銀子，沈蓁蓁就當是自己資助梁珩的，沒想要他家還。

這話果然奏了效，趙氏收下銀子。「沈娘子對我們家的大恩，等珩兒考中了，一定讓他報答娘子。」

沈蓁蓁笑笑。「那可真要，說不定梁公子是宰相之才呢！以後有事還得靠梁公子。」

趙氏千恩萬謝的，坐了會兒，便告辭回家去了。

這些年趙氏省了又省，就是為了給兒子攢銀子。她將攢銀子的陶罐從床底下拉出來，將大半陶罐的銅板嘩啦啦地倒在地上，搬了張小凳子坐著，一個銅板一個銅板地數著，一千個銅板一串，用布條串起來。

數了大半個時辰，才數完最後一個銅板，一共八串，還有零散的幾百文。

趙氏看著那堆銅板，嘆了口氣。若是沒有沈娘子借的銀子，珩兒進京該多寒酸啊！

臨行前夜，梁珩就著油燈看書，聽到敲門聲。

「進來吧！娘。」

趙氏走進來，手裡還端著一個小籠，小籠是趙氏裝針線用的，現在裝了八串銅板。

趙氏將籠子放在桌上，轉身看著兒子。

「珩兒啊！娘這些年就給你攢了這麼些。」趙氏說著哽咽起來，家裡這麼清貧，拚盡力才攢了這麼些。

梁珩站起身，伸手摟住他娘。「娘，這些年您為兒子吃了太多苦，兒子一定會考上的。」

趙氏身高只及梁珩胸口，她抱著兒子，忍不住想掉眼淚，兒子真的長大成人了。畢竟怕影響兒子的情緒，趙氏強忍住心裡的酸意，放開兒子，抹了抹淚，指著籠子裡的八串銅板，說道：「這些銀子，你在路上花。」說著又從懷裡掏出一包銀子來。「這是沈娘子借給我們的，你好好藏著，需要用的時候，再拿出來用。」

梁珩愣了一下，接了過來。

趙氏猶豫了會兒，說道：「珩兒，等你考完回來，若是沈娘子願意，娘也不攔著了。」基本的好壞她還是能辨別的，沈娘子心地善良，除了望門寡的身分，也只是個十六、七歲的姑娘，若不是望門寡，她家這條件，沈娘子未必看得上。

梁珩有些難以置信。「娘？」

趙氏看著兒子眼眸像發光一般，嘆了口氣。「珩兒，沈娘子對我們家有大恩，娘不是不知好歹的人。」

梁珩喜悅得不知如何是好，只是點頭。

趙氏又道：「這荷包裡有三十兩銀子，娘看了，是五兩、十兩的銀錠子，你分開放在幾個地方。」

梁珩驚訝道：「三十兩？我們如何還得上？」

「沈娘子也許根本就沒指望我們還吧！」趙氏沒有跟梁珩說沈蓁蓁要走的事。沈娘子既然不在這兒長住，這銀子他們短時間是如何也還不上的。趙氏知道自己不該收沈娘子那麼多銀子，但私心卻讓她無法拒絕。

「我們怎麼能收沈小姐這麼多銀子？不行，娘您還給沈小姐。」梁珩說著，將荷包遞給趙氏。

趙氏道：「等你考上了，到時候慢慢還就是。」

若是考不上怎麼還？梁珩心裡這麼想，卻沒說出來。

趙氏又將梁珩要帶的東西清點了一遍，囑咐又囑咐，到底梁珩明日就要出發，趙氏怕影響兒子休息，縱有千般不捨，還是回房去了。

天邊掛著一輪上弦月，地上朦朧地籠罩著一層白霧似的月光。

沈蓁蓁睡得迷糊間，好像聽到院裡傳來動靜，她一下就驚醒過來，仔細一聽，是有人在敲門。

隔壁房的如意睡得正熟，沈蓁蓁沒有叫她，起身披了件外衣，打開房門，輕問一聲。

「誰？」

敲門聲停了下來。「沈小姐，是我。」

聽到是梁珩的聲音，沈蓁蓁倏地放下心來。她打開院門，就見梁珩站在門外，淡淡的月華照在他肩頭上，臉上朦朧罩著一層光華，更襯得他公子如玉。

「深夜打擾小姐，實在情不得已。」梁珩見她打開門，連忙道歉。

他明早就要出發了，只能現在過來還給她，本來可以放在家裡不帶走，但他私心裡，想在臨行前見她一面，即使明白深夜上門不合禮法。

「不礙事，梁公子可是有事？」沈蓁蓁還有些困倦，腳下像是踩著一團棉花般站不大穩，便倚在門欄上。

梁珩抬頭看了沈蓁蓁一眼，沒奈何她站在暗處，只能朦朧看到她柔美的輪廓。只是那一雙眼睛淌著流波，梁珩看著她，感覺自己像是掉進一汪秋水，周身包裹著瀲瀲溫柔，只覺得心都要化進去了。

沈蓁蓁見梁珩只是愣愣站著，也不說話，又問：「公子？」

梁珩驚醒過來，將那個水藍色的荷包遞過去，輕聲道：「沈小姐的好意，小生心領了，只是這銀子還請小姐收回去。」

沈蓁蓁低頭看著那個荷包，笑道：「公子收下吧！到了京城，用銀子的地方多著呢！」

「不，沈小姐，我不能收。」梁珩連聲謝絕。

「不是送給公子的，公子以後還給我就是了。」

梁珩低下頭。「萬一我沒有考上，如何還給小姐？」夜色旖旎，月華繾綣，兩人皆是輕聲細語，聽起來竟像是情人的呢喃。

沈蓁蓁往旁邊讓了讓。「公子進來說話吧！」

梁珩連忙謝絕。他大半夜上門，已經很不合適，更遑論進院子？他又將荷包往前遞了遞。「小姐收回去吧！」

但沈蓁蓁就是不肯收，這時巷口有說話聲傳來，竟是曹家夫妻忙完回來了。

兩人前陣子的流言剛剛退了熱度，這會兒要是被人撞見，那真是跳進黃河也洗不清了。

情急之下，梁珩拉住沈蓁蓁的手，想將荷包塞在她手裡就走，沒想到沈蓁蓁只是倚著門欄，腳下並沒站穩，被他這麼一拉，腳又被門檻絆住，身子一下就往臺階下跌去。

沈蓁蓁驚呼一聲，梁珩來不及做他想，連忙上前一步，摟住朝他跌來的身子。

身體相擁的瞬間，兩人皆是一怔。溫香軟玉在懷，梁珩卻不敢多想，忙扶著沈蓁蓁站穩。

「沈……沈小姐……對不起……」梁珩慌得連話都說不完整，然而不待他說完，沈蓁蓁一把抓住他胳膊，將他往院子裡帶。

梁珩正六神無主，順著力跟著沈蓁蓁進了院子。

「沈小姐……」

「噓！」沈蓁蓁迅速打斷他。

巷子裡傳來一陣說話聲，越來越近，兩人像是做了什麼壞事般，屏著呼吸，聽著外面的動靜。

等曹家夫婦進門，兩人才鬆了口氣。

剛剛的尷尬氣氛又升起來，梁珩看著沈蓁蓁，臉色憋得通紅。「沈小姐，對不起……」

沈蓁蓁正想說話，感覺身上涼涼的有些不對勁，低頭一看，原本披的外衣竟不見了，不知道剛剛慌亂間滑到哪兒去了！她只穿了上次買的那件紗衣，滿院的月色中，紗衣半透明，裡面的風光若隱若現。

沈蓁蓁驚呼一聲，忙蹲下抱著身子，又見梁珩傻愣愣的，不明所以地看著她，忙低喝道：「轉過身去！」聲音裡滿是羞惱。

剛才她匆匆披了件外衣就出房門，聽到是梁珩就放下心，竟忘了將外衣穿上，披著衣裳給他開了門！

梁珩這才注意到她的外衣不見了，後知後覺地感到不對，慌忙轉過身。

沈蓁蓁蹲在地上，那件衣衫正躺在門口處，見梁珩老老實實地背對著她，快步走過去撿起衣裳穿上。

梁珩聽著背後的動靜，心裡又愧又悔。他真不該深夜上門，毀了沈小姐清譽。

「沈小姐，我、我會負責的。」

沈蓁蓁羞惱間，聽見梁珩帶著些顫聲的承諾，羞惱更甚。「誰要你負責了？你怎麼負責？」

沈蓁蓁只是惱怒地在反問，梁珩卻認真地答道：「我娶妳。」

這認真的話，卻讓沈蓁蓁心裡沒來由地生起怨氣來。他說要娶她？他憑什麼娶她？

沈蓁蓁深吸一口氣，強迫自己冷靜下來。

她拉開院門。「公子請回去吧！今天的事就當沒發生。」

梁珩轉過身，看著沈蓁蓁帶著一絲冷意的臉，張張嘴卻說不出話來。他現在憑什麼說負責呢？他肩不能挑、手不能提，一文不名，唯有那一根筆桿可能會讓他有些底氣。

梁珩彎腰將荷包放在地上，抬起頭，卻不看沈蓁蓁。「那……那我回去了。」

沈蓁蓁看著梁珩的動作，心裡氣得直罵書呆子，幾步走過去將荷包撿起來，連荷包帶人將梁珩推出院子。

「公子若不要，就扔掉！」說完將院門砰的一聲關上。

因為氣不過，沈蓁蓁隔著門說道：「我知道梁公子講究讀書人的氣節，只是公子想想，公子寒窗十幾年就算了，嬸子累死累活地養你這十幾年，還比不過公子自認為的氣節嗎？這銀子說是借給公子的，公子若是以後得勢，不收別人銀子，我沈蓁蓁敬你，可公子現在……」沈蓁蓁想罵他兩句，到底忍住住了嘴。

門外，梁珩沒開口。

原來她叫沈蓁蓁。

「桃之夭夭，其葉蓁蓁。」梁珩默唸。

沈蓁蓁見門外沒動靜，突然有些心累。「公子要是實在不想領我的一番好意，便將銀子扔了吧！」

梁珩聽沈蓁蓁聲音突然疲軟下來，心倏地慌了，忙道：「不，沈小姐，我、我……多謝小姐。」

梁珩著急想要解釋，終究不忍拂她的心意，應承下來。沈小姐話已至此，他如何能再拒絕？

「公子回去吧！」沈蓁蓁說完，往屋裡走去。

梁珩聽著沈蓁蓁輕輕的腳步，像是踩在他心上，一下，又一下。

若是此時有人經過柳蔭巷，便能見到梁家院門外站著個人，良久才進院去。

沈蓁蓁回到房間，點了蠟燭，低頭看著身上的衣裳，氣惱地脫下來，扔到桌上後，倒回床上。

她愣愣地盯著帳頂，卻止不住回想剛剛的事。

梁珩抱住她的時候，她清晰地感覺到他沒有半分褻瀆，只是滿滿的慌亂。沒想到梁珩看著纖瘦，接著她倒是牢穩

沈蓁蓁想到當時的場景，不禁臉紅心跳，心裡哀號一聲，不自覺扯過被子，捂住了臉。

他既不要就算了，為何自己像是生怕他進京受苦一般，非得讓他收下銀子？

第四章

次日，梁珩被一陣敲門聲叫醒。

「珩兒、珩兒？卯時了，快起來！」

梁珩應了一聲，坐起身開始穿衣裳。

趙氏見兒子回應，又去忙活了。

梁珩穿好衣裳，打開房門。

清晨還帶著些寒意，天邊微亮，一顆明亮的星星掛在天上，院子裡還有些漆黑，廚房窗戶裡可見火光。

梁珩用清水洗臉，困倦才消去了些。他走進廚房，見他娘正在灶臺旁忙活。

「娘。」梁珩叫了一聲。

趙氏抬頭看了看他。「娘給你下了碗麵，一會兒就好了，你坐著等會兒。」

梁珩嗯了一聲，在灶孔前坐下。

「珩兒，你這一路去，也沒個伴，路上可要謹慎點，遇事別跟人爭，多讓讓……」

梁珩看著他娘一邊用筷子攪拌鍋裡的麵條，一邊絮絮叨叨地交代。他還記得娘年輕時的模樣，如今的趙氏，不過三十七、八歲，卻已是華髮早生。

沒多久麵就好了，趙氏將麵撈起來、放了料，遞給梁珩。

梁珩看著麵上蓋著的兩個煎蛋，不禁鼻頭一酸。這些年，他娘為了養大他，吃了太多苦。

梁珩和著眼淚吃著麵，趙氏沒注意到兒子的異樣，收拾完灶臺後便坐到梁珩身邊，看著兒子吃麵。

吃完麵，又檢查一次行李，準備出門的時候，天已經大亮。

梁珩揹著箱笈，裡面裝著書和一些衣物，趙氏則揹著梁珩的鋪蓋，娘兒倆出了門。

沈家還沒有動靜，大門關著，裡面靜悄悄的。

趙氏看兒子依依不捨地直往沈家大門看，心裡嘆了口氣，都是該應的因緣啊！

街道上已經有不少行人，見娘兒倆的行頭，都明白這是秀才進京趕考，熱情些的還打招呼。

「秀才相公進京趕考去啊？考個狀元郎回來啊！」

梁珩臉皮泛紅，趙氏倒是笑得合不攏嘴，連聲道謝。

泉城每天都有貨隊進京，只要給些銀子，車上有空位也會載客。娘兒倆出了城，來到官道上等著。

沒多久，便有一隊貨隊過來，趙氏連忙招手。

貨隊停下來，一個管事模樣的中年男人下了車，客客氣氣地問道：「兩位進京去嗎？」

趙氏笑道：「我兒子進京去趕考，敢問這位管事可載客？」

管事狀似為難道：「沒空位呢！」

趙氏有些失望，但還是笑道：「沒事，打擾您了。」

管事眼珠一轉。「這樣，若這位秀才官人願意為我們車隊拉一副黃布旗，我們就給官人騰個位置出來，還不收官人銀子。」

趙氏一聽只是拉面旗幟，還不收銀子，頗為高興，正想應下來，梁珩就出面謝絕了。

「多謝這位管事的好意，但是車隊既然沒位置，我們只好等下一隊了。」

趙氏心裡有些著急，但明白兒子這樣必有道理，便默不作聲。

管事又勸了幾句，見梁珩態度堅決，冷哼一聲，拂袖而去。

等車隊走遠，梁珩才跟趙氏解釋道：「娘，這些人車裡怕是藏了私貨，想藉著秀才趕考的旗子蒙混過關，咱們不能應。」

趙氏一聽嚇壞了，連連撫胸。「阿彌陀佛！他們怎麼敢？」

梁珩道：「我以前聽人說過，每逢考試就有這樣的車隊，只要車上載著趕考的秀才，關卡上的人就不敢上來檢查，能蒙混過關。」

趙氏驚魂未定間，又來了一隊車隊。車上已經坐了一個秀才，還是梁珩認識的，兩人以前在秀才簪花禮上見過。

「梁同窗？真是巧！」易旭激動地打招呼。兩人以前同拜在縣學教諭門下，卻是形式上的，兩人沒說過幾句話，這會兒卻像見到老友般激動，畢竟前路不明，有人同行正好。

梁珩也很是驚喜。

易旭見到趙氏，猜測是梁珩的母親，下車來見禮。

趙氏樂呵呵地回應。原本以為兒子要獨自上路，沒想到能碰上認識的秀才，兩人路上也算有個照應。

易旭幫梁珩將行李搬上車，車隊時間緊，娘兒倆沒說幾句話，車隊那邊的人便客氣地在催了。

趙氏強忍著酸意，送走兒子。看著車隊越來越遠，才忍不住嗚咽哭了起來。

沈蓁蓁起身時，天已經大亮。昨晚她失眠到四更天才勉強睡著，醒來時頭一陣昏疼。

沈蓁蓁淨了臉，走進廚房，就見到如意正在切菜。

沈蓁蓁疑惑。「怎麼是妳在做飯，趙嬸呢？」

如意抬起頭，笑道：「小姐忘了嗎？梁公子今天進京趕考啊！趙嬸前幾日就說了，今天要送梁公子去趕車。我估計趙嬸應該趕不回來了，便做了早飯。」說著又笑道：「這些天我跟著趙嬸學了不少呢！剛好做給小姐嚐嚐。」

如意說完，沒聽到小姐回應，抬起頭，就見小姐一臉愣愣地站在原地。

如意見狀，沒說話，笑了笑又低頭切菜了。

昨兒晚上如意被一陣說話聲吵醒，醒來就見小姐和梁公子兩人站在院中。她拚命忍著才沒叫出聲來，她無端地相信梁公子深夜上門絕沒有惡意，悄悄趴在窗戶下，聽院裡的動靜，剛好聽到梁珩說「我娶妳」。

如意聽了，羞得滿臉通紅，但聽小姐的意思，似乎不像是對梁公子全然沒有意思啊！

易旭十分健談，談吐也有禮，兩人很有些相見恨晚。

一個時辰後，車隊經過絳縣，路口處設了關卡，往來有幾支貨隊，排隊等著檢查。

梁珩一開始碰到的那支車隊也在其中，不知道在哪裡載了個秀才，車上拉了一副旗幟，上書「奉旨長安鄉試」。

科舉是頭等大事，守衛雖知道車上可能有私貨，卻不敢盤查，直接放那車隊大搖大擺地過去了。

這事太平常了，其餘車隊雖然不滿，但也不敢多言，誰讓自己車隊裡沒個趕考的秀才呢？也有些正經商人不屑於此的，像梁珩他們的車隊就沒有提出這種要求。

趙氏回來的時候，沈蓁蓁和如意正在吃飯，如意熬了一鍋粥，做了兩道小菜。

見趙氏推門進來，沈蓁蓁招呼道：「嬸子快來吃飯。」

趙氏見兩人自己做了飯，頗有些不好意思。「真是對不住，我去送珩兒一程。」

如意笑道：「沒事，我還展現一手嬸子教給我的廚藝呢！嬸子快來喝粥，熬了不少呢！」

趙氏沒有推辭地坐下了，兒子走了，家裡空盪盪的，她回去也難受。

如意起身道：「我去給嬸子盛粥。」

趙氏連忙起身。「不麻煩，我自己去。」

沈蓁蓁笑道：「嬸子坐會兒吧！走了一早上，想必累了。」

趙氏見如意快手快腳地進了廚房，只好又坐下。

「梁公子獨自走的嗎？」沈蓁蓁問道。

趙氏道：「可巧，遇到一個認識的秀才，兩人結伴同行。」

沈蓁蓁點點頭，不再說話。

趙氏悄悄注意沈蓁蓁的表情，見她不鹹不淡的，心裡不禁有些擔心，怕不是兒子剃頭擔子一頭熱吧？

梁珩雖然走了，但沈家這邊的生活並沒有什麼改變，沈蓁蓁還是每天繡繡花、做做衣裳。

梁珩離開後兩天，沈蓁蓁在樹下午睡醒來，見枇杷樹上已經沒有多少果子，僅剩的一些黃得發紅，她突然想起那次梁珩上樹打果子時的情景。

梁珩約莫以前是沒有爬過樹，讀書人最講究斯文，她那天回應趙氏，也只是順口一說，沒想到梁珩真的過來了。

說起來梁珩看著更像個半大孩子，雖然長身玉立，但臉上還帶著股稚氣，正是這股稚氣，讓她生不出防備。

沈蓁蓁愣了良久，總感覺哪裡有些不對勁，這才突然反應過來。

隔壁的讀書聲沒有了。

這一個月來，她每天午睡醒來時，必會聽到隔壁的讀書聲。嗓音裡有些少年特有的清亮，不疾不徐，甚是好聽。

她甚至能想像少年如何在院中負手踱步……

一路順利，車隊在第三天中午到達長安。

長安城門前，馬車排起長隊，行人另排一行。等了近一刻鐘，才輪到梁珩所在的車隊。

等進了城，梁珩看著車外繁華的街道，以及熙來攘往的人潮，問易旭道：「易兄以前可來過長安？」

易旭笑道：「自然來過，這是我第二次參加秋闈了。」

易旭路上並沒有提過這個，梁珩有些驚訝。

易旭繼續道：「三年前那次，進考場沒經驗，考到第二場時，鬧起肚子痛，後來實在堅持不下去，只好中途退場；倒是梁兄，上次秋闈怎麼沒見到你？」兩人都是十五歲便考中了秀才，可以說是少年才俊。

梁珩笑笑。「那次沒有盤纏，便沒有進京赴考。」

易旭有些驚訝，一般像梁珩這種有天分的讀書人，應該多的是人想資助才對，怎麼會沒有盤纏？但畢竟不好交淺言深，易旭便沒有多問。

兩人下了車，謝過車隊的管事，付了車錢便告辭了。

易旭輕車熟路地帶著梁珩到了租房的地方，就在東市一角。

梁珩揹著沈重的箱笈，抱著鋪蓋，跟著易旭。易旭沒有帶鋪蓋，想必是準備現買。

到了地方，易旭去看房子，梁珩等在一旁看行李。

他看著易旭擠進人群，四周圍著的人大多都是進京趕考的學子，都像梁珩一樣揹著箱笈、懷抱鋪蓋，還有些房東在高聲宣傳自己的房子。

「來來，飛騰街邊的院子，院子安靜，價格不貴，住進去保證您飛黃騰達！」

還有些房東正口沫橫飛地跟幾個書生談價。

「哎呀！我瞅著幾位面相富貴，必會高中，已經是便宜算給幾位了，高中了可別忘了我的謝儀！您要是住別的地方，不見得能高中呢！」

這話說得，好像不租他房子就中不了一般。子不語怪力亂神，說不定那幾個書生聽了這話，不租也得租了。果然，那幾個書生沒多久就跟著房東走了。梁珩不禁看得搖搖頭。

沒多久，易旭領著一個十一、二歲的小姑娘過來了。

「梁兄，這位姑娘要出租的房子在蓮花巷，那地方我知道，環境安靜，是與人合租的，一個月租金二兩，你看怎麼樣？」

梁珩聽到價格，嚇了一跳。怎麼租金竟這麼貴！還是與人合租。

易旭見他面色猶豫，便拉過他，悄聲道：「梁兄，秋闈這當口，京裡的房租都是這樣的，你若是銀子不夠，我先給你墊上。」

梁珩搖搖頭道：「不用，多謝易兄的好意，我的盤纏夠。」

易旭道：「那行，我們先去看看院子。」

梁珩揹著行李，和易旭跟在小姑娘後面。

小姑娘紮著滿頭的小辮子，見到生人也不羞怯，一路跟易旭聊天。

易旭問道：「小姑娘，怎麼是妳出來招攬客人？」說完感覺哪裡不對，連忙改口道：「怎麼是妳一個小姑娘出來招攬房客？」

小姑娘穿著一套寶藍色的襖裙，鬼黠一笑。「因為我看著無害啊！容易讓人心生信任。」

易旭和梁珩對視一眼。怎麼這小姑娘的話，好像有些不對勁啊？

兩人跟著小姑娘到了地方。

院子是一進的院子，東、西面有廂房，正房和西廂房已經住了人，只剩下東廂房。

院子不大，看著算整齊，兩人不想多折騰，便決定租下來。

秋闈這段時間，長安城裡湧入一萬多名學子，租房都不用再去官府報備文書，直接租下就行。兩人各自先交了一兩銀子，便算是租下來了。

小姑娘道：「兩個哥哥叫我枝兒就好，還有，兩個哥哥若是需要，我阿婆可以幫忙買菜、做飯，菜錢花多少算多少，一個月多給兩百文錢就行，哥哥們看需不需要？」

馬上就要考試了，若是自己還要買菜、做飯，會耽誤不少時間，而且聽這價格也算合理，兩人便答應下來。

梁珩的行李不多，將房間打掃乾淨，又將東西都收拾好，就算安頓下來了。

剛收拾好，易旭便過來了，站在門口問道：「梁兄，我要去買鋪蓋，你有什麼東西要買嗎？」

梁珩自然有需要買的東西，但他不好意思麻煩易旭，便鎖上門，與易旭一道上街。

街道兩旁，酒樓、客棧林立，人潮熙熙攘攘，夥計們站在門口，賣力地招呼著客人。每逢秋闈和春闈，客棧住得爆滿不說，街道上也擠得像沙丁魚一般。

蓮花巷出去不遠便有坊市，兩人問清路，往坊市走去。

兩人聊著，迎面走來一個揹著箱笈的年輕秀才。

秀才身上穿著一身綢質的寶藍秀才服，頭戴紅纓禮帽，足上穿著長靴。最顯眼的箱笈上那一塊遮陽的帆布不見了，取而代之的是兩根豎立的竹竿，竹竿中間拉著一塊黃布，上書「奉旨鄉試」四個大字。

男子身後還跟著個空著手的書僮，主僕兩人皆是目空一切的模樣，目不斜視，大搖大擺地招搖過市，可以說是神氣十足。

易旭忍不住笑出聲來。「這人好生張揚，我那套藍衫除了簪花禮上穿過一次，就一直壓在箱底了。」

梁珩抿著笑。一般秀才多在頭上戴塊方巾，除了重要場合，不會穿整套藍衫，此人也是極有意思。

兩人到了坊市，很快買齊東西，便回去了。

春風樓上，齊湑正在跟尚書右僕射次子劉致靖喝酒。

「我說你，好歹也是國子監的監生，總要去上個一、兩堂課吧？看把孫祭酒為難的。」劉致靖笑罵道。

齊湑笑了笑。「他為難什麼？直接跟我老子說我無心學業勸退我不就完了？」

劉致靖笑道：「怕是孫祭酒想提前致仕，才會這麼做吧？」說著又轉移話題。「話說，聽說你這次去了江南？」

齊湑點點頭。

兩人是從小玩到大的朋友，說起來更像是酒肉朋友，因為齊湑做的每件壞事後面，總少不了劉致靖出謀劃策，一抓一個準。

齊湑的老子是正一品的親王，劉致靖的老子是正二品大員，靠山硬得幾乎只有皇上能撼動，兩人在紈袴圈裡有美名曰「長安雙霸」。

「送一個給我。」劉致靖道。

齊湑被他突如其來的話弄得有些摸不著頭腦。「送什麼給你？」

劉致靖一臉「裝什麼裝」的表情。「裝什麼愣，瘦馬啊！你別想一個人獨享。」

齊湑往後一倒，靠在椅背上，雙手一攤。「沒有。」

劉致靖不相信地看著他。「真的沒有？」

齊湑道：「沒帶回來。嗯……跟京中女子是不大一樣，江南女子婀娜多姿，溫婉柔美，不像京裡這些霸王花，惹不起。」

劉致靖聞言，「噗」的一下笑出了聲。

前段時間，齊滑在早荷宴上被中書令章周頤家的千金章伊人當眾奚落的事，在長安城裡很是瘋傳了一段時間，就連後來齊滑去江南，都被人傳成是惹不起章小姐，出京避風頭。

齊滑臉色一僵，看著好友笑得直拍桌子，倏地站起身，往樓下走去。

劉致靖一看齊滑走了，忙追上去，拉住他的胳膊，做出可憐狀。「哥哥，我錯了。」

齊滑冷哼一聲，繼續往外走。

劉致靖不肯放手，一手拉著齊滑的胳膊，一手從懷裡掏出銀子，往迎上來的掌櫃方向隨手一扔，便跟著齊滑出了春風樓。

「放手！」齊滑頗有些氣急敗壞地喝道。

「我不！」劉致靖硬著脖子，死死拉著齊滑的胳膊。

兩人拉扯間，前面傳來動靜。

「抓賊啊！」

兩人停下來，往前面看去。

只見一間飾面鋪子門前，一個中年女人抓著一個年輕男人的衣裳，口呼抓賊。

男子面色脹紅，喝道：「誰偷了妳的釵子？妳不要血口噴人！」

女人道：「我親眼看到你偷的，還想抵賴？」

男子喝罵道：「好啊，我可是奉旨考試的秀才！妳誣衊我，就是誣衊皇上！」

女人聽了一頓，男子乘機抽出自己的袖子，冷哼一聲，欲轉身離去。

女店主愣愣地看著男子離去，不敢上前阻攔。誣衊皇上這項罪名太大了，這些秀才考試的時候就是天王老子，一般官員都要讓著他們，遑論平民百姓？

男子腳步匆匆，面前突然出現一個人，沒注意撞了上去，一個踉蹌，一屁股跌坐在地上。

「沒長眼睛啊?!」男子爬起來，罵了一句，屁股上的灰都沒拍就要走，卻又被人堵住去路。

男子感覺有些不對勁，抬起頭，就見一個比他高出大半個頭的年輕男子，正擋在他面前。

「你想幹什麼！」男子喝問道。

齊湑懶得跟他廢話，直接抓住他的胳膊，反手一轉，抖了幾下，兩支金釵就從男子懷裡掉落出來。

男子的臉色瞬間變得慘白。像今天這事，他幹過幾次了，每次被抓到，只要說他是秀才，便沒人敢計較，沒想到今天竟然栽跟頭。

跟上來的劉致靖將釵子撿起來，對女店主道：「這是贓物，要送到京兆尹去，回頭那邊的人會還給妳。」

齊湑冷笑道：「奉旨考試？你奉哪門子的旨？你這種人渣也能考上秀才，沒的污了秀才的名聲。走，爺帶你見官去，削了你的功名，好讓你家祖宗在地下好好安息！」

男子聽齊湑要帶他去見官，連忙求饒，痛哭流涕地認錯。

齊湑見他滿臉鼻涕、口水的，嫌棄地將人扔給了劉致靖。

兩人閒得無聊，便親自將人送到京兆尹。

京兆尹的人自然認得這兩位大爺，見兩位大爺親自將人送來，此案一定非同小可，更是嚴加處理。

之後那秀才被革去功名，吃了一個月牢飯，攆出了長安。

梁珩和易旭回到蓮花巷的租處，開門就見院中坐著兩個人，一人穿著淡藍色長衫，一人穿著素白色長衫，面孔都很年輕，不過二十三、四歲，約莫就是另兩位合租的秀才。

兩人皆抱著一大堆東西，不好施禮，便口頭問好道：「兩位兄臺有禮。」

另兩人也站起身來，拱手朝他們施禮。「兄臺有禮了。」

那個穿著淡藍色長衫的秀才上前來，問道：「兄臺需要幫忙嗎？」

易旭笑著謝絕。「多謝這位兄臺的好意，不麻煩兄臺，我們先收拾收拾，再出來與兩位見禮。」

那人笑笑，讓到一邊，兩人便抱著東西進房去。

兩人很快將東西放好，換了身衣裳後，便出了房。

另兩人還坐在院中，梁珩注意到兩人身邊多出了兩張板凳，猜測是他們剛搬出來的，心裡便對兩人有了些好感。

四人又一一見禮，自報姓名，互相認識。

那個穿淡藍色長衫的秀才來自萬州，名張明之；穿素白色長衫的秀才來自興州，名馬修文。

張明之生著一張圓臉，說話間滿是笑意，讓人心生好感；而馬修文則略顯冷淡，話也不多。

四人略聊了會兒，便各自回房溫書了。

不知不覺，時間來到七月下旬。七月流火，盛夏的炎熱一下就過了勁去，天氣開始涼爽起來。

泉城裡，沈蓁蓁的日子還是沒有多少改變，只是衣櫃裡又多了幾件衣裳。

這天天氣好，沈蓁蓁一早就跟如意在院子裡支起幾根竹竿，將被子、衣裳取出來晾曬。滿院花花綠綠的衣裳，風一吹拂，衣袂飛揚，煞是好看。

趙氏收拾完廚房，沒急著走，見沈蓁蓁和如意坐在院裡繡花，便也坐了下來。

「珩兒走了十多天，不知道他在京城裡怎麼樣了？」趙氏嘆氣道。

沈蓁蓁輕聲安慰道：「嬸子別太擔心了，梁公子會照顧好自己的。」

趙氏笑道：「娘子和如意總是公子、公子地稱呼，我們普通老百姓啊！都是直接叫名字，還是娘子和如意懂禮。」

如意道：「叫名字嗎？這多失禮。」

趙氏笑笑。「可不是？後來珩兒十五歲那年中了秀才，旁人便稱他梁秀才了。」

如意驚呼一聲。「公子竟是十五歲就中了秀才嗎？那真是神童了！我聽說好些人考到老，也不見得能考上秀才呢！」

趙氏道：「說起來，珩兒十六歲那年就可以參加秋闈了，只是當時家裡沒銀子做盤纏，便耽誤了。」

如意啊了一聲，沈蓁蓁心裡也有些替梁珩可惜。像這種少年才俊，若是生在富貴之家，少不得要花重金請名師好生培養。

「當時有個姓吳的鄉紳看中了珩兒，想要資助他考試，這原本是好事，但那鄉紳提出要珩兒娶他女兒。那鄉紳的女兒沒什麼好名聲，二十歲了還嫁不出去，我如何能應，便回絕了。那吳鄉紳懷恨在心，聽說給其他鄉紳下了帖子，後來便沒人提出要資助珩兒。人活一口氣，我就想著自己掙銀子，給珩兒攢盤纏。」

趙氏又道：「老天保佑，遇到了娘子妳們，娘子對我們梁家的大恩，我真是一輩子不敢忘。」

沈蓁蓁抬起頭，見趙氏眼中含著熱淚，輕聲道：「當不得什麼，鄰里鄰居的，互相幫襯一把罷了。」

三人又說了半晌，趙氏臨走前想起一件事來，道：「孫嫂子好像生病了，我昨天去買菜，在善仁堂門口碰到了黃梵，他提著幾袋草藥。我問他給誰買藥，他說給他娘買的，我尋思著一會兒去看看孫嫂子，娘子要不要一起去？」

沈蓁蓁有些吃驚，上次見到孫嫂子時，她氣色看起來還算好，怎麼突然病了？

沈蓁蓁放下手裡的衣裳，道：「是要去看看，但家裡沒什麼東西好送的，嫱子晚一點去吧！我去買些東西。」

趙氏應下，回家去了。

沈蓁蓁帶著如意上街買了些補品。

沈蓁蓁回家沒多久，趙氏便來敲門了。兩人提著補品出了院門，就見趙氏手裡提著個籃子，裡面裝了二十來顆雞蛋。普通人家看病送禮都送些雞啊、蛋的，沈蓁蓁還是受以前在家時的影響，首先想到的是送些補品。

三人到了孫家院門外，趙氏敲了敲門。

裡面傳來一聲中氣不足的聲音。「菱兒，去開門。」

沈蓁蓁聽到一陣腳步聲傳來，院門打開了，只見一個八、九歲模樣的小姑娘腦袋冒出來。小姑娘頭上梳著兩條小辮子，用一根紅繩紮著，面頰有些消瘦，眼睛很靈動，是個挺漂亮的小姑娘。

「嬸嬸。」菱兒認得趙氏，叫了一聲。

趙氏微笑了下。「菱兒，我們是來看妳娘的。」

菱兒將院門打開，讓她們進去，趙氏伸手摸了摸菱兒的腦袋。「妳娘在哪裡，帶我們進去。」

房裡的孫氏聽到動靜，出聲道：「是梁家嬸子嗎？快進來。」說完又傳來一陣低沈的咳嗽聲。

幾人跟著菱兒走進孫氏房裡。

房間很是簡陋，窗戶關著，有些暗，只有一座立櫃和一座平櫃，看著像是用了有些年，油漆斑駁，顏色發黑，屋裡滿是草藥的苦澀氣味。

如意跟著趙氏將補品放在櫃子上。

西面放了張床，上面躺著個人。三人走過去，等看清孫氏的臉，沈蓁蓁不禁在心裡驚呼一聲。

孫氏臉色蠟黃中帶著慘白，嘴唇起滿了乾皮，臉上原先還有幾分肉，如今兩頰竟全部凹下去了，瘦得有些恐怖。

孫氏掙扎著想坐起身，被趙氏按住了。

趙氏看著孫氏的樣子，心疼得聲音都有些哽咽。「孫嫂子，妳躺著，別起來。」算起來，孫氏嫁到黃家也有十五、六年了。趙氏守寡，孫嫂子又是這麼個遭遇，平時兩家來往得比較多，互相幫持著。

孫氏看著沈蓁蓁和如意，勉強笑道：「煩勞娘子和姑娘來看我。」聲音裡帶著虛弱。

沈蓁蓁勉強笑了笑。「孫嫂子別客氣，身為鄰居，都是應該的。」

這時菱兒搬了兩張板凳進來，孫氏又招呼她們坐。

趙氏坐在孫氏床邊，語氣裡有些責怪。「孫嫂子是什麼時候病的，我們竟一點音信都沒聽到。」

孫氏道：「前段時間，我感覺有些頭暈，使不上勁，也沒多管，前天早晨，我起身的時候，一下就倒了，沒力氣起來，還是梵兒進來扶我起來的。」說著虛弱地笑了笑。「想來也不是什麼大病，這麼些年我從沒生過病，身體好著呢！」

孫氏說著安慰人的話，沈蓁蓁卻聽得心下一沈。

這麼多年沒生過病，想來是孩子還小，身體拗著一股勁，不敢生病。前段時間黃梵去做了學徒，孫氏心裡有了些盼頭，身體一鬆，就垮下來了。

沈蓁蓁問道：「嫂子可看過大夫了？」

孫氏抿了抿乾燥的唇。「沒有呢！梵兒堅持請大夫，我給攔下了，也不是什麼大病，吃藥就能好，沒的白花銀子。」

沈蓁蓁勸道：「嫂子還是請個大夫看看吧！大夫不見病人，摸不準是什麼病情，開的藥不一定能對症。」

趙氏也跟著勸道：「孫嫂子，若是銀錢不夠，我先借給妳，先把病治好了再說。」

孫氏連忙謝絕。「我知道梁珩他進京趕考去了，嬸子哪裡還有銀子？嬸子別擔心，過不久病就好了。」

三人坐了半晌，見孫氏精神不大好，便告辭了。

沈蓁蓁出了黃家門，對趙氏道：「嬸子，一會兒我拿些銀子給您，您送去給孫嫂子吧！她那個樣子，我瞧著得請大夫看看才行。」

沈蓁蓁拿出二兩銀子給趙氏，託她送過去。想著自己跟黃家畢竟不大熟，自己送過去，怕孫氏不肯收。

趙氏到了黃家，孫氏果然好說歹說不肯收。

雖然跟沈娘子是鄰居，但沈娘子跟他們家非親非故，也不相熟，如何能收人家這麼多銀子？就算是借的，二兩銀子不知道何時才能還上，所以孫氏怎麼都不肯收銀子。

趙氏正在勸孫氏，黃梵走進房來。

「嬸子。」黃梵叫了一聲。

趙氏一看黃梵都下工回來了，想必時間不早了，便站起身，將銀子遞給黃梵。「這是對門的沈娘子借給你家給你娘看病的，好孩子，快拿著，給你娘請個大夫看看，嬸子還要回去做飯。」

黃梵愣了一瞬，伸手接過趙氏手中的銀子。

孫氏見兒子接下銀子，有些著急。「梵兒，快把銀子還給嬸子，這銀子我們不能拿。」

黃梵不吭聲，緊緊地捏著銀子，低著頭不說話。他娘的病不能再耽誤下去了，這銀子他以後一定會努力掙錢還給沈娘子。

趙氏有些生氣，道：「孫嫂子，這是沈娘子一番好意，妳怎麼這般不領情！銀子說了是借給妳家的，沈娘子是個心地善良的，妳這樣，沈娘子得多寒心！」

孫氏聽了一頓，沒再吭聲。

「我回去了。」趙氏轉身往門口走，走到門口，就聽後面孫氏哽咽道：「嬸子替我謝謝沈娘子。」

趙氏轉過身，面色鬆動了些。「這就對了，那我回去了。」

黃梵跟在趙氏後面，送她出了院門。

「謝謝嬸子。」到了門口，黃梵道謝。

趙氏看著一身粗布短衫、嘴唇上剛冒出細細的鬍鬚，身高卻快趕上梁珩的黃梵，心裡頗有些感慨。黃家這兩個孩子都是好孩子，孫氏雖然命苦，但對孩子卻是嚴格教養，兩個孩子都十分懂禮，就是命不好，攤上這麼個爹。

趙氏伸手拍了拍黃梵的手臂。「別耽誤了，一會兒就去善仁堂請個大夫來給你娘看看。」

黃梵眼眶微紅，用力地點點頭。

黃梵站在門口看著趙氏進了沈家的院子，怔怔地站了好一會兒。他想起那天遇到的沈娘子模樣，明明只像是比他大幾歲的樣子，娘卻讓他叫她嬸子。黃梵看著手裡的銀子，感覺到胸腔裡似乎有一股熱意在流動，熏得他眼眶痠澀，直想要流淚。

長安城裡。

這十來天，梁珩足不出戶，除了偶爾跟院裡其他三人交流學問上的心得，一直在房間裡溫書。

這天，易旭一大早就過來叫他。

易旭早就知道仙茗居今天要在舞陽河畔舉辦茶會，供參加考試的學子交流心得。前幾天，他便約了梁珩和另兩個書生，說好今天一起去看看。

考試閉門造車是不行的，試題不僅從四書五經裡出，還會考時策，多與人交流，受益良多，梁珩便應了下來。
因為怕去晚了沒位置，其他幾人很早就收拾好了，準備要出門時，馬修文卻磨蹭了半晌才出來。
張明之和馬修文關係還算好，便笑道：「馬兄可是在對鏡理紅妝？竟收拾了這般久。」
馬修文臉色當即就有些沈下來。「說了讓你們先走。」
三人聞言，心裡都有些不舒服。等了半天沒句好話就算了，合著等你還錯了？不能說你客氣地說句先走，大家就真的先走吧？
但誰都沒說話，張明之也只是笑了笑。
易旭打圓場笑著道：「到齊了，那就走吧！」
四人到舞陽河畔時，河畔上已經擠滿了人，觀者如織，大多都是些頭戴冠或藍布方巾的書生。河畔上擺放了兩百餘張桌子，綿延半里，甚為壯觀。
路邊還有小販乘機兜售零嘴吃食，但並不叫賣，只是蹲在路邊等客人上門，圍觀的百姓說話也小小聲，以求儘量不影響到書生們。
茶會入口處擺放了一塊木牌，上面寫了茶會規則。大意是以桌為圈，圈內可旁聽、可發言，也可換桌。末了，還寫著句——「生死自負」。
這茶會年年都辦，固定在八月初四這天，哪年開的先河已經沒人記得了。東道主仙茗居除了提供桌凳，還提供免費的茶水。如此壯觀的場面，在舞陽河畔自成一景，除了前來交流學問的數千書生，還有慕名而來看熱鬧的平民百姓。

每張桌子都坐滿了人，不少人還站著，辯論得如火如荼。有的人說到興奮處，也不管什麼斯不斯文了，撩起袖子，一腳踩上凳，以似乎馬上要提劍上陣的氣勢，說得口沫橫飛；一旦有人提出異議，馬上就窮追不捨地與人辯論，直至別人啞口無言為止，可說是舌戰群儒。也有兩方都互不相讓的，像吵架似地說著說著就湊到一塊兒，眼看就要打起來，旁人趕忙上去將人拉開。

梁珩看得瞠目結舌，明白那句「生死自負」是什麼意思了。有的書生對自己的觀點深信不疑，一旦有人提出質疑，就算是拚了命，也要說服對方。

幾人看了一會兒便分開了，自行去找空位。

梁珩走了幾步，就見旁邊一桌人正在討論《易經》。《易經》算是五經裡最晦澀難懂的了，梁珩便湊上去，站在一旁聽講。

「潛龍勿用，陽在下也，此時爻位最低，陽氣不能散發出來……」

其他書生有什麼見解的，也都各抒己見。

梁珩站著聽了一會兒，感覺他們說的自己都已經理解了，便離開這桌，尋找下一桌。

「正所謂以仁施天下，學而優則仕，在下竊以為仁義禮智的發端為惻隱之心，羞惡之心，辭讓之心，是非之心。故此，為官者……」

梁珩走沒兩步，旁邊有一桌在談論時策，便被吸引過去。

只見說話的書生極為年輕，相貌極佳，穿著一身青釉色長衫，侃侃而談，渾身帶著一股從容的氣度。

書生滔滔不絕地說了半晌，末了道：「以上為在下芻蕘之見，還望諸位雅正。」

同桌的書生皆為他這一番高談闊論和氣度所拜服，嘆道：「兄臺滿腹經綸，當真是八斗之才！」

才學如此絕倫超群的人，當下便有人想結識，說不定就結識了一位未來的進士，多了條人脈。

「兄臺年紀輕輕，卻有如此見識，在下十分仰慕，可否結交一二？」

「兄臺客氣了，自然樂意之至，在下涼州林行周。」林行周一笑，謙虛地拱手道。

幾人互報姓名，有人便問林行周對為官之政有何見解。

為官之政，幾乎是時策的必考題。

林行周笑道：「在下畢竟是白身，且才疏學淺，不過是些管窺之見，既然兄臺相問，那在下就獻醜了。在下認為，仁，親也，為仁者才能以大事小，在下認為唯仁者宜在高位，不仁而在高位，是播其惡於眾也。所謂得道多助，失道寡助，君子謀道不謀食，憂道不憂貧……」

林行周口若懸河，將自己的觀點娓娓道來，旁人聽得入迷，當林行周停下來時，甚至有兩個書生猶自沈浸其中，緊皺眉頭，思索著心得。

「以上為在下的寒腹短見，有不當之處或是不同見解，還望諸位兄臺指教。」林行周面上帶著一絲淺笑，掩住眼底深處的得意。今日也算不枉此行了，算是小小嶄露了頭角。

就在林行周以為沒有人會提出異議，欲飄然離去時，一個相貌清秀的年輕書生站了出來。

「兄臺這番話不無道理，兄臺學問實為不俗。在下不才，但對兄臺所言在下有些不同看法。」

林行周看著那個年方不過二十的年輕書生，身量極高，臉上還帶著些許稚氣，氣質卻極為沈穩。

林行周不動聲色地笑了聲。「這是自然，言人人殊，茶會便是要各抒己見，兄臺既有不同的見解，自然可以提出來。」

梁珩對林行周一拱手，道：「兄臺強調為官之政重在仁，在下卻認為為官之政不只在仁，還在於義。所謂義，人之正義也。人皆有所不忍，達之於其所忍，是為仁。克己復禮，是為仁。誠然仁為之重，但孟子曾曰，未有仁而遺其親者也，未有義而後其君者也。於百姓，申之以孝悌之義……」

林行周面含笑意地看著面前的書生侃侃而談，而周圍的書生則聽得面有所思，不時點頭贊同。

等梁珩說完，周圍書生皆點頭認同，林行周也對梁珩一拱手，道：「兄臺所言有理，受教了。」

梁珩謙虛還禮道：「不敢、不敢。」

林行周輕笑道：「兄臺謙虛了。」說完對著周圍人一拱手。「那麼，諸位回見。」

林行周走到下一桌，回頭看著那個正在與眾人見禮的年輕書生，心裡突然有種直覺，此人以後必定是一個強勁的競爭者。

茶會一直持續到下午，天漸漸暗下來，人才慢慢散去，也有些人意猶未盡，約人繼續找地方再辯的。

易旭與張明之過來時，梁珩正在一旁聽別人辯論。三人找了一圈都沒找到馬修文，只好先回去了。

三人一路聊著自己的收穫，很快回到了蓮花巷，馬修文卻還沒有回來。想著茶會這麼多人，應該不會出什麼事，便各自回房了。

枝兒的阿婆做好晚飯，叫幾個書生出房吃飯。

三人坐到一起，才發現馬修文還沒有回來。

張明之不禁有些擔心。「馬兄去了哪裡，怎麼這個點還不回來？他在京裡好像沒什麼認識的人，不會出了什麼事吧？」

梁珩和易旭也有些擔心，易旭道：「應該不會出什麼事，再等等吧！若是今天晚上沒有回來，明早咱們就去報官。」

三人匆匆吃過晚飯。張明之最先跟馬修文認識，所以兩人關係不錯，見馬修文天黑了都沒回來，書也看不進去，擔心得在院裡走來走去。

梁珩和易旭被他影響得也看不了書，便陪他一起在院裡等。

三人直等到戌時，都有些睏意了，正打算回房，此時馬修文推開院門走了進來。

張明之見馬修文進來，有些欣喜又有些責怪地道：「馬兄去了哪裡？我們好一陣擔心！」

馬修文顯然喝了酒，走路都有些歪歪斜斜的，口齒有些不清。「擔心什麼，天子腳下，還能丟了不成？」

易旭一聽這話，笑了一下，沒說話徑直回房了。梁珩搖搖頭，也跟著回房了。

幾人擔心他半宿，書都沒看，結果人家還怪他們太大驚小怪。

張明之心裡也很不舒服，但畢竟有些情誼，便走上前準備扶他進房。

馬修文看著張明之，突然笑了笑。「張兄，我們可算有出頭之日了。」

張明之有些不明白。「馬兄何出此言？」

馬修文笑了笑，沒再說話，張明之只當他說的是醉話，沒多在意。

次日，馬修文一大早破天荒地敲響了梁珩的門。

梁珩打開門，見馬修文站在門口，心裡有些驚訝，因為馬修文基本上只跟張明之來往，從不上他和易旭的門。

無事不登三寶殿，他便問道：「馬兄可是有事？」

馬修文皮笑肉不笑的，笑道：「昨天我在茶會上聽人談起孟子中的梁惠王篇，有了些心得，我記得梁兄破了一篇『二三子何患乎無君，我將去之』的時策，可否借我一觀？」

前些日子，四人交流時，馬修文就看過這篇時策。梁珩雖然有些疑惑，但還是借給他，後來馬修文也還了回來，梁珩便沒放在心上，很快就忘了。

黃梵當天就去善仁堂請了大夫。

老大夫給孫氏把完脈，眉頭微皺，問站在一旁的黃梵。「小子，你家其他大人呢？」

黃梵正色道：「我也是大人了，您跟我說就是。」

老大夫畢竟閱歷豐富，看著黃家的情況，多少能猜出來，便道：「罷了，你跟我出來。」

孫氏見老大夫要單獨和兒子說，有些著急。「大夫，您有話直接跟我說就行了，我這是得了什麼病？」

孫氏嗓音微弱，她感到渾身失了氣力般，說話越來越費神。

老大夫看了她一眼。「病人好好躺著吧！」說著便走出了房門。

黃梵憂慮地看了他娘一眼，跟著大夫出去。

「孩子，你娘這個病啊！正氣不足，穢足陰邪，應該是長年鬱勞，身體虧空得太厲害所致。」老大夫斟酌著簡單說了病情。

黃梵著急地追問道：「大夫，我娘這個病不要緊吧？」

大夫沈默了一會兒。孫氏的脈象十分危險，脈象虛陽在外，純陰在內，有陽消陰漲之虞，是死脈。這病說來不是不能治，只是長年的虧空，加上孫氏長年鬱鬱寡歡，傷了氣血根本，要補回來卻是不容易。

這病放在富貴人家算不得什麼，多吃補品補回來就是，但放在普通百姓家，卻能要人命。

大夫嘆了一口氣。「你娘這個病，要多吃點補品，看看能不能補回來。」老大夫也不寫什麼方子了，說道：「隔兩天燉一隻烏骨雞，要崽雞，能加些枸杞、當歸、紅棗會更好，讓病人多喝些湯。」

大夫說完便回房間收拾藥箱，黃梵送大夫出去。

大夫的身影漸漸遠去，黃梵卻呆站在原地，已是淚流滿面。大夫言下之意他聽懂了，若是補不回來，他娘……

孫氏在房間等了半天都不見兒子進來，便出聲叫道：「梵兒、梵兒……」

黃梵聽到他娘叫他，回過神來，慌忙擦了擦眼淚進房。

孫氏問道：「梵兒，娘得的是什麼病啊？」

黃梵勉強擠出笑，狀似輕鬆道：「娘，您放心，大夫說您這是身體有些虧，多吃點烏骨雞就補回來了，我這就殺雞給您燉湯去。」

孫氏勉強笑笑。「行。」

等兒子一出去，孫氏不禁淚如泉湧。她有種感覺，自己怕是活不久了，兩個孩子卻還沒長大成人，她若是去了，兩個孩子怎麼辦……

第五章

院門被敲響時，沈蓁蓁她們正在吃飯。

如意去開了門，就見黃梵站在門外。

如意認識黃梵，笑著問道：「黃家弟弟，你可是有事？」

黃梵看著一臉笑意的如意，問道：「姊姊，趙嬸子在嗎？」

「在呢！你進來說吧！」如意讓到一邊，讓黃梵進來。

黃梵往裡面看了一眼，見院裡擺著飯桌，像是正在吃飯的樣子，臉一紅。「我一會兒再來。」

趙氏聽到動靜，出聲道：「黃梵可是有事？等等，我這就來。」

趙氏到了院門口，就見黃梵紅著臉站在門外。

黃梵見趙氏出來了，便說道：「嬸子，您等等有空嗎？大夫說我娘要多喝點烏骨雞湯，我已經把雞殺了，想請您教我熬雞湯。」

趙氏道：「有空、有空，我一會兒吃完飯就過來。」

沈蓁蓁也放下碗過來了，招呼道：「梵兒吃飯了沒？快進來吃飯。」黃梵既叫她嬸子，那她就是長輩，叫全名不適當，便跟他娘一樣叫梵兒。

黃梵看著面帶笑意的沈娘子，心裡突然就不緊張了，鄭重地對沈蓁蓁深深一拜。「多謝嬸子。」

沈蓁蓁連忙走出來將黃梵拉起來，看著黃梵剛毅的臉，伸手拍了拍他的手臂。「好孩子，你娘的病怎麼樣了？」

她現在不過十六、七歲，但她的靈魂卻已經歷過人生的大起大落，在她看來，半大少年的黃梵不過還是個孩子。

黃梵一下就紅了眼眶，沈蓁蓁看著黃梵的反應，心底一沈。

八月初六這天，順天鄉試主、副考官舉辦入簾上馬宴。

宴會只是象徵性的，但是主、副考官多為翰林，皆是進士出身。能搶到宴會上一星半點兒的杯盤果蔬，就算沾了些運氣，所以圍觀百姓、書生甚眾，企圖為自己或者親朋圖個好彩頭。

易旭去年就聽說這個，但是當時他沒能趕上，還引為憾事。今年這天，一大早他便拉著梁珩到京兆尹府衙外等著。

日頭漸漸高了起來，圍觀人群越來越多。

這時有人大呼道：「來了、來了！」人群立刻讓出一條大道來。

只見遠遠來了一頂轎子，轎子沒有帷帳，空盪盪地只有個框架。轎上正襟危坐著主考官翰林學士鄭均之。鄭均之中年模樣，身著紫袍，目不斜視地安坐在八抬大轎上，供人瞻仰，端的是威風。

易旭在梁珩耳邊道：「聽說這主考官是從二品的翰林學士鄭均之，好生氣派，以後我也要走這麼一遭！」

梁珩看著易旭臉上的神往，不禁點點頭。很多年後，年近不惑的易旭終於坐上那頂八抬大轎，想起多年前自己許下凌雲壯志的模樣，心裡是感慨萬千。

易旭看著主考官進了京兆尹，摩拳擦掌，緊緊盯著京兆尹的大門。「梁兄準備好，門一開我們就衝進去！」

梁珩還來不及問為什麼，人群一下躁動起來，倏地一下往府衙大門衝去。梁珩被人群撞得幾個踉蹌，在原地轉了幾個圈，回過神來，易旭已經不見了，而京兆尹大門也已經被人群堵住了。

過了一會兒，京兆尹的衙役便過來維持秩序。

「都散開，給考官大人讓道！」

等外面的人群慢慢散開，衝進去的人也出來了。僧多粥少，不是所有人都能搶到東西，搶到的滿臉喜色，沒搶到的則一臉頹喪。

有的人沒搶到桌上的東西，竟連考官坐過的凳子都想帶走，不過在門口就被攔下了，只好悻悻地放下。

易旭也跟著人潮出來了，找到還站在原地的梁珩。

「梁兄，你搶到什麼了？」易旭問道。

梁珩看著髮冠散亂、衣裳還沾上湯漬的易旭，搖搖頭。「我沒擠進去。」

易旭略有些替他可惜，又道：「沒事，我搶到了好東西，回去分給你。」說完喜孜孜地拉開衣襟，給梁珩看裡面的東西。

梁珩湊過去一看，是一隻燒雞。

易旭樂不可支地道：「這叫獨占雞頭……呸，獨占鳳頭！好兆頭啊！」

這時一陣金鑼聲傳來。「考官大人出來了！讓路、讓路！」

只見京兆尹門口處，兩列身著全套官服的主、副考官，在主考鄭均之的帶領下，魚貫從門口內走出來，一行人浩浩蕩蕩地往貢院走去。

這些皆是進士爺，甚至還有狀元爺！

多少人寒窗十幾年乃至幾十年，所求不過如此。圍觀的書生們豔羨地看著兩列考官，有的甚至羨慕得流下哈喇子而不自知，在心裡暗暗發誓「大丈夫當如是」！

等考官們離開，人群也漸漸散了。

八月初八這天，乃是考生點名入場之日，寅正便開始點名。

梁珩有些緊張，昨夜失眠到半夜，一睜眼，發現日頭已經很高了，他嚇了一大跳，慌忙起身，發現院裡闃寂無聲。

梁珩匆匆洗漱，挑起考籃便準備出門，誰知剛出房門，就見易旭提著便桶進院來。

「梁兄？」

梁珩看見易旭，略鬆了口氣。「我以為易兄已經走了呢！不是寅正點名嗎，怎麼易兄不著急？」

易旭邊走邊說道：「急什麼，那麼多人，點名都得點到天黑，去了也是枯站一天，咱們下午再去就行。」

梁珩放下考籃，有些難以置信。

易旭回房放下便桶，走出來，繼續說道：「我三年前就是寅時不到去排隊，排到快午時才進號舍，在號舍裡乾坐半天。不著急，那些考過很多次的滑頭，每次都是天擦黑了，才去貢院點名的。」

梁珩聽他這麼說，又將考籃放了回去，清點了一遍東西，畢竟是第一次考，心裡沒底，擔心了半天。

兩人磨蹭到下午才去貢院，而馬修文和張明之則是大清早就已經走了。

到了貢院，果然是人山人海，除了應試的書生，還有送考的親朋。考生們都挑著考籃，承載著親人的殷殷期盼進了考場。

兩人排了一個多時辰，才過了「上窮髮際，下至膝腫，腹赤裸」的檢查，進入考場。入場時，梁珩領到一張號舍位次便覽，上面以千字文標明各號舍的方位。梁珩過了三重門，便見到密密麻麻、一排排低矮的上萬號舍，一律朝南，他很快就找到了自己的號舍。

他與易旭進考場後就分開了，並不知道易旭現在的位置。

號舍是用磚石砌築的，既矮又窄，三年沒用了，滿是灰塵和蜘蛛網。

梁珩將考籃放在過道上，將號舍清掃一番，等打掃乾淨了，這才再次清點考籃裡的東西。

對於要帶什麼東西進來，梁珩是兩眼一抹黑的，還好易旭有經驗，很多東西都是在他的建議下置辦的。

梁珩取出油布簾子掛在號舍上，用來遮風擋雨，又將燒飯的鍋爐、食糧、炭火、油燈、被褥之類的什物拿出來放好。

號舍兩邊牆上有兩處磚托，一高一低，用於擱置號板。號板裝上去充作桌子和凳子，晚上將高的放下來，裝到矮處，便是睡覺的床板。號舍極為矮窄，人站在裡面都站不直，梁珩身量又高，更是苦不堪言。

梁珩收拾好後，便出了號舍，號舍還不及他身量高，不遠處便是高聳的明遠樓，四面更是有瞭望樓將號舍圍了起來。

目之所及，一些剛進來的考生，還在挑著考籃四處尋找自己的號舍。

入暮時分，一縷縷炊煙從號舍間冒出來，大多考生已經在做飯了。

梁珩生起炭火，熱了幾個饅頭，就著熱水吃下。

夜幕很快降下來，梁珩坐在號舍前，看著天上那輪上弦月，聽著不時傳來巡考的喝聲「保持肅靜」，心緒竟頗為寧靜，已經沒有多少緊張。

梁珩沒坐多久，便進了號舍，在號板上鋪好被褥，蜷縮著睡下了。

這麼蜷縮著睡覺，極不舒服，梁珩很久才睡著，但剛到子時，便被一陣鑼聲吵醒了。

「都醒醒、醒醒，接題了！」

梁珩一聽到接題，馬上就清醒過來。摸黑走到號舍口，撩開油布，便見到幾位巡考提著燈籠，走在最前面的手裡還提著一面銅鑼，正鏘鏘地敲，一排排號舍地發著試題，很快就發到梁珩這邊。

梁珩接過題，忙點上油燈。

只見紅紙上寫著「蕩蕩乎，民無能名焉。巍巍乎，其有成功也。煥乎，其有文章……」一共有四道題。

梁珩小心地將油燈移到一旁，以免不小心燒到試題。

鄉試一共分三場，第一場是最重要的，稱為正場，所以這試題如何破，也是至關重要。

梁珩思考至半夜，才迷迷糊糊地睡過去。

沈蓁蓁感覺自己回到了三月十六這天，沈母許氏帶著她去普寧寺請願，欲求菩薩牽起她女兒的姻緣線。

沈蓁蓁十六了，已經過了及笄之年，卻還沒有許配人家，提親的媒人快將沈家的門檻踩斷，沈蓁蓁卻一個都瞧不上。

沈家就沈蓁蓁這麼一個掌上明珠，全家都捧在手上怕摔了，含在嘴裡怕化了。沈蓁蓁不鬆口，父母雖然著急，卻不願逼她，但畢竟都十六了，父母著急上火，但沈蓁蓁就是看誰都不中意。

沈蓁蓁本不願去，可看著母親眼裡的期盼，不忍拂了母親心意，便跟著來到普寧寺。

沈母在殿裡挨個兒菩薩地跪拜、捐香油錢，沈蓁蓁跟著拜了一會兒，便覺得無聊，跟母親打招呼後便出了大殿。

她帶著如意在殿前轉了幾圈，見人大多往後山去，便想跟去看看，又怕她娘出來找不到人，便將如意留在殿前，獨自往後山去了。

她到了後山，在一棵翠綠的迎客松下，見到一個身穿素白長衫的男子背對著她，正在樹幹上揮毫潑墨寫著什麼。

沈蓁蓁忙躲在大石後，偷偷看著那男子的動作。男子的背影看上去長身玉立，握筆的手指骨節分明。

男子很快就寫完了，轉過身來，竟是張十分年輕的臉，相貌堂堂，面如冠玉。

沈蓁蓁看著男子冠玉般的臉，感覺自己的心在胸腔裡狂跳，不知道是因為偷看還是其他原因？

等男子離去後，沈蓁蓁從石頭後面走出來，奔至樹下，就見樹上寫著兩行詩。

他日若遂凌雲志，敢笑黃巢不丈夫。

字體凌厲，一股大氣撲面而來。

她愣愣地看著落款處的名字——林行周。

沈蓁蓁醒來時，似乎還能感受到胸腔裡的心在狂跳，就像那個曾經情竇初開的姑娘。

她睜著眼，入眼卻滿是黑暗。她夢到第一次見到林行周的場景，那時候他滿身皆是輕裘緩帶的書生氣質，一下就撩動了姑娘的春心。

今天是鄉試第一場的開考之日，前世這個時候，她失眠了半宿，因為擔心考場裡的丈夫。

沈蓁蓁想到梁珩，不知道他在考場裡如何了？

剛過卯時，梁珩就醒了。

天還沒亮，他點燃油燈，將被褥收起來，又將號板放好，開始思索試題。

四書題顯然是重頭戲，題目出自《論語·泰伯》，是讚揚堯的名段。

梁珩苦苦思索了一陣，想從讚揚聖上破題，又覺得有些不恰當。

他突然有些內急，便出了號舍，往茅廁走去。

茅廁在哪裡，循著氣味去就對了。

茅廁就是一間號舍，地上挖了個大坑，便充作茅廁了，因為是露天的，可以說是臭氣熏天。

梁珩捂著鼻子解決完，欲往回走，突然聽見有人叫他。

「梁兄？」

梁珩轉頭四處看了看，沒看到認識的人。

這時茅廁旁一間號舍裡的人，拉下臉上蒙著的布，露出臉來，正是易旭。

梁珩掩不住驚訝。「易兄，你在這兒？」

易旭滿臉苦笑。「我自認沒有做過虧心事，竟分到這個屎號來。這麼大股屎味差點沒把我熏暈過去，真是倒楣透頂。」

梁珩略同情地看了他一眼，見有巡考往這邊走來，不敢跟他多說，留下一句「易兄保重」，便回到自己的號舍。

梁珩想了半天，決定從頌揚聖賢，再頌揚皇上破題，但想了想覺得不妥，又表示了自己對君王的忠心和壯志。通篇寫下來，梁珩發現自己竟拍了通篇的馬屁，他不禁苦笑，這出題之人怕是個忠皇黨。

梁珩打了一遍草稿，正思索間，就聽到隔壁傳來一陣斷斷續續的自言自語，仔細一聽，好像是隔壁書生在唸自己做的文章。

「這題……民無能名焉⋯這般破……」

梁珩搖搖頭，沒多理會。

沒想到隔壁書生似乎對自己的文章極為得意，聲音越來越大，拖長著怪聲一路唸，唸到最得意處，用力一拍大腿，大讚道：「好！今科必中！」

「這位考生，考場保持肅靜！」

巡考的聲音突然傳來，原來是有考生受不了，向巡考舉報。

該考生不得已，悻悻住了嘴。

一天很快過去，過道間又升起了裊裊炊煙。

梁珩煮了些麵糕，鍋裡，麵糕化成一鍋漿糊狀，味道也差，但他眉頭都不皺地吃完了，在考場裡自然要將就些。

夜晚，號舍安靜下來，偶爾傳來巡考的腳步聲。

梁珩躺在號板上，卻翻來覆去睡不著，他摸出懷裡的錦袋。

黑暗中，看不清錦袋的樣子，他將錦袋拿在手裡摩挲著。這是裝銀子的那個錦袋，他將裡面清空，隨身攜帶。

不知道沈娘子怎麼樣了？這麼一想，一股深深的思念從他心底湧了上來，來勢洶洶，梁珩感覺自己的心又癢又麻。

今科要是能中，如何也要求娶她。梁珩暗暗發誓。

趙氏說孫氏的病沒起色，雞湯熬好卻吃不下幾口，還轉眼就吐出來了。吃不下東西，這徵兆十分不好，沈蓁蓁便再次上門看望。

孫氏看著確實不大好，眼窩都深陷進去了，精神顯然大不如上次，這次見到她們，話都說不了幾句。

孫氏勉強對趙氏笑了笑。「我想著啊！妳家梁珩定會考上，可是我怕是撐不到那天了。」

趙氏抹著眼淚，她知道孫氏是在想念黃原了。梁珩考上了，就能與黃原同朝為官，也許黃原看到家裡的人，還能想到回家來看看。

「孫嫂子，妳想什麼呢！妳家兩個孩子還小，沒了妳可怎麼辦？妳會好起來的，珩兒他過幾天就回來了，到時候我叫他過來看妳。」

孫氏笑了笑，眼角卻流出淚來。「嬸子，我命苦啊！」

可不是命苦嗎？趙氏抹了兩把眼淚，又安慰道：「孫嫂子，妳家黃梵有出息，妳享福的日子還在後頭，別多想了。」

屋外，黃梵抱著無聲痛哭的妹妹，也忍不住落下眼淚。

八月初十。

梁珩踩著催卷的鑼聲，交了答卷，收拾東西，走出考場，第一場算是結束了。

他在貢院門口等了一會兒，見天色漸漸暗下，考場裡也沒什麼人了，以為易旭已經走了，欲離去時，便見易旭挑著考籃走出來。

「易兄！」梁珩忙叫了他一聲。

易旭也看到他，挑著考籃過來。

「易兄答得如何？」梁珩問道。

易旭苦著張臉。「你說我這是什麼運氣？竟分到這麼個好位置，熏得我思緒全無，這回算是完了。不行，我回去得設香案拜拜菩薩，去去晦氣。」

梁珩有些替他擔心，正場若是沒答好，基本上就沒什麼希望了。

倒是易旭自己看得開，反倒安慰他道：「沒事、沒事，大丈夫何患無功名？這次不行，下次再來就是。」

兩人回到院子，馬修文和張明之早就回來了，兩人收拾洗漱一番，一起坐在院中談論試題。

張明之破題有些偏，很是惋惜了一陣，倒是馬修文臉色輕鬆。

易旭找到枝兒的阿婆，借了針線。

張明之見易旭在縫布條，好奇問了句，得到是用來隔屎臭的答案後，也是好生感嘆易旭的霉運。

畢竟大家在考場都沒休息好，四人沒聊太久，便各自回房睡下。

次日是第二場的點名入場之日，這次幾人有了經驗，皆是下午才去貢院。

第二場跟第一場沒多少區別，只是精神消耗得更加厲害，好多考生出考場時，精神都有些恍惚了。

不過兩、三天的光景，四人再次見面，皆是一副蓬頭垢面、精神萎靡的模樣。這次大家沒有精神再談論試題，用過飯後，紛紛回屋倒頭睡下。

十四日這天，是鄉試第三場時策點名入場之日。

梁珩排在易旭後面，等待檢查入場。

排在他們前面的書生，看著三十來歲的模樣，穿著一身寶藍色綢緞長衫。梁珩驚訝地發現他的考籃裡不只放了必須之物，竟然還放了一架瑤琴！

梁珩拉了拉易旭，輕聲問道：「那位兄臺為何帶絲竹進去？」

易旭回頭看了他一眼，神秘地道：「回頭你就知道了。」

等梁珩進了考場，便明顯感覺到這場跟前兩場不大一樣。首先是巡考，前兩場一直不停轉悠的巡考，竟半天見不到人影，考棚間還有不少人走來走去。

梁珩聽說過鄉試第三場不大嚴，但沒料到會這麼鬆。

依然是子時發下試卷。時策歷來是鄉試三場裡最簡單的一場，梁珩看完題目，思索了大致的破題思路，便睡去了。

第二天一早，梁珩便將答案寫出來了，又細細推敲，潤了潤色。

到了晚上，他打算將草稿謄抄至試紙上時，外面突然響起一陣震天響的鑼聲。

梁珩以為出了什麼事，忙放下筆，出了號舍察看。

夜間考棚裡是不興點燈的，今晚是中秋之夜，天上掛著一輪滿月，清亮的月色下，好多處都有燭光。

梁珩仔細一看，燭光竟是從號舍頂棚上傳來，燭光旁有人影閃動。

鏘！鏘！鏘！

又是一陣鑼聲傳來，還夾雜著一陣嬉笑。

「別敲了，都聽我的！」不知是誰吼了一句，鑼聲停了下來。

梁珩正摸不著頭腦，那人就扯著嗓子唱上了。

「天保定爾，亦孔之固。俾爾單厚，何福不除?俾爾多益，以莫不庶——」

這是《詩經》裡的〈天保篇〉，寓意著祝願和祈福，在此刻唱來極應景。

不少考生紛紛響應，爬上號頂，跟著唱起來。

「如月之恆，如日之升。如南山之壽，不騫不崩。如松柏之茂，無不爾或承。如松柏之茂啊！無不爾或承——」

如松柏之茂啊！無不爾或承……四面的瞭望樓似乎都在迴盪著歌聲。

梁珩想著這麼大的動靜，怕是一會兒就把巡考引來了，沒承想，直到一曲歌畢，考場的考官們竟還是全無動靜。

很多像梁珩一樣的新考生，一開始心裡都有些惴惴不安，見考官們似乎不管，又被氛圍所影響，膽子也大了起來，學著前面的人，爬上號頂，跟著歡唱。

屎號裡的易旭更是興奮，顧不得那沖天的屎臭，兩下就爬上號頂，扯下面罩，跟著怪唱。

然而大多數書生平日謹遵著讀書人的教誨，生怕有辱斯文，失了讀書人的身分。梁珩就是這樣的人。

他從小接受先父的禮儀教誨，時刻謹遵君子六德，不可放鬆半分，不可稍越雷池半步。這種在肅穆的考場中放聲高歌行徑，和他二十年來秉承的讀書人觀念是相違背的。

梁珩聽著四處傳來的狂放歌聲，竟感到內心一陣躁動，像是有什麼被困住的東西，掙扎而出一般。

「我是清都山水郎，天教懶慢帶疏狂。曾批給露支風敕，累奏留雲借月章——」歌聲不停歇地傳來。

「詩萬卷，酒千觴，幾曾著眼看侯王。玉樓金闕慵歸去，且插梅花醉洛陽——」梁珩剛唱出聲，就被自己嚇到了，他竟然也跟著做了這荒謬事！

梁珩怔了怔，心底卻沒有多少悔意，似乎有什麼東西破繭而出。

多年後，經歷了起起落落的梁珩，回想起這一晚，才明白正是這一晚的放縱輕狂，使他脫胎換骨，成就了後來那流芳百世的名臣。

這人剛唱完，不知哪個角落，有人吹起了笛子，笛聲竟十分悠揚，一邊又響起了琴聲。一個婉轉輕揚，一個珠落玉盤，竟是十分和諧。有人適時唱起。「關關雎鳩，在河之洲。窈窕淑女，君子好逑……」

歌聲旖旎深情，盡顯纏綿，引得考場安靜下來，靜靜地聆聽。

「求之不得，寤寐思服。悠哉悠哉，輾轉反側……」

梁珩望著天上那輪滿月，摸出懷裡的錦袋，放在胸口上，似乎這樣便能緩解一些相思之情。

這場狂歡直鬧到半宿，考棚才漸漸安靜下來。

直到出了考場，易旭才跟梁珩解釋為何第三場如此癲狂、荒謬。

鄉試素來正場最重要，因為時間緊迫，考官批改答卷十分匆忙，通常只認真看第一場的答卷，所以第三場就顯得不那麼重要，考官也睜一隻眼，閉一隻眼。

且順天鄉試參考生員中，很多是花錢捐來的監生和蔭生，這類生員通常沒什麼真本事，知道自己考中的希望渺茫，在考場中又悶了那麼多天，便想找點樂子。

鄉試第三場這種怪狀不知道持續多久了，雖然整頓過幾次，但是收效甚微，反而沿襲成一種風氣，只是梁珩雙耳不聞窗外事，沒聽說過。

三場都考完了，放榜時間在一個月後，梁珩不想多花銀子在京裡等消息，易旭則覺得自己希望渺茫，兩人便一道退了房，與另兩位室友告辭，趕回泉城了。

梁珩歸心似箭，總覺得路上這兩天像是兩年一般久，好不容易終於挨到泉城，已是下午。

易旭的家在城南，兩人進城後就分道揚鑣，互留了地址，方便以後拜訪。

梁珩到家時，院門沒鎖，他娘卻不在家。他猜想他娘應該是在隔壁，便來到沈家門外。趙氏和如意正在廚房做飯，沈蓁蓁坐在院中，聽到有人敲門，便起身去開門。

見到梁珩，沈蓁蓁很吃驚。

「梁公子？」

梁珩看著眼前朝思暮想的人兒，緊緊壓抑心裡的悸動，一時說不出話來，只是癡望著她。

沈蓁蓁穿了一身山吹色交領襦裙，衣襟處繡了幾朵銀星海棠，襯得她膚色更加白皙；髮髻簡單用一支玉簪綰著，眉眼還是那樣清秀溫柔，淺笑盈盈地看著他。

梁珩倏地感覺自己的心被填得滿滿的，這一路的舟車勞頓都消失了。

沈蓁蓁笑了笑。「梁公子是來找趙嬸的吧！趙嬸在廚房裡忙著呢！」說著朝裡面叫了一聲。「嬸子，梁公子回來了！」

趙氏正在切菜，一聽兒子回來了，連忙放下刀衝出廚房，就見兒子站在院門外。

「娘，我回來了。」梁珩走進院子，叫了一聲。

趙氏小跑至梁珩身邊，一把摟住兒子，感覺兒子明顯瘦了許多，心裡一酸，忍不住抹了抹眼淚。

梁珩趕忙安慰。「娘，兒子好好的呢！您別哭。」

趙氏擦了擦眼淚，笑道：「回來就好。珩兒啊！你先回去，娘等等就回去給你做飯。」

沈蓁蓁在一旁笑道：「梁公子今兒就在這兒吃吧！趙嬸好久沒在家做飯了，家裡冷鍋冷灶的，估計也來不及買菜。一會兒趙嬸多炒幾道菜，就當是為公子接風洗塵。」

經過這麼多天的相處，趙氏也明白沈蓁蓁是個什麼樣的人了，除了望門寡這個身分讓她有些芥蒂，其他樣樣都是沒得說的。

她如今想明白了，若是兩個年輕人真的有緣，她樂得成全。

趙氏笑道：「多謝沈娘子了。」

梁珩抬頭看了看沈蓁蓁，看著她笑靨如花的模樣，只覺得心顫得厲害。

沈蓁蓁招呼梁珩坐，趙嬸看了兒子一會兒，進廚房做飯去了。

如意在廚房門口探出頭，見梁珩與自家小姐一塊兒坐著，也縮回廚房去了。

「公子考得如何？」沈蓁蓁問道。

梁珩看著沈蓁蓁的笑眸，說道：「題倒是不偏，答得很順利，但就是這種題，不大容易寫得突出，所以我也說不清好不好。」

沈蓁蓁道：「既是順利，想必不會有大問題。」
梁珩笑了笑。「承小姐吉言。」
沈蓁蓁說的是官話，沒什麼口音，只能從如意的口音聽出她們來自南方，梁珩便問道：「沈小姐是哪裡人？」
「涼州，公子可聽說過？離這兒一千多里呢！」
「在書上看到過。」梁珩想問她為什麼會帶著如意來到離家千里的泉城？想了想不適合，又把話吞回去了。
沈蓁蓁感覺梁珩似乎哪裡有些不一樣了，比如說話不會臉紅了，還主動問她話。她只當是梁珩經歷科舉這人生最重要的事後，心境發生了改變。
兩人之間的相處自然不少，似乎都忘了那晚的尷尬。
很快地，趙嬸便做好了飯，如意也不當梁珩是外人，招呼著他將飯桌搬到院子。
今天菜色豐盛，魚肉皆有，幾人圍著桌子坐下，如意卻端著一缽菜出了院子，其餘三人在院中等著如意回來。
梁珩問道：「如意姑娘這是上哪兒去呢？」
趙氏嘆了口氣。「給孫嫂子家端些菜過去呢！吃完飯再跟你說。」
梁珩見他娘和沈小姐臉色皆不好，便不再問。
等如意回來，大家這才動筷。吃過了飯，趙氏才將孫嫂子得病的事跟梁珩說了。
他不過離家二十來天，孫嫂子便已經病得下不了床，大有不好之狀，梁珩吃驚不小。孫嫂子可以說是看著梁珩長大的，為人也好，故兩家感情很深厚。

「珩兒啊！你明天就去看看孫嫂子，我看孫嫂子的意思，還掛念著黃原呢！你在京裡可聽說過黃原的消息？」趙氏問道。

梁珩搖搖頭。這些日子在京城裡，只管閉門看書，都沒怎麼出門。

趙氏嘆息一聲。

晚上，沈蓁蓁正打算睡下，院門卻被急促地敲響了。

沈蓁蓁打開門，就見黃梵面帶著急地站在門外。

「嬸子，真對不住，半夜打擾您，但是我娘說她想見您，您能去我家一趟嗎？」

沈蓁蓁聽著他隱隱的哭腔，心裡一慌，忙點頭道：「好，我這就去，你快去隔壁叫趙嬸子。」

看樣子，孫嫂子怕是不好了。沈蓁蓁雖兩世為人，但沒經歷過這種事，心裡不禁有些慌亂。

沈蓁蓁帶著如意到了黃家，還沒進房門，就聽到裡面傳來壓抑的哭聲。

她推開門，就見菱兒抱著她娘的手臂痛哭，而孫氏的眼睛半閉著，面上是沈沈的死氣，胸口只有微微的起伏。

沈蓁蓁走過去，忍著心裡的酸意，喚道：「孫嫂子，我來了。」

如意拉過菱兒，將她摟在懷裡，菱兒一抽一抽地哭著。

孫氏聽到沈蓁蓁的聲音，勉強睜開眼，眸中盡是渾濁。「沈……娘子，嫂子……想求妳一件事……」

聲音微弱，沈蓁蓁湊近了才聽清。

「嫂子，您說。」

孫氏轉動眼珠，看著如意懷裡的菱兒。「沈娘子，我想……我可能就要去了……我這兩個孩子以前沒爹，以後連娘都要沒了……」

沈蓁蓁心酸得落下淚來，卻顧不得擦，掏出手帕給孫氏擦去眼淚，但孫氏的眼淚像是斷了線般，渾濁的淚水不停流進她灰白的髮間。

「梵兒他做了學徒，我不擔心……可我的菱兒，她翻年才十歲……」

孫氏突然伸手拉住沈蓁蓁替她擦眼淚的手腕，像是用盡全部力氣般，緊緊地握住。

「沈娘子……我想啊！菱兒就送給沈娘子做個丫鬟吧……把她交給妳，我去了也能安心……菱兒懂事聽話……沈娘子，妳能答應嫂子嗎？」

梁珩跟著趙氏進來時，剛好看到這樣的場景。孫嫂子握著沈小姐的手腕，緊緊看著她，眼中滿是哀求之色。

孫氏雖病得嚴重，腦子卻是清醒的。沈娘子才剛搬來不久，見她病得嚴重，就借了銀子；經常來看她不說，還給家裡送米、送菜，是何等善良的人。

孫氏知道，把菱兒託付給沈娘子，只要沈娘子應下，就不會虧待菱兒。

沈蓁蓁沈默片刻。「嫂子說什麼丫鬟不丫鬟的，嫂子放心，以後我定把菱兒當妹妹照顧。」

將死之人的遺願，叫人如何能狠下心拒絕？沈蓁蓁心腸軟，最見不得可憐人受苦遭難，而且這麼多天接觸下來，黃家兩個孩子都極懂事、聽話，惹人憐惜。

孫嫂子眼淚不斷地流，感激地看著沈蓁蓁，說不出話來。有哪個母親捨得將自己的女兒送給人當丫鬟呢！不過是被逼得沒有別的辦法了。

「菱兒……妳過來。」

菱兒聽到她娘叫她，撲到床前，忍著哭聲。「娘，您說，我聽著呢！」

「以後沈娘子……就是姊姊，妳要好好聽姊姊的話……娘就是死了，也能安心了……來，妳給姊姊磕個頭……」

菱兒流著淚，拚命點頭，不等沈蓁蓁說話，依言朝她跪下，磕了個頭。

沈蓁蓁連忙將菱兒拉起來，揉著她磕紅的前額。「好妹妹。」

這時曹家老太太也被請過來了，以防萬一孫嫂子去了，還得請老人家給她換衣服。

黃梵也進了屋，跪在孫氏床前，拉著他娘的手，無聲地流著淚。他心痛地看著他娘的模樣，嘴唇被牙齒咬破了都沒感覺。他暗發狠誓，以後他一定會叫那個拋妻棄子的男人生不如死！

沈蓁蓁她們都沒回家，一起守了半夜，曹老太太也沒有回去，但到底年紀大了熬不住，便在隔壁黃梵的床上小憩。

孫氏撐到半夜就去了。

沈蓁蓁將哭得失聲的菱兒摟在懷裡，曹老太太和趙氏在房裡給孫氏換衣裳。

黃梵像個真正的大人般，收起悲傷，忙進忙出，還略顯稚嫩的肩膀，挑起了沈重的大樑。

黃家沒什麼銀子，沈蓁蓁現在也算是黃家兩個孩子的親人了，拿了銀子交給黃梵，將孫氏安葬。

黃家也沒什麼親戚，本家那邊來了兩個人主持葬禮。葬禮並不熱鬧，只有一些街坊鄰居，孫氏這悲涼的一生，跟著她一起埋入了地下。

葬禮過後，菱兒就住進沈家。

菱兒的衣裳都很舊了，不大合身，沈蓁蓁和如意便給她趕製了兩身衣裳。

黃梵白天要去陳家木坊做工，早上就在木坊吃飯，晚飯則在沈家吃，沈蓁蓁她們會給他留飯。

本來黃梵打算謝絕，沈蓁蓁卻道：「你娘把你們託付給我，我應下了，我現在是菱兒的姊姊，也是你的姊姊，以後就是你和菱兒的親人了，你要跟姊姊客氣什麼？」

聞言，黃梵沒有再說話。他和妹妹沒了娘，從此卻多了個姊姊。

菱兒自從住進沈家，衣裳新了，人也長了不少肉，有人看著就眼紅了。

林氏好幾次跟丈夫說起這事來。「你看菱兒，住進沈家才幾天，新衣裳翻了花樣地換，人變了個樣似地精神，哪像剛死了娘的孩子？」

周大山不耐煩了。「妳管人家這麼多做什麼？」

林氏一撇嘴。「聽說孫嫂子死的時候，是想把菱兒送給沈娘子當丫鬟，你看哪是做丫鬟，是當小姐去了吧！看看她身上衣裳的料子，嘖嘖，我都沒穿過這麼好的料子。咱家孩子哪個比菱兒差了，要不，也送給沈娘子？」

周大山一甩手中的大勺，罵道：「那是孫嫂子託孤！等妳死了，我就把大丫、二丫也託孤去！」

林氏一聽就炸了。「好啊！敢情你巴不得我死，好去找那個暗娼呢！周大山，你別以為那件事就這麼算了，那個婊子，我遲早要找她算帳！」

周大山將人藏得嚴嚴實實的，林氏到現在都不知道人住在哪裡，不然依她的性子，早就打上門去了。

兩夫妻又吵了起來，在豆腐坊裡吵得熱鬧，林氏也不管看熱鬧的人有多少，該怎麼撒潑就怎麼撒潑。

這些沈蓁蓁都不知道，她正跟如意商量著給黃梵做身衣裳。

菱兒穿著一身素色衣裳坐在一旁，學著做些簡單的針線。因為還在孝期，沈蓁蓁特意選了素色料子給她做衣裳。

黃梵要上工，便商量著給他做一身棉布短衫。

趁著黃梵晚上過來吃飯，如意便拿尺給他量尺寸。

黃梵依言張開手臂，任如意丈量，可他身量太高，如意量不到他的肩寬。

如意一巴掌拍在他屁股上。「我量不到，蹲下點。」

如意跟沈蓁蓁一樣，當黃梵是弟弟，沒多避諱，黃梵卻鬧了個大紅臉。

京城裡。

監生們一考完，貢院裡的考官們馬不停蹄地開始忙碌。

卷子立刻送到彌封處，由彌封官將寫有考生姓名、籍貫的那頁摺起來，用空白紙彌封，加蓋騎縫章。

彌封後，準備就緒的謄抄手們，用朱筆將試卷一字不差地謄寫一遍，以防考官辨認字跡。易書完成後，又有專人將原卷與硃卷進行對讀，以防抄錯。等前期作業做好，時間已過去大半個月，答卷才送到考官手上。

副考官十八人，分為十八房閱卷。萬份答卷分為十八份，抽籤決定各房所閱試卷，這樣考官與考生聯合作弊的可能性就微乎其微了。

周仕成閱到一份答卷時，不禁連叫了幾聲好。這份答卷的破題思路方式跟他前陣子收到的一份行卷，有些異曲同工之處。

說來也巧，這周仕成是翰林院的一位侍講學士。前不久，他夫人娘家的一個姪兒託長輩給他送來了幾份行卷。那姪兒不大爭氣，捐了個監生，他本不欲看，但又不好拂了夫人面子，便略掃了眼，沒想到裡面真有篇文章讓人眼睛一亮。

當時他就覺得這名監生必會在鄉試大放異彩，沒想到這監生的卷子會分到他這兒來。

雖然姓名被封住了，也易了書，但他還是很確定這就是那監生的答卷。周仕成很是激動，這監生確實水準了得，要是自己批閱的這房出了解元，也不枉監考這十幾天遭的罪了。

一轉眼，時間過去了快一個月，閱卷即將到了收尾階段。

主考官鄭均之收到幾份解元薦卷，幾番斟酌之下，他點了其中一份，將其餘幾份都打回去。

周仕成見自己的薦卷被打回，心裡很不服氣。這份答卷的水準功力足以點解元了，又將答卷薦了上去，沒承想又被打了回來。

周仕成身上有股文人的較真勁，拉上幾個房官就去找主考辯論。

九月，金桂飄香。

十三這天正是桂榜放榜之日，長安城內萬人空巷。

黎明時分，主考鄭均之正襟危坐在八抬大轎內，前面有鼓樂和儀仗隊開道，後有府丁護送，捧著桂榜，離開貢院，前往京兆尹。

府衙門前早就被擠得水洩不通，不管家中有無考生的，都來湊湊熱鬧、沾沾文氣，興許自家下一代就能出個文魁呢！

圍觀百姓一看主考官的轎子來了，都自發地讓開一條道，讓轎子過去。

桂榜剛一貼上，眾人一下子湧上前去。很多人並不識字，但都仰著脖子往榜上瞧，瞻仰著桂榜上的名字。

榜下無數書生仰著脖子，一遍遍尋找自己的名字，得中者欣喜若狂，飄飄欲仙，但更多的是遺憾嘆息。有的甚至不顧讀書人身分，傷心得嚎啕大哭，以致昏厥過去。

榜下無數探子快速將榜上姓名、名次抄下來，拿去沿途叫賣，或是去得中者家報喜，討取賞銀。

榜前眾人七嘴八舌，議論紛紛。

「今年這五魁首，竟大都是些名不見經傳的後起之秀！咦？經魁竟是和劉致靖公子一個名？」

「什麼一個名，就是劉致靖公子，人家也是有真才實學的！」

「啊！看來這劉公子不只是個紈袴啊！也是，他爹可是宰相大人，虎父無犬子啊！」

「兄臺慎言！」竟敢當街說劉致靖公子是紈袴？劉公子可不是什麼好惹的主。

「咦？這林行周是何許人也？」

「林行周？我認識！上次在茶會上有幸結識。林兄臺真可謂天人也！不過卻是外鄉人，屈居於亞元，實為可惜，不然做解元都當之無愧！」

旁邊聽著，就有些不服氣了。「這梁解元我可是認識的，上次在茶會上，短短一席話就讓人醍醐灌頂，解元可謂是實至名歸！兄臺這麼說，我第一個不答應！」

「昨天貢院填榜、唱榜，外面的探子都聽得清楚，鄭主考先是點了林公子為解元，後來撕開彌封一看，是外鄉人，便將他降了名次，這才將本來是亞元的梁公子提上魁首！」

「傳言不可盡信，兄臺可是親耳聽到了？再說早在唱榜之前，名次就已經定好了，哪會唱榜了才更改？」

兩方是誰也不服誰，差點沒打起來，最後還是護榜的衙役們將兩方隔開。

這本來是沒頭沒尾的事，經過這麼一鬧，算是人盡皆知了。眾人也是好奇，到底這林亞元因為是外鄉人，所以點不了解元，還是文章確實不如梁解元？

早在昨晚，林行周就知道了自己的名次，放榜之後，上門來報喜的人是一波接一波。

「恭喜貴府林行周林公子，蒙欽命翰林張學士取中第二名！」

錢氏樂得合不攏嘴，頗為大方地撒了幾籃銅板。

「哎呀！真是可惜啊！林亞元本應點解元，可惜公子是外籍。」見林家賞銀還算豐厚，這些報喜人也不吝恭維之言，就將那聽來的小道消息順口說了。

林行周拱手笑笑沒接話，謝過眾人的道賀。

錢氏心裡卻不舒服了，但誰叫自家確實是外籍呢！委屈了兒子做亞元。

隨著報喜之人一波接一波，銅板灑得叫錢氏肉疼了，自家現在坐吃山空，但不給賞銀是不行的，便意思意思撒了幾十個。

報喜的一看，心裡不樂意了。這是打發叫花子呢！大多人喜不報了，幾個銅板也懶得彎腰撿，轉頭往下一家去了。

考官們在考場關了一個多月，榜單一放，終於可以回家。

周仕成坐在轎上，一路都在琢磨。

怎麼答卷彌封掀開，不是那個馬修文，而叫梁珩呢？那個馬修文倒也中了，卻是在副榜上。他還特意看了馬修文的答卷，跟原先那份行卷的水準大相徑庭。

周仕成想了半晌，最後還是拋在一邊。錯有錯著，總歸這解元是從他房下出來的。

喜報很快傳到了柳蔭巷，不過卻是縣令親自上門報的喜。

這天午時左右，一頂小轎停在梁家門外，從轎裡走出一個眉目和善的中年人。

趙氏聽到敲門聲，上前開門，見門外站著幾個不認識的人，又是乘坐轎子來的，謹慎地問：「請問你們是？」

來人和善一笑。「想必您是梁解元的母親吧？我們是上門賀喜的，貴府梁珩梁公子取第解元，恭喜、恭喜！」說完讓到一邊。「我們是縣衙的，這位是我家東翁，朱縣令。」

趙氏剛聽見兒子考中了，心下正狂喜，又聽到來人竟是縣令，嚇了一跳，慌忙跪下行禮。

「民婦不知竟是縣令大人……」

朱縣令連忙上前，親自將趙氏扶起來，笑道：「不必多禮，敢問梁解元可在家？」

趙氏連連點頭。「在在在，您請進，我叫珩兒出來。」

梁珩聽到動靜，從房裡出來，就見朱縣令站在院門處。

他快步上前，彎腰拱手，行禮道：「學生不知公祖前來，有失遠迎！」

朱縣令上前將梁珩虛扶起來，笑道：「梁解元不必多禮，本縣這次前來，是來道賀的，恭喜梁解元了！」

朱縣令面上留著一小撮鬍鬚，面相和善，為官清廉，在泉城風評甚佳，梁珩以前見過他幾次。

朱縣令看著年輕的梁珩，心裡極為滿意。自己在泉城連任兩屆了，正愁沒什麼大的政績，如今出了個年輕的解元，想必明年的考核定是沒問題了。

這麼一想，朱縣令越看梁珩，越是滿意。

朱縣令在梁家坐了大半個時辰，留下三十兩牌坊銀子才告辭。這牌坊銀子是省財政專門撥給舉人的銀子，也可以換成牌坊送至舉人家，但朱縣令考慮到梁珩家可能更需要銀子，便送了銀子。

梁珩竟然真的中了，連縣令都親自上梁家賀喜！消息一時間傳遍梁家附近的大街小巷，梁家一下子熱鬧起來，每天上門道喜的人都快擠爆院子，大多是附近的街坊，也有些是不認識的。

趙氏很高興，燒了一鍋又一鍋的茶水，瓜子和花生也買了幾大袋。

大夥兒商量著，梁家清貧成這樣，別讓人破費請客做酒席了，街坊鄰居誰家有點啥，每家拿出點東西，辦桌酒席慶祝慶祝。

這天，梁家大清早就來了一幫鄰居，人人手裡都提著一些東西，米、麵、菜什麼的。

眾人一到梁家就忙上了，其中不乏以前跟趙氏有過過節的，現在也算是「一舉泯恩仇」。

沈蓁蓁也帶著如意到了梁家。沈蓁蓁是梁家的恩人，趙氏可以不請別人，可沈蓁蓁和如意是怎麼樣都要請到家裡來吃頓飯的。

沈蓁蓁帶著禮品到梁家時，眾人正熱熱鬧鬧地忙著，趙氏一看沈蓁蓁來了，忙上前接過如意手裡的禮盒，埋怨道：「娘子來坐坐就是，怎麼還帶東西？」

沈蓁蓁笑道：「禮不可失啊！恭喜嬸子了。」

趙氏笑得合不攏嘴。「都是託娘子的福。快，屋裡坐！」

梁珩坐在院中陪男客，看見沈蓁蓁走了進來。

她穿著一身玉色深襟襦裙，嫋嫋婷婷的模樣，看得他內心一陣悸動。

他站起身，在原地跟沈蓁蓁見禮。現在家裡人多，這會兒他要是過去，說不定又會傳出一些難聽的流言蜚語，他要顧全沈小姐的名聲。

另一頭的周家豆腐坊裡。

「林嫂子，聽說妳家隔壁的梁家出了舉人老爺？」一個買豆腐的婦人跟林氏打聽道。

林氏撇撇嘴。「聽說是什麼解元，不是舉人老爺。」

那婦人笑道：「林嫂子不知道？解元就是舉人老爺裡的第一名呢！聽說你們附近的街坊鄰居都被請去梁家吃酒席了，妳怎麼沒去？」

林氏臉一僵，趙氏壓根兒沒跟她提過吃酒席的事啊！

林氏勉強擠出笑容。「我賣完這些就去。」

那婦人又說了幾句，買完豆腐就回去了。

林氏越想越不舒服，怎麼趙氏別人都請了，單單落下她家？

她想了想，豆腐也不賣了，關上門回了柳蔭巷。剛進巷口，就聽到梁家傳來熱鬧的歡笑聲，林氏呸了一聲，逕自回家了。

以前梁珩不敢表明自己對沈小姐的愛慕之意，因為彼時他一文不名，如今考上了舉人，總算有了些底氣，便想讓他娘請媒人去沈家問親。

趙氏道：「如今也不知道沈娘子是什麼意思，貿然請媒人去，萬一沈娘子拒絕，以後不好相處，還是娘先去問問沈娘子的意思？」

梁珩想想也是，便同意了。

梁珩中舉後，沈蓁蓁曾跟趙氏商議過，梁公子現在是舉人老爺，趙嬸不好再給她們做飯了。

趙氏不同意。「書上都說苟富貴，莫相忘，珩兒現在不過是中了舉而已，我若不來，誰給妳們做飯？」

沈蓁蓁見趙氏堅持，便作罷了。

這天晚飯後，幾人坐在廚房裡，如意帶著菱兒做針線，沈蓁蓁在燈下看書。

趙氏也不避著如意，斟酌半晌開口道：「沈娘子啊！我想問妳一件事。」

沈蓁蓁放下書，轉頭看著趙氏。「嬸子您說。」

趙氏迂迴地問：「沈娘子可想過再嫁人？」

沈蓁蓁愣了一瞬，沒想到趙氏會問這個。

如意也抬起頭來，看著自家小姐。她們已經出來三個月了，但小姐似乎一點回去的想法都沒有，她心裡很是著急，小姐一個姑娘，不能真在外面流落一輩子吧？

「沒有。嬸子也知道，守了望門寡的女人，哪裡還能找到好的？」沈蓁蓁思索片刻，答道。

趙氏一聽有那麼點意思，便乘機將問親的想法說了出來。

「不怕娘子笑話，我們梁家家無斗米、一貧如洗，本來是不好意思跟沈娘子開這個口，但珩兒現在好歹是舉人了，便厚著臉皮問問娘子，娘子可願嫁到我們梁家來？」

如意睜大了眼，沈蓁蓁也驚訝得說不出話來。趙嬸以前不是有些嫌棄她望門寡的身分嗎？怎麼如今梁珩中了舉，反倒來問親了？

趙氏見沈蓁蓁不說話，又道：「娘子放心，我跟娘子相處這麼多天了，娘子是什麼人，我心裡分得清。娘子若是肯嫁到我們梁家來，我絕不會虧待娘子，娘子若是不願意，也沒什麼，我們梁家是太窮了點，娘子嫁過來，恐怕會受苦。」

沈蓁蓁壓下心裡的驚訝。「不、不，嬸子說什麼呢！梁公子自是極有前程的，如今中了舉人，也不愁沒有好姑娘。我和如意千里迢迢來到這人生地不熟的泉城，嬸子對我們好，我是真心將嬸子當作長輩看待，只是這親事，嬸子萬莫提，我是配不上公子的。」

如意本來聽到趙嬸問親，還暗自高興，沒想到小姐竟找藉口推辭；但小姐做事心裡自有數，她只能乾著急。

趙嬸又勸了一番，見沈蓁蓁態度堅決，嘆息一聲，只好作罷。

說來也奇怪，以前她明明嫌棄沈娘子的身分，如今求娶不成，心裡竟有股深深的遺憾。

等趙氏回家，便小心翼翼地將沈蓁蓁的意思說了。

梁珩默默聽完，低聲道：「娘，我知道了，您回房吧！」

趙氏擔心地看著低頭不言的兒子，張了張嘴，又不知該說些什麼。「珩兒早點休息，娘回房了。」

梁珩輕嗯了聲，怔怔地坐著，腦中一片空白。

不知坐了多久，直到燈油燃盡，最後一絲燭火撲閃幾下熄滅，房間裡一下陷入黑暗，梁珩才驚醒過來。

第六章

今年泉城一共考上三個舉人，尋常縣城三年能出一個就已經很不錯了，泉城今年有三個，還有個解元，算是大政績了。於是朱縣令便作東，宴請三個新進舉人老爺在聚仙樓吃飯。

梁玠到了聚仙樓，一進雅廳，就見易旭竟然也坐在裡面。

易旭也聽說他中了解元的消息，道賀道：「恭喜梁兄高中解元！」

梁玠見易旭也中了，很是驚喜。「易兄也中了？同喜、同喜！」

易旭笑了笑。「說來慚愧，最後一名。」

梁玠道：「易兄可別跟我客氣，你我都知道各自水準，若不是這次易兄運氣不好，這解元不知是誰的呢！」

兩人敘舊了一會兒，另一位舉人王鴻義也來了。王鴻義年近不惑的模樣，三人互相見禮。

沒過多久，朱縣令來了，後面還跟著他的師爺。

三人起身行禮。其實他們已經是舉人了，與縣令可以平起平坐，但朱縣令畢竟是他們名義上的老師，禮不可廢。

朱縣令為官多年，楊師爺也是極為圓滑，勸起酒來一套一套的，梁玠是老實書生，不知如何推拒，一杯一杯地悶頭喝了。

易旭倒是八面見光，拉著楊師爺侃天侃地的，替梁珩擋了不少酒；但是梁珩畢竟酒量不行，又接連喝了十來杯，直接倒在席上，人事不知了。

飯畢，已是月上柳梢頭。朱縣令見他們都喝高了，便叫了幾個衙役送他們回去。易旭見梁珩醉得連路都走不了，不放心他，請了一個衙役回他家報個信後，便扶著梁珩上馬車，往梁珩家趕去。

到了柳蔭巷，易旭謝過衙役，扶著梁珩下車。冷風一吹，梁珩略清醒了點，認出易旭來。

「易兄？」

「你清醒了正好，你家在哪裡？」易旭扶著他問道。

梁珩踉蹌著往前走了一段，在兩戶宅院中間停了下來。

「到了？是哪邊？」

梁珩左右看了看，伸手指了指右邊。

易旭扶著梁珩走上前，拍了拍院門。

裡面傳來一聲「誰啊」，聽聲音竟是女子的聲音。

易旭沒想到梁珩竟然還有妹妹，趕緊回道：「姑娘有禮，在下是梁兄的同年，送妳哥哥回來的。」梁珩都快二十了，自然不可能還有未出嫁的姊姊。

如意帶著菱兒已經睡下了，沈蓁蓁猜他怕是走錯了門，便起身穿上衣裳，走到院裡，打開院門。

易旭扶著梁珩站在院門外，聽見一陣輕巧的腳步聲往這邊來，隨著一聲「嘎吱」聲響，院門打開了，一個窈窕美麗的姑娘出現在門口。

沈蓁蓁見梁珩靠著一個陌生男子，男子很年輕，相貌堂堂，一表人才，臉上掛著笑。

易旭想彎腰跟姑娘見禮，但梁珩靠在他身上，只好口頭問好道：「姑娘好，我是妳家哥哥的同年，妳家哥哥喝多了酒，我送他回來。」

沈蓁蓁聞著他倆一身酒氣，皺了皺眉。

易旭心裡驚嘆梁兄竟有如此好顏色的妹妹時，就聽到那姑娘開口道：「公子走錯地方了，隔壁才是梁公子家。」

易旭愣了一瞬，反應過來自己敲錯了門，忙道歉道：「姑娘，真是對不住，打擾了。」說完欲扶著梁珩往隔壁走，沒想到原本耷拉著頭的梁珩伸手握住門欄，不肯走。

醉眼朦朧間，梁珩聽到沈小姐的聲音，抬起頭，看到朝思暮想的人兒站在自己面前。

梁珩看著沈蓁蓁，喃喃問道：「妳為何不肯嫁我？」

梁珩聲音雖小，易旭和沈蓁蓁卻都聽得清楚。

沈蓁蓁沒想到梁珩竟會說這個，看著一旁驚呆了的易旭，不禁臉一熱。「梁公子喝多了，這位公子快扶他回去吧！」

易旭「啊」的一聲，回過神來，想將梁珩拉走，無奈梁珩不知哪裡來的力氣，握住門欄，硬是拉不動。

梁珩還在喃喃。「沈小姐，妳為何不肯嫁我……」聲音低沈，滿滿都是壓抑的痛苦。

沈蓁蓁看著一臉醉相的梁珩，不禁有些生氣。「公子要發酒瘋回家去發，賴在我門上是什麼道理？」

前兩天梁珩聽了他娘轉述沈小姐的意思後，心裡滿是失落、難受，也一直壓抑著。沈小姐的意思很明確了，他尊重她的意思，但今晚醉後，卻不管不顧，只想將心裡的念頭告訴她。

「沈小姐，妳可知我心慕妳？我想娶妳……妳為何不願嫁我……」梁珩喃喃說到一半，心口止不住地疼，臉上鼻涕、眼淚糊成一團。

沈蓁蓁萬萬沒想到，素日溫文爾雅、克己復禮的梁珩，竟會在醉後說出這番直白的話來，一時驚得忘了動作。

易旭也瞪大眼睛。誰能想到平日裡老成持重的梁解元，竟會在醉後找人家姑娘表明心意？他心情複雜地伸手拉起梁珩的衣袖，替他把鼻涕、眼淚給擦了。

「沈小姐、沈小姐……」

沈蓁蓁怕梁珩再說出什麼她應承不起的話來，轉身就想往屋裡走。

梁珩醉得厲害，見沈小姐似乎想離開，慌忙跨進院子，伸手想拉住她，誰知腳下卻被絆了一下，踉蹌著摔進院裡。

「梁兄！」易旭驚呼，伸手卻來不及抓住他。

沈蓁蓁聽到動靜，轉過身來，就見梁珩五體投地撲倒在地上。

她忙轉回來，想將梁珩扶起來，易旭也進院來，幫著一起將梁珩拉起來。

梁珩摔得臉上滿是灰，沈蓁蓁趕緊掏出手帕幫他擦。

「梁公子，你沒事吧？」

梁珩頂著一臉灰，緊緊盯著沈蓁蓁，使勁搖搖頭。

沈蓁蓁見他癟著嘴，明明摔得眼淚都在眼眶裡打轉還拚命搖頭的模樣，竟感覺有些心疼。

沈蓁蓁察覺到自己的異樣，突然收回手。

「好了，請公子扶梁公子回去吧！」沈蓁蓁又下了逐客令。

梁珩見沈蓁蓁又想走，慌忙伸手拉住她的衣袖。

沈蓁蓁使勁抽了抽衣袖，卻紋絲不動，心裡的火氣騰騰直冒。

大半夜的，梁珩喝醉了在這兒鬧，別人一看，不知道會傳出什麼更不堪的流言來。

沈蓁蓁驟然轉過頭，正想喝斥他，就撞進梁珩滿是痛苦與深情交織的雙眸裡，猝然一怔，心突然就軟了下來。

梁珩一直是清如其竹、溫如其玉的模樣，這會兒卻滿身是灰，不管不顧地拉著她不肯放手。

他眼中的情意太深，深得沈蓁蓁不敢直視他。

沈蓁蓁都沒察覺到自己語氣放輕了。「梁公子回去吧！有事明天再說。」

這時傳來開門的嘎吱聲，原來是如意被吵醒，起身打開房門察看，就見院中站著三個人。

「小姐？」

沈蓁蓁轉頭安撫她。「沒事。」又轉向梁珩，也不說話。

梁珩癡望她半晌，到底放開了手。

易旭連忙上前扶著他往外走，出了院門，正想回頭道歉，就見院門啪地一下關上了。

易旭碰了一鼻子灰，轉頭看了看梁珩，笑著搖搖頭。梁兄醉得真是時候。

他扶著梁珩敲響了梁家院門，等趙氏開門，將情況說了一遍，只是省去走錯到隔壁的事。

趙氏見兒子一身灰，一看就知道是摔跤了，心疼不已，將兒子安置妥當後，又跟易旭話了會兒家常。

梁家只有兩張床，易旭便跟梁珩擠了一晚。

另一邊的沈家，沈蓁蓁回房後，正生著悶氣，如意便進房來了。

沈蓁蓁看如意一臉欲言又止的模樣，沈著臉道：「怎麼，又給妳家姑爺當說客來了？」說完察覺到自己用詞不妥當，忍不住破功笑了。

如意嘻嘻一笑，在沈蓁蓁旁邊坐了下來。

「小姐，梁公子這樣好的人哪裡找啊？我看梁公子的意思，喜歡小姐喜歡得緊呢！梁公子脾氣也好，又是舉人老爺，說不定明年春闈後還能考上進士呢！」

沈蓁蓁狀似生氣道：「他考不考得上與我何干？我才不稀罕做官夫人呢！」

轍。

「可是小姐總要嫁人啊！梁公子不是最好的人選嗎？」如意又道。

沈蓁蓁沈默半晌。她從來沒想過嫁人這事，她很害怕，怕自己重來一世的人生會重蹈覆轍。

她伸手摸了摸如意的頭髮，如意今年十五歲了，該嫁人了，她自己可以孤獨終老，但她不能耽誤如意。

次日，梁珩一醒來，不只感覺頭有些昏疼，身上好幾處也一動就疼。他撩起褲腳，就見膝蓋處青腫一片，卻想不起來這傷是怎麼來的。

梁珩忍著疼走出房間，就看到坐在屋檐下看書的易旭。

「易兄？」

易旭聽到聲音，抬起頭來，衝他笑了笑。「梁兄早。」

「昨晚是易兄送我回來的嗎？煩勞易兄了。」

易旭笑道：「梁兄不必客氣，嬸子去隔壁做早飯了，廚房裡給你留了早膳。」

梁珩點點頭，逕自去打水洗漱。

易旭見梁珩像是沒事人一樣，湊過來，嘻嘻一笑。「梁兄昨晚是故意的吧？」

梁珩愣了一下。「什麼故意的？」

「故意給我指錯路，好藉著酒意上門對人家姑娘表明心意啊？」

梁珩難以置信地抬起頭，看著一臉嬉笑的易旭。「易兄……昨晚發生了什麼事？」

易旭撓撓頭。「你不記得了嗎？」

梁珩搖搖頭。

「你昨晚跑到隔壁，拉著人家姑娘不肯放手，還一個勁地問人家為什麼不肯嫁你。」易旭說完，注意到梁珩臉上的青腫。「哦，你還摔了一跤，看你臉都摔傷了。」

梁珩臉色倏地變得慘白。

易旭被他的反應嚇了一跳。「梁兄，你怎麼了？」

梁珩怔怔不言，慘白的臉上滿是悔恨和愧疚。他竟在醉後如此唐突沈小姐！

易旭見狀，聯想到昨晚的情景，心裡有些明白了。約莫是梁珩愛慕那位小姐，卻是襄王有意，神女無心。

「沈小姐怕是恨極我了。」梁珩喃喃道。

易旭見他失魂落魄的模樣，安慰道：「我看那位小姐也沒有很生氣，梁兄不要多想了。」

梁珩搖搖頭，苦笑一下，將整張臉埋進盆裡。

易旭擔心地在一旁守著他，就在易旭以為他自責得想以死謝罪，欲出手將梁珩拉起來時，梁珩自己就抬起頭來了。

梁珩臉色憋得通紅，表情卻平靜下來了。

「我一會兒就去給沈小姐賠罪。」

易旭看梁珩眼裡滿是愛不得的深深痛苦，斟酌一番，道：「梁兄既是心慕人家姑娘，何不求娶？」

梁珩沈默半晌。「我娘問過沈小姐的意思了，她……她不願嫁我。」

易旭有些迷糊，昨晚看那姑娘不像是嫌棄梁珩啊！

「梁兄，有道是上窮碧落下黃泉，人家姑娘還住你隔壁呢！憑梁兄的才華，姑娘沒有不中意的道理吧？」

梁珩沈默不言。

易旭又道：「我看人家姑娘也沒有拒梁兄於千里之外啊！梁兄何以自怨自艾？」

「可是沈小姐的意思已經說得很清楚了。」梁珩猶豫道。

易旭感慨地伸手拍了拍他的肩膀。「好女多逑啊！哪能讓人家姑娘一下子就同意嫁給你？梁兄若是就此放棄，只怕這緣分真就這樣了。」

梁珩抬起頭看向易旭，眼裡燃起一絲希望的火光來。

易旭繼續語重心長地道：「烈女怕纏郎啊！梁兄你這樣面皮薄是行不通的。」

梁珩臉色一下變得通紅。「易兄……你……」

「話粗理不粗啊！所謂窈窕淑女，君子好逑，不就得臉皮厚一點嗎？梁兄這樣沒說三句話就臉紅，如何能抱得嬌娘歸？」易旭一本正經地道。

梁珩紅著臉，沒接話。

易旭說完又拍了拍他肩膀。「梁兄，你不告訴她，她永遠都不知道你俟她於城隅。」

梁珩怔了半晌，突然轉身進房，留下一臉莫名的易旭。

梁珩彎腰拉出書桌下裝書的箱子，找到了那幅卷軸。他拿出來，鄭重地將其打開，一行字慢慢出現，宣紙一角還有一滴墨漬。

他怔怔地看著那行字，想起自己在號舍裡發過的誓言。

易旭正伸著脖子往梁珩房裡瞧，房門突然就被拉開了。梁珩手裡拿著什麼走了出來，說了句「易兄，我去去就回」後就出了院門。

易旭見梁珩繃著臉，腳步匆匆，有些擔心，便跟在後面。出了院門，就見梁珩正在敲隔壁院門，又忙縮了回去。

沈蓁蓁正在院裡給菱兒梳頭，聽見院門傳來一陣敲門聲。

梁珩本來心如磐石，等到門開後，看到心心念念的沈小姐，又心跳如擂，止不住地慌亂起來。

沈蓁蓁一開門，就見梁珩繃著臉站在院外，臉上青了一片，想來是昨晚磕的。

「梁公子有何事？」沈蓁蓁問道。

梁珩緊緊握著手裡的卷軸，看著沈小姐的雙瞳翦水，想說的話卻怎麼都說不出來。

沈蓁蓁也不說話，只是看著他。

梁珩終於開口，卻不是他最想要說給她聽的。

「昨晚唐突了小姐，不敢請小姐原諒，是我混帳了……」梁珩說著，深深彎腰做了個揖。

沈蓁蓁看梁珩手裡緊緊握著一幅卷軸，額頭急得流出汗來，因為面色白淨，那處青腫更加明顯。

「公子可抹了藥？」

「啊？」梁珩迷茫地抬起頭。

沈蓁蓁看著他臉上的傷，又問道：「公子摔得不要緊吧？」

梁珩反應過來，忙搖頭。「不礙事的。」

沈蓁蓁見他搖頭，想起昨晚他摔得眼淚都在眼眶裡打轉，還拚命搖頭的模樣，就算他醉了，依舊帶著一股書生的儒雅氣質。

「公子要是沒別的事，就回去吧！」沈蓁蓁淡淡說道。

梁珩抬頭看向沈蓁蓁，她白皙的臉上表情淡淡，神色淺淺，一雙黛眉像是遠山雲霧，縹緲得不真實，卻沒有生氣。

他倏地想起那次他抱了她的身子，尋常女子怕是若他不負責，便要去尋死，而沈小姐卻是很淡然，那不是出於對自己的輕視，而是真的不在意。

梁珩心口猝然一疼，想到她和如意兩個弱女子千里迢迢來到外鄉，突然很想知道沈小姐到底經歷了什麼，才會年紀輕輕，就像已看破塵事？

「沈小姐……」

沈蓁蓁抬頭看向梁珩，那片青腫看起來有些可笑，臉上卻滿滿都是疼惜之意，她不禁一怔。

梁珩緊了緊手裡的卷軸，看著沈小姐柔弱的模樣，一股執念油然而生。

很想擁她入懷，餘生都讓她斯人獨憔悴。

次日。

梁珩在房裡看書，聽到一陣敲門聲傳來。

「有沒有人在家啊？」

聽聲音很陌生，梁珩走到院門前打開門，就見門外站著一個中年女人。女人穿著一身暗紅色布裙，身材有些發福，臉上撲著粉，兩腮抹得通紅，又白又紅的，頗有些詭異。

「請問您找誰？」梁珩客氣地問。

女人看著梁珩，好一陣怪笑，用手帕捂著嘴角。

「您就是梁舉人老爺吧？」女人邊說，邊上下打量梁珩。

梁珩被她看得有些不自在，點點頭。「我是。請問大嬸可是有事？」

女人點點頭，又問：「趙嫂子可在家？」

「沒有，我娘去隔壁了。」梁珩道。

女人笑道：「我找趙嫂子有要事，能否煩勞舉人老爺去將趙嫂子叫回來？」

梁珩雖然不認識眼前的女人，但見她能叫出他娘的姓氏，以為他娘認識，便點點頭。

「嬸子進來坐，我這就去叫我娘。」

女人又怪笑一陣，才進院坐下。

梁珩給她倒了碗水，便去了隔壁。

到了沈家院外，他敲了敲門。開門的是菱兒，穿著一身茉莉白的小襖子，臉蛋白生生的，頭上梳著雙丫鬟，粉裝玉琢的小模樣，甚是可愛。

「哥哥，你找嬸子嗎？」菱兒讓到一邊，想讓梁珩進去。

梁珩順著往裡面一看，就見他娘跟沈小姐和如意坐在一起。沈小姐正在做衣裳，腿上堆著灰白色的布，往院門這邊看過來。

梁珩心下一動，忙低頭彎腰，施了一禮。

「梁公子有事嗎？進來坐。」如意笑著招呼他。

梁珩連忙搖頭，看向他娘道：「娘，家裡來了客人，說是找您有事。」

趙氏一聽家裡來了客人，便站起身來。「那我回去一趟。」

梁珩又看了一眼沈蓁蓁，跟著他娘回家了。

趙氏一進門，看到廊下坐著一個女人，卻並不認識。

兩個婦人說話，梁珩不好在院裡杵著，便先回屋去了。

不等趙氏說話，女人站起身，熱情地打招呼道：「您就是趙嫂子吧？哎喲，真是好面相，一看就是有福氣的。」

趙氏勉強一笑。她要是有福氣，就不會成寡婦了。

「這位嫂子是？」趙氏問道。

女人極為自來熟，幾步上前來拉住趙氏的手。「我啊！我住在城北，我姓張，今兒上門是有件喜事要跟嫂子商量。」

趙氏看著這女人的模樣，心裡有些明白了。「嫂子是媒人吧？」

女人格格笑。「嫂子說得對，我也不跟嫂子繞彎子了，今兒上門啊！是城北的劉員外請我來給他家小姐作媒來了。不是我瞎說，劉員外家的小姐，我是見過的，剛剛及笄，相貌沒話說，還多才多藝，溫柔賢慧，多少少年才俊上門求娶，劉員外家都看不上。可梁舉人真是人中龍鳳、百裡挑一的了，劉員外一家極中意梁舉人，便請我來問問嫂子的意思。」

趙氏並沒有很吃驚，如今兒子中了舉人，她早就預料到會有媒人上門提親。

前些日子，沈娘子已經明確表示她不會嫁給梁珩，梁珩也快二十了，該成家了，趙氏便想著挑一家給兒子訂下來。

房裡，梁珩聽完媒人的話，急得不行，生怕他娘應下來，著急地在房裡聽著動靜。

趙氏笑道：「人家小姐自然是好的，只是我們家……嫂子也看到了，說是家徒四壁也差不了多少，只怕人家姑娘嫁過來要受苦。」

張媒人笑道：「這個嫂子放心，劉員外說了，若是能結親，梁公子以後的唸書銀子都由他們家出，還陪嫁一筆豐厚的嫁妝。」

趙氏笑道：「瞧張嫂子說得，我這是娶兒媳婦呢！又不是賣兒子。」

張媒人笑著輕打了下自己的嘴，賠笑道：「瞧我這嘴，說不好話。都說兒女債、兒女債，劉員外心疼女兒，陪嫁自然要豐厚點。」

房裡的梁珩提心弔膽地聽著他娘說話，書都看不進去。

張媒人急切地想將事情定下來。這梁舉人如今可是香餑餑，說不定以後就考上進士做了官，這會兒不知有多少人家想將女兒嫁給他，好做做官爺的丈人呢！

趙氏卻避著不肯多說，扯了半天，張媒人口水都要說乾了，趙氏就是不肯給個明白話。

張媒人想著劉員外許下的豐厚報酬，正打算使出渾身解數，繼續勸說時，院門又被敲響了。

「有人在家嗎？」

趙氏應了一聲，起身開門，就見門口站著王媒人。

王媒人也是中年模樣，身材乾乾瘦瘦的，渾身一股精明勁。她看到趙氏，面上堆滿笑。「趙嫂子在家呢！」

王媒人是負責城西這片的，趙氏認得她。以前趙氏想給梁珩訂個姑娘時，曾請王媒人幫過忙，只是那家姑娘要的彩禮，梁家拿不出來，便作罷了。

「王嫂子這是？」

王媒人一笑。「我來自然是有好事要與趙嫂子商量。」說著就想往院裡走。

趙氏不好阻攔，但院裡還有一個媒人呢！怎麼兩人像是約好了一樣，都挑在今天來？

王媒人進了院子，見院裡坐著張媒人。

兩人都有些驚訝，但也互相打了招呼。

王媒人見張媒人面前碗裡的茶水都見底了，不禁有些著急。這張媒人不會捷足先登，將事情都定下來了吧？

想到這裡，王媒人急忙開口。「趙嫂子，我也不繞彎子了，我來是想給李員外家的小姐提親。想必趙嫂子聽過李員外家小姐的好名聲，我就不費口舌多說，嫂子要是同意，李家那邊說了，這幾天就能把事辦好，一切親事事宜不用嫂子操心，李家那邊都包辦！」

張媒人一聽，不禁著急。明明是她先來的，怎麼這王媒人這麼不講規矩，就這麼搶過去了？

「大妹子，可是我先來的，妹子怎麼不講規矩？」

王媒人笑道：「親事還分先來後到不成？講的都是緣分，若是梁舉人與張姊姊那邊的小姐有緣，誰能搶得過去？若是沒緣，有沒有人來搶都是一樣的。張姊姊說，是不是這個理？」

張媒人啞口無言。王媒人說得在理，她無從反駁，又轉過來勸趙氏。

兩個媒人一人一套，說得熱鬧，趙氏都插不上嘴。

趁兩個媒人說累了，停下來喝水的空檔，趙氏道：「兩個嫂子今天真是湊巧，說的姑娘都是好姑娘，但兩個嫂子這麼一人一句的，我也聽不明白啊！今兒不早了，兩位嫂子先回去吧！」

兩個媒人說了半天，只顧著和對方爭，正事沒說兩句，這樣不是辦法，只好明日再來。

趙氏剛送走她們，就看到兒子匆匆忙忙地從屋裡出來。

「娘，您千萬不能答應！」梁珩著急道。

趙氏看著兒子。「你也不小，該成親了。」

梁珩急道：「娘，您知道兒子心意。」

趙氏嘆了口氣。「沈娘子若是願意嫁你，娘不會攔著，可現在沈娘子不願意，你總是要成親的。」

梁珩怔了怔，低聲道：「娘，我……我只想娶沈小姐。總之，這些來提親的，您別答應。」

趙氏有些生氣。「沈娘子若是鐵了心不嫁你，難道你要一輩子不成親？」

梁珩抬頭看著他娘，眼裡滿是執拗。「兒子只中意沈小姐。」

趙氏看著兒子，忍不住在心裡直嘆氣。不過如今男未娶，女未嫁，倒不是全然沒有機會。

也罷，男子耽誤兩年沒事，若是沈娘子鐵了心不嫁，就等兒子死了心再說吧！

沈蓁蓁和如意坐在院裡做衣裳，給黃梵做的短衫只差最後一點了。

兩人坐在黃梵帶回來的小凳上，說起黃梵來。

「小姐，梵兒這麼聰明，要不要送他去學堂啊？」畢竟讀書人更受尊重，如意覺得黃梵只做木工太可惜了。

沈蓁蓁手上不停地縫著，漸漸縫出一隻袖子的雛形。

「三百六十行，行行出狀元。讀書人未必就像表面那樣光鮮，只要梵兒努力，做什麼都會有出息的；而且我看梵兒的意思，他未必想去學堂唸書呢！」

說到讀書，如意就想起黃梵那個爹來，忿忿不平道：「也是，書讀多了未必就有用。」

沈蓁蓁笑笑。「人的自身品性是怎麼樣就怎麼樣，書上教了他做人的道理，他不肯學好，那可不能怪書本。」

如意嘻嘻一笑，又說起梁珩來。

「這些日子孀子可是好一陣忙，每天都接待一撥又一撥的媒人，甚至還有好幾個同時上門撞在一起，都是給公子提親的……」

「嘶——」針突然戳進指尖，沈蓁蓁不禁吸了口涼氣。

「啊！小姐您沒事吧？我看看！」如意連忙將手裡的衣裳放到一邊，欲拉起沈蓁蓁的手察看。

沈蓁蓁笑笑。「沒事，做衣裳哪有不被針扎的，哪這麼嬌氣了。」說著掏出手帕，拭去指尖上豆大的血珠。

如意見小姐沒大礙的樣子，又說起來。「都說窮在鬧市無人問，富在深山有遠親。梁公子家可不就是這樣？孀子還跟我說以前梁公子沒中舉前，姑娘們都嫌棄梁家窮，不肯嫁，如今看梁公子中舉了，一窩蜂地擁上來，生怕晚了就被人搶走了。」

沈蓁蓁笑笑。「那梁公子出門可要小心，別被人綁去做了新郎官。」

如意見小姐並不在意的樣子，有些失望。梁公子都要被人搶走了，小姐還是不在乎，看來小姐是真的不中意梁公子。

沈蓁蓁轉移了話題。「雖然咱們帶了些銀子出來，但如今坐吃山空的，又多了兩個人，這樣下去怕是不行，我想著，不如咱們開間小鋪子吧！」

當初沈蓁蓁出嫁時，沈母拿了三千兩銀票給她做體己，大嫂和二嫂也是一人給了幾百兩銀子，她當時都貼身收著；也幸好貼身收著，不然現在兩人過得怎麼樣還不知道呢！

如意愣了一下沒說話。

沈蓁蓁沒聽到如意回答，抬起頭來看她。

「好啊！只是小姐想開什麼鋪子？」如意勉強笑笑。小姐想得這麼長遠，是不打算回去了嗎？

沈蓁蓁道：「我剛起的念頭，還沒想好。」

如意點點頭，沒再說話。

就在這時，菱兒突然推開門走了進來。

沈蓁蓁抬頭，笑道：「菱兒回來了。」

等看清菱兒模樣後，就感覺有些不對。菱兒原本梳得整齊的髮髻，這會兒卻有些凌亂，眼圈也通紅，一看就是哭過的樣子。

沈蓁蓁忙放下衣裳。「菱兒過來。」

等菱兒上前，沈蓁蓁拉住她的手，注意到她的衣裳上蹭了不少灰。白天菱兒會出去找其他小女孩玩，但都很小心，回來都是乾乾淨淨的。

沈蓁蓁看著菱兒通紅的眼睛，輕聲問道：「這是怎麼了？」

菱兒抬起頭看她，一下撲到她懷裡，抽噎起來。

如意也放下衣裳，走過來，擔心地和沈蓁蓁對視一眼。菱兒一直很懂事，今天這樣，肯定是出什麼事了。

沈蓁蓁輕拍著菱兒的後背，輕聲安慰。

好一會兒，菱兒才止住哭，不停地打著哭嗝。

沈蓁蓁蹲下身，替菱兒擦著眼淚，看她鼻尖哭得通紅，很是心疼。「怎麼了，跟姊姊說說。」

菱兒一抽一頓，將事情說了。

原來她今天到後面巷子找小玩伴時，周家二女兒二丫也在。幾個女孩玩丟手絹的遊戲，遊戲結束後，二丫見菱兒的手帕漂亮，拿走她的手帕，不肯還給她。

那手帕是沈蓁蓁給菱兒繡的，被二丫拿走，菱兒自然不肯，但二丫就是不肯還給她。二丫雖比菱兒小，但身體比菱兒壯實許多，菱兒拿不回手帕，還被二丫推到地上，弄髒了衣裳。

二丫推倒菱兒後，撒腿就跑，沒想到被路上石子絆了一跤，把手心摔破了。

二丫邊哭邊罵菱兒，非說是菱兒推倒她的。

菱兒抬起頭，淚眼汪汪地道：「姊姊，二丫罵我是沒娘的孩子。」

沈蓁蓁看著菱兒眼中的哀傷，心驀然一痛，將菱兒攬進懷裡。「妳有姊姊、如意姊姊，還有哥哥呢！」

沈蓁蓁很生氣，搶手帕還能說是小孩子不懂事，但罵出「沒娘的孩子」這種話，可以說是惡毒了。

沈蓁蓁安撫了菱兒好一會兒，等菱兒情緒平復，如意便帶著她去洗臉、換衣服，之後還帶她去買零嘴。

畢竟都是孩子，沈蓁蓁沒想要去討個說法，沒想到人家倒找上門來了。

「沈娘子在不在？」

隨著一陣砰砰的敲門聲，林氏的聲音傳來。沈蓁蓁不認為林氏是那種會上門道歉的，但還是開了門。

林氏臉色陰沈，拉著二丫站在門外，見她開了門，將二丫拉到前面，攤開她的手掌。「沈娘子，妳自己看，菱兒將我家二丫的手弄成什麼樣了？」林氏繃著臉道。

沈蓁蓁看了一眼，二丫手心髒兮兮的，有兩處破了皮，傷口處滿是灰。

「嫂子可知道是什麼原因，就上門來問罪？二丫這傷口可不關我們菱兒的事。」沈蓁蓁道。

林氏挑著眉，冷笑兩聲。「不是妳們家菱兒推的，難道還是二丫自己摔倒的？」

「您真是說對了，就是二丫自己摔倒的。當時還有其他小姑娘在場，嫂子不信問問別的小姑娘去。」

林氏頓了頓。「妳說不是就不是？二丫還會賴菱兒嗎？沈娘子，我可告訴妳，我家二丫不能白受欺負，妳今天一定要給我個說法！我一會兒就帶二丫去善仁堂包紮，都是街坊鄰居，沈娘子給個一兩銀子做醫藥費，這事就這麼算了。」

沈蓁蓁看著林氏臉上的咄咄逼人，皺了皺眉。林氏連女兒傷口都不處理，就匆匆忙忙跑上門來問罪，敢情是要銀子來了。

「我說了不是菱兒推的，林嫂子不講理嗎？」沈蓁蓁也冷下語氣。

林氏厲聲道：「我不講理？我女兒被欺負了，我還不能討個說法？誰的孩子誰心疼，還欺負到我女兒頭上來了！菱兒那丫頭還有沒有教養？哦，也對，沒娘的丫頭能有什麼教養！」

沈蓁蓁看著林氏嘴唇一動一動的，一口一個「沒娘的孩子」，只感覺這輩子的火氣都要在這刻爆發了。

「是，我們菱兒是沒娘，但她還有我這個姊姊、梵兒這個哥哥，教她禮義廉恥！林嫂子真是有教養，這麼大年紀，卻活得連羞恥心都沒有了。我尊妳年長，叫妳一聲嫂子，但妳別給臉不要臉，別以為我是外鄉人就好欺負，舉頭三尺有神明，林嫂子當心得了報應！」

沈蓁蓁一直是溫溫柔柔的模樣，林氏就以為她好拿捏，本來想乘機索要點醫藥費，沒想到沈蓁蓁不是好欺負的。

林氏氣得臉孔脹成豬肝色，咬牙切齒地道：「好啊！妳個娼婦，就妳還能教人禮義廉恥？別把人教成小娼婦了！別以為我不知道妳和梁珩做下的苟合之事，就妳這破鞋……」

梁珩本來在看書，聽到外面傳來罵聲，本來沒在意，可他好像聽到了沈小姐的聲音，仔細一聽，確實是從隔壁傳來的。

他慌忙放下書，剛跑出院門就看到隔壁沈家院門外，沈小姐抬手狠狠甩了林嫂子一巴掌。

沈蓁蓁氣得臉色發青，胸口劇烈起伏，她兩輩子都沒被人這麼辱罵過，林氏實在欺人太甚！

「妳想撒潑，也要看地方，我自有父母管教，妳算什麼東西，輪得到妳如此辱罵我？」

林氏被她打得怔了一下，之後反應過來——她眼中的破鞋竟然敢出手打她！林氏尖叫一聲，欲朝沈蓁蓁撲上去，卻被人擋住了。

林氏抬頭看是梁珩，大罵一聲。「你這姘頭都過來了，還有什麼好說的？今天老娘跟你們拚了！」說完猛地伸手朝梁珩臉上撓去。

梁珩這輩子沒跟人打過架，更別說是女人了。他伸手攔住林氏，偏頭對沈蓁蓁道：「沈小姐快進屋去！」

沈蓁蓁卻站在原地沒動。「梁公子，這不關你的事，你讓開！」林氏得寸進尺，絲毫不講道理，完全是市井潑婦的模樣。

林氏尖叫著朝梁珩臉上撓，梁珩被她扯得衣衫不整，十分狼狽，卻始終站在門口，穩穩地擋在沈蓁蓁身前，沒有挪動半分。

梁珩總是長身玉立的模樣，身板略有些纖瘦。她看著梁珩不算寬闊的後背，就算前面還有林氏不斷的尖叫、撲打，沈蓁蓁依然感覺心裡很踏實、安定。

她不禁伸出手，觸碰了一下梁珩的後背，當觸感傳來，卻忙不迭地縮回了手。

梁珩正應付著林氏，沒注意到背後的動靜。

隔壁幾家鄰居聽到動靜，出來一看，不得了，林氏竟然在撓舉人老爺的臉！要是破了相，就別想做官了！

幾個鄰居連忙上來將林氏拉開，林氏不依不饒地還在咒罵不停，有人喝罵道：「林氏，妳趕緊清醒清醒吧！妳竟敢撓舉人老爺的臉，想吃板子嗎？回頭就送妳去衙門！」

若說平常百姓最怕什麼，自然是見官，就是林氏這麼潑辣的，聽到見官也會害怕。她撂了句「這事沒完」的狠話後，氣沖沖地拉著二丫回去了。

梁珩跟幾個鄰居道謝，那些人見梁珩沒什麼大礙，便都回去了。

梁珩轉過身來。「沈小姐，我也回去了。」

沈蓁蓁看他臉上、脖子上被林氏撓出好幾道血痕，心裡一陣疼，鬼使神差地叫住了他。

「等一等，家裡有藥，你抹點藥再回去吧！」

梁珩忙道：「不礙事的。」

沈蓁蓁不跟他多說，伸手拉住他的衣袖，將他帶進院子裡。

梁珩順著沈蓁蓁的力道進了院子，就見她轉身將院門關上。

「沈小姐？」家裡好像就只有他們兩個人。

沈蓁蓁道：「他們想怎麼說，隨他們說去，你坐著等我一下，我去取藥。」說著轉身進屋，梁珩只好在凳子上坐下。

過一會兒，沈蓁蓁拿著一個白色的小瓷瓶出來了。她又進廚房淨了手，這才拿著藥瓶走上前。

沈蓁蓁手指沾了藥膏，準備給梁珩上藥。

梁珩微紅著臉。「沈小姐，我……我自己來吧！」

沈蓁蓁停下動作。「你自己來？你知道傷在哪兒嗎？」

梁珩忙點頭。

沈蓁蓁指著他臉上一處。「這裡有傷，你知道嗎？」

梁珩又點頭。

沈蓁蓁被他氣笑了，伸手點了點她指的那處。「你不是說你知道嗎？這裡沒受傷。」

梁珩感受到沈蓁蓁指尖的溫度，渾身一僵，再說不出話來。

沈蓁蓁卻不管他，將手指上的藥膏輕輕抹在他臉上。

梁珩感到原本疼著的傷處傳來一陣清涼，還感受到沈小姐的手指在他臉上游移，那份清涼感瞬間褪去，梁珩感到臉越來越熱，連呼吸都急促起來。

沈蓁蓁抹好梁珩臉上的傷，剩下脖子上的，便叫他仰頭，可叫了兩聲都沒反應，她奇怪地抬頭，就見梁珩愣愣地看著自己。

四目相對，她在梁珩眼裡看到了自己，眼中不只是倒影。

兩人挨得很近，沈蓁蓁感受著梁珩的呼吸，感覺一股成年男子的氣息將自己包圍，他竟不知什麼時候褪去那股稚氣，真正成熟起來。

「看什麼呢！」沈蓁蓁最先回過神來，自己都沒發覺口氣竟像是嬌嗔。

梁珩見她發現自己在偷看她，心虛地低下頭。「沒……沒看什麼。」

沈蓁蓁看著梁珩的面色由白轉紅，心裡不禁有些好笑。「抬頭。」

梁珩依言抬起頭，卻不敢再看她，目光轉到一邊。

沈蓁蓁繼續給他抹藥，當手指再觸到他皮膚時，卻感覺似乎有一股酥麻從指尖傳來，直傳到心上，讓她心跳如擂。

她抬頭看了看他的臉，這是她第一次這麼認真地看他。

梁珩生著一雙劍眉，卻不凌厲，纖細而筆直，眼角圓潤，鼻梁高挺卻很秀氣，花瓣似的嘴唇配上略深的唇溝，讓他怎麼看都極溫柔。

梁珩見沈蓁蓁半晌沒動，轉過頭來，就見她正看著他。

她眸色深深，第一次有了看不透的複雜。

四目相對，誰都沒有說話。梁珩迎著沈蓁蓁的目光，心跳越來越快，像是要衝出胸腔一般。

良久，沈蓁蓁回過神來，動作不再輕柔，幾下快速地抹好藥，收回手。「藥上好了，今天多謝公子，就不多留公子了，公子回去吧！」

梁珩見沈蓁蓁態度一下冷下來，心裡不免有些黯然神傷，道了謝就走了。

沈蓁蓁看著梁珩的身影出了院門，捂著胸口坐到凳子上，上面還殘留著梁珩的體溫。

她像是被針扎般一下站起身來，感覺自己的臉越來越燙。她快步走進廚房，接連喝了幾碗涼茶，心口才涼下來。

如意回來後，沈蓁蓁便將林氏上門找碴的事說了。

如意氣得脹紅了臉。「林氏實在是欺人太甚！我要去找她理論！」說著就想往院外衝去。

沈蓁蓁趕緊攔住她。「算了，惡人自有天收，我們犯不著跟她生氣，以後離她家遠一些就是。」

如意的性格其實是有些潑辣的，只是她講理，不會輕易跟人吵起來，這會兒氣得小胸脯劇烈起伏，但也聽了小姐的話，沒有去找林氏。

趙氏回家後，看到兒子臉上和脖子上有不少血痕，嚇了一大跳。

「珩兒，你臉上是怎麼了?!」

梁珩想著若是他娘知道真相，說不定會去找林氏拚命，便道：「沒事，我自己不小心撓的。」

趙氏板起臉。「還想騙娘呢！你沒事抓自己的臉做什麼？是誰撓你的？」

「真的沒事，娘，沈小姐都給我上過藥了。」

趙氏愣了一下。「沈娘子撓的？」

梁珩連忙否認。「怎麼會？」見他娘不肯罷休，便將林氏上沈家門找碴的事說了。

趙氏聽完，火氣直往上冒，一句話都沒說，沈著臉轉身就往院門快步走去。

梁珩連忙追上去，將他娘攔下。「娘，算了吧！兒子沒什麼事，沈小姐還給我抹了藥呢！」

趙氏被氣得笑起來。「合著沈娘子給你抹了藥，這頓撓算是挨值了？」

梁珩又連連勸了一番，趙氏到底忍下了這口氣。

傍晚，黃梵下工回來，在廚房吃著飯，妹妹靜悄悄地走了進來。

黃梵衝妹妹笑了笑。「妹妹。」

菱兒看著哥哥，死死咬住嘴唇，忍著沒哭。

黃梵又吃了兩口飯，感覺妹妹情緒不大對。以前菱兒晚上見到他，總有很多話跟他說。

黃梵抬起頭，就見妹妹咬著嘴唇，眼裡還掛著兩滴淚。

黃梵忙放下碗，拉過妹妹，輕聲問道：「怎麼了？」

菱兒忍不住抽噎兩下，伸手緊緊抱住哥哥。

黃梵輕拍著菱兒的背，菱兒慢慢將白天的事說了。黃梵見妹妹受了委屈，心裡很難受。

「我剛才聽姊姊和如意姊姊說，林嫂子上門來鬧過。哥哥，姊姊她會不會嫌菱兒不乖，不要我們了？」菱兒越說越害怕，眼淚像斷線的珍珠般。

黃梵給妹妹擦著眼淚，安撫道：「不會的，菱兒很乖，姊姊很喜歡菱兒，不會不要我們的。」他說出這番話時，心裡也是一酸，就算沈姊姊對他們很好，還是免不了有寄人籬下的憂慮，時刻提著心，害怕什麼時候就會被拋棄了。

菱兒怕被沈蓁蓁聽到，哭得很小聲，沒多久便強迫自己止住眼淚。

黃梵打水給妹妹洗臉，收拾好後，帶著妹妹出了廚房，就聽到沈蓁蓁在房間叫他。

「梵兒等一會兒，別急著走。」

黃梵應了一聲，見沈蓁蓁手裡拿著一疊灰白色衣裳出來。

沈蓁蓁將衣裳遞給他。「去我房裡試試，看看合不合身，不合身就再改。」

黃梵愣愣地接過衣裳，沈蓁蓁注意到菱兒眼眶紅腫，伸手摸了摸菱兒腦袋，笑道：「怎麼，找哥哥哭鼻子呢？」

菱兒不好意思地往哥哥身後一躲。沈蓁蓁見黃梵站著沒動，催促道：「愣什麼，快去。」

黃梵回過神來，應了聲，拿著衣裳進房去。

沈蓁蓁拍了拍菱兒的小腦袋。雖然菱兒現在跟她也很親，但畢竟黃梵是親哥哥，委屈了會想跟哥哥說，在她面前卻會有些小心翼翼。

沈蓁蓁明白，也更心疼菱兒，但是感情卻需要時間來培養，她只能盡力對他們好，希望這樣能消除兩兄妹的敏感和憂慮。

黃梵拿著衣裳進了房間。房間裡很簡樸，卻透著一股溫馨。西面擱著一張床，床上放著一床整齊疊著的印花被子，床旁邊有個衣櫃，靠窗邊擺著一座梳妝檯，上面只有一面銅鏡和一把梳子。

黃梵看著手裡的衣裳，衣裳是棉布做的，針腳細細密密。他倏地落下淚來，他娘以前給他做的衣裳就是這樣的。

黃梵怕沈姊姊等久了，迅速換上，打開門走了出去。

沈蓁蓁正在跟菱兒說話，見黃梵出來了，圍著黃梵仔細打量一番。「還好，你現在還在長個兒呢！稍微大點不礙事。」

如意從房裡走出來，笑道：「梵兒換了身衣裳，精神不少呢！」

沈蓁蓁笑道：「可不是，梵兒就穿著回去吧！換下的那身衣裳，回頭洗好再拿回去。」

黃梵推辭不過，只好道謝，坐了大半個時辰才回去。

是夜，沈蓁蓁又夢到了前世。

那是杜月茹剛進府時，林行周表面上對她還很客氣，還沒有寵妾滅妻，沈蓁蓁也還滿心都是他。

她一開始無法接受林行周抬姨娘進府的事實，自然不會給杜月茹好臉色。

杜月茹在林行周面前對她恭恭敬敬的，沈蓁蓁卻一直冷著臉，林行周見不得心愛的姨娘受委屈，便夜夜歇在杜月茹房裡，對她越來越冷淡。

杜月茹仗著林行周的寵愛，私下越來越不把她放在眼裡。不過是個商戶之女罷了，仗著有些破銀子搶了她的正房之位。杜月茹是林行周私塾老師的女兒，自認是書香門第，自然打心眼裡看不起她的身分。

這天，沈蓁蓁在遊廊上迎面碰見杜月茹，沈蓁蓁自然不會給她讓路，兩人挨著停下來。

「讓開！」沈蓁蓁冷著臉喝道。這時的她還是心高氣傲的模樣。

杜月茹衝她笑了笑。「姊姊好大的氣性！」

「我可是獨女，沒有妹妹，妳小心點稱呼。」沈蓁蓁道。

杜月茹並不生氣，嬌笑一聲，讓到一邊。

沈蓁蓁綳著臉準備走過去，沒料到杜月茹突然伸手推了她一把，她沒防備，往一旁跌去，恰好一旁是臺階，腳下一扭，往下摔去。

沈蓁蓁驚叫一聲，沒有摔在地上，卻撲進一個溫暖的懷抱裡。

她抬起頭，就看到梁珩的臉，梁珩臉上滿是關切，還是那副溫潤如玉的模樣。

沈蓁蓁倏地醒來。

夢到的是前世發生過的事，那次並沒有人接住她，她結結實實地摔在青石路上，腳腫得路都走不得，躺了好些天；可林行周並不肯信她的話，杜月茹自然不會承認，林行周只當她是嫉妒他對杜月茹的寵愛，故意想要栽贓她。

沈蓁蓁怔怔地躺著，想起白天的事。

梁珩穩穩地擋在她身前，替她擋下發瘋的林氏。想到梁珩，她心裡突然就止不住地委屈起來，眼淚滑入兩鬢髮間。

第七章

這天早上，趙氏準備出門去隔壁，梁珩叫住了他娘。

梁珩拿著一袋銀子，遞給他娘。「娘，這些銀子您拿去還給沈小姐吧！」前幾天朱縣令送來了三十兩牌坊銀子，他在京裡也省吃儉用的，只花了八、九兩。

趙氏沒接過，笑了笑道：「回頭你自己上門去還吧！也好生謝謝沈娘子。」

梁珩一愣。

「娘走了。」趙氏說完便出了院門。

中午，梁珩便去隔壁還銀子。

如意打開院門，沈蓁蓁坐在軟椅上往院外瞧去，就見穿著一身鷺草藍長衫的梁珩站在院外，長身玉立的模樣，朗朗猶如日月之入懷。她突然想起剛剛看過的一句詩：有匪君子，充耳琇瑩，會弁如星。

梁珩抬頭，見沈小姐坐在軟椅上，手裡拿了本書，正往這邊瞧過來。

梁珩做了個揖。「我是上門來還沈小姐借的銀子的。」

如意笑道：「公子急什麼，我們還會跑了不成？快進來坐。」

梁珩依言進了院子，沈蓁蓁站起身來，理了理衣裳，招呼道：「公子請坐。」

梁珩沒有坐下，從袖子裡取出一包銀子，遞給沈蓁蓁，又做了個揖，道：「多謝沈小姐相助，如今家裡有些餘銀，銀子不好一直欠著，便來還了。」

沈蓁蓁看著梁珩那骨節分明的手，伸手接了過去。裝銀子的袋子是梁珩重新買的，沈蓁蓁倒沒多注意。

「既然如此，我便收下了。」沈蓁蓁將那袋銀子順手放在椅子上。

這時如意端著茶壺出來了，給梁珩倒了杯茶。「公子請喝茶。」

梁珩本想還了銀子就走，但如意給他倒了茶，只好道謝接過茶。

「公子坐啊！」如意笑嘻嘻地招呼。

等梁珩坐下，如意又問了他在京裡考試的事情。

梁珩揀了一些說，如意聽得入迷。他抬頭看了看沈蓁蓁，就見她神色怔怔，似乎不大感興趣的樣子，但如意聽得認真，他只好硬著頭皮講下去。

沈蓁蓁搬到這裡第一天就知道，梁珩的聲音是極好聽的，這會兒聽他溫潤的聲音，一股困倦襲來，昏昏欲睡間，聽到如意問了句「這麼多家姑娘，公子可有喜歡的」。

她一下就清醒過來。

梁珩下意識看了沈蓁蓁一眼，見她也看著他，臉上一熱，忙搖頭。「沒……沒有。」

如意笑了笑。「公子如今可貴著呢！要仔細挑了。」

梁珩吶吶地沒接話，抬頭見沈小姐還在看他，又忙搖頭，紅著臉不說話。

沈蓁蓁聽著兩人對話，突然感覺胸口一陣悶，不想再看梁珩了，拿起手裡的書看起來。

梁珩看著被書擋住臉的沈蓁蓁，無端覺得她似乎生氣了。

如意在一旁看著兩人的反應，心裡一陣好笑。如今她算明白了，小姐心裡肯定是有梁公子的，只是小姐不肯承認。

如意又道：「梁公子可得快些，我和小姐說不定什麼時候就走了呢！趕不上梁公子的喜事就遺憾了。」兩人如今只是在這兒暫住，確實不知道什麼時候就會離開，如意說這個是想提醒梁珩，來日並不方長，要加緊腳步。

梁珩大驚失色，慌忙問道：「妳們竟要走嗎？」

如意笑了兩聲。「我和小姐又不是本地人，自然不會在這兒久留。」

梁珩抬頭望向沈蓁蓁，她的臉還是被書擋著。

梁珩有些魂不守舍地從沈家出來。沈小姐家鄉那麼遠，若她有一天真的走了，他要去何處尋她？

這天吃完早飯，如意獨自上街買繡線，剛走到巷口，就遇到一位姑娘叫住她。這姑娘身材窈窕，冰肌玉骨的模樣。

「這位姑娘，請問梁珩梁舉人家在何處？」姑娘笑問道。

如意隨手一指梁家。「那裡。」說完覺得不對，問道：「敢問姑娘是梁公子家何人？」

姑娘掩嘴嬌笑，一會兒才說道：「我啊！我是他的遠房表妹，上門來拜訪嬸子的。」

如意看著女子明眸皓齒的模樣，想到如今梁珩是一家有男多家搶，心裡不由警覺起來，但不好多問，只好告辭。

女子在巷口等了良久，梁家院門一直緊閉著，沒人進出。她等得有些不耐煩，便去敲了敲門。

趙氏不在家，梁珩聽到有人敲門，便放下書，走到院門打開門，見門口站著一個陌生的姑娘。

梁珩禮貌地問：「請問姑娘找誰？」

眼前的男子劍眉星眼，顏如舜華，李若嬌看得眸中滿是驚豔。

梁珩見眼前女子只是看著他不說話，又問道：「請問姑娘有事嗎？」

李若嬌回過神來，搖搖頭，又慌忙點點頭。「我……我……途經貴府，能否討碗水喝？」

梁珩明顯愣了一下。「啊？好的，姑娘請稍等。」說著便轉身往廚房走。

李若嬌看著梁珩的背影，跺了跺腳。這個書呆子也不請她進去坐坐，就這樣把她晾在門口。

殊不知梁珩考慮到家中沒有長輩，不好請姑娘進去。很快地他端著一碗水出來，遞給李若嬌道：「家裡沒有茶葉，還請姑娘不要嫌棄。」

李若嬌伸手去接，卻不小心碰到梁珩的手，梁珩一下就縮回手，連忙道歉。

李若嬌本來還害羞，見到梁珩的樣子，心裡有些好笑。「不礙事，公子別在意。」說完也不嫌棄手中的碗是粗瓷還是細瓷，一口氣喝完，又將碗還給梁珩。

人看見了，李若嬌滿意了，道謝後就告辭了。梁珩只當是過路的路人，沒放在心上，回房看書去了。

巷口不遠處停著一輛馬車，李若嬌走出巷口，上了馬車離去。

馬車駛了一刻鐘，到了李府門外停下，女子一下車，門前小廝連忙行禮。「小姐回來了。」

李若嬌點點頭，進了府。

原來這姑娘正是李員外家的獨女。李家就這一個獨女，捨不得讓她早早嫁人，便多留了兩年。這會兒她爹卻像鐵了心般要將她嫁給一個書生，三天兩頭催媒人去說，一下唉聲嘆氣，一下又欣喜若狂。

李若嬌素來才名在外，多少少年才俊上門求娶，她都看不上。雖然梁珩聽起來是百裡挑一的好郎君，但說不定是只會做文章的傻愣書生，於是她今天便瞞著長輩，自己去柳蔭巷看人。

果然，這書生真是傻愣愣的，李若嬌心裡竟覺得有些可愛。

剛走進府裡，迎面又碰上王媒人從裡面出來，李若嬌停下來，福了福身。

王媒人笑著誇讚了她兩句，便告辭了。

李若嬌愣愣地站在原地看著王媒人離去，心裡只盼著她能帶回來梁家同意結親的消息。

黃梵下工回來，吃了飯，大家一起坐在院裡說話。

黃梵原本比沈蓁蓁高出半個頭，這些天長得很快，快高出她一個頭了。

沈蓁蓁看著黃梵越來越剛毅的臉，心裡不禁有種「吾家兒郎初長成」的欣喜。

「梵兒，你要不要去學堂呢？」

黃梵一愣，抬頭看著沈蓁蓁，沈默半晌沒說話。

沈蓁蓁又道：「不一定要去考功名，只是多讀些書、多認些字，總是好的。」

黃梵思索片刻。「姊姊希望我去學堂嗎？」

沈蓁蓁看著他神色裡的複雜，搖搖頭道：「看你的意思吧！姊姊不想替你做決定。」

黃梵默默半晌，緩緩道：「姊姊，我不想去學堂。」因為他爹，他對讀書這事很反感。他爹以前還沒考上的時候，家裡全靠他娘撐著，他爹只顧讀書，什麼都不會做，他並不想這樣，現在他雖然沒什麼出息，但至少不會有手有腳的卻養不活自己。

「那就不去。」沈蓁蓁點點頭，見黃梵有些欲言又止的樣子，安慰地笑道：「天底下不是只有讀書一條出路，別聽什麼『萬般皆下品，唯有讀書高』的空話。百無一用是書生，肩不能挑、手不能提的，懷揣著一股清高，妻兒老小都養不活。」

黃梵還未反應，如意先笑起來了。「隔壁梁公子也是小姐口中百無一用的書生，難怪小姐看不上了。」

沈蓁蓁輕啐了一口。「胡說什麼呢！」

自從梁珩跟他娘說清楚後，凡是上門來提親的，趙氏都回絕了。有幾家不肯死心的，多次請媒人上門來問，但見梁家態度堅決，便作罷了。

李若嬌自從上次見到梁珩後，每天都翹首盼望，希望王媒人能帶個好信兒來。

貼身丫鬟碧書感覺小姐這些天有些恍恍惚惚的，時而托著臉發呆，一坐就是半天，臉上還時不時帶著笑意。

碧書看小姐的樣子，心裡有些明白了。自從上次小姐出府去看了那個梁舉人，回來就變成這樣，怕是小姐看上那個梁舉人了呢！

這天秋雨正綿，李若嬌對窗練字，紙上幾行蠅頭小楷甚是好看。

只見紙上寫著——

彼澤之陂，有蒲與荷。有美一人，傷如之何？寤寐無為，涕泗滂沱。

彼澤之陂，有蒲菡萏。有美一人，碩大且儼。寤寐無為，輾轉伏枕。

李若嬌寫完，怔怔地看著那兩行字，聽著雨點打在庭院的芭蕉葉上，不由讓人心中煩亂。

她想著那道長身玉立的身影，忍不住喟然而嘆。

碧書一進來，便見到小姐看著窗外那樹芭蕉發呆。她有些猶豫，不知道要不要將消息告訴小姐？

碧書心想趁小姐現在還未深陷，還是開了口。

「小姐，今兒王媒人來了，說是梁家那邊謝絕了親事。」碧書小心翼翼地說道。

李若嬌猛然轉過身來，臉色已是煞白……

金秋十月，天氣越來越涼。

這些天沈蓁蓁忙著和如意一起給家裡四個人準備冬衣，雖說想開間小鋪子，但年底不好找鋪面，只能等到年後再籌劃。

眼看著要到年關，她們離家三、四個月了，想必涼州的流言蜚語應該消停了。如意便狀似不經意地問沈蓁蓁打算什麼時候回去？如意小時候跟著家人逃難到涼州，家人都病逝了，只剩她一個人，對她來說，回不回涼州倒是無所謂，但是小姐不一樣，涼州有小姐的家。

沈蓁蓁愣了一下，將手裡的衣裳放下，沈吟良久才緩緩說道：「我爹他那麼重臉面，我退親一事將沈家的臉面都丟盡了，爹怕是不會希望我回去的。」

如意驚道：「怎麼會？老爺和夫人將小姐當眼珠子一般疼，怎麼捨得小姐流落在外？」

沈蓁蓁臉上滿是苦澀。正因為爹娘如此疼她，她才沒有臉回去，讓爹娘又丟臉。

如意見小姐這樣，心裡也是喟然而嘆。小姐心上這個彎，怕是只能等她自己想通轉過來才行了；而且出來這趟未必不是好事，若不是來到泉城，上哪兒找梁公子這麼好的夫婿呢？

這幾天，梁家隔壁似乎搬來了新鄰居，很多人進進出出地搬家具。

趙氏暗自想著，隔壁怕是搬來了富貴人家，家具看著都是嶄新的，上著黃漆，木料也不平凡，只是既是有錢人家，又何必搬到這裡來？

兩天後，隔壁的動靜就停了下來，像是收拾好了。果然這天，梁家門被敲響，趙氏打開門一看，是個面生的姑娘。

姑娘往院子裡略瞧了一眼就收回目光，看著趙氏，雙手將禮盒遞上，笑道：「嬸子好，我是新搬到隔壁的鄰居，我姓李，嬸子喚我嬌嬌就好，以後還請您多多照顧。」

原來這姑娘正是李府千金李若嬌。那天李若嬌聽了消息後，一下就病倒了。這病來勢洶洶，李家心急火燎的，不知請了多少大夫都沒用，反而病情越來越嚴重。

李母見女兒突然生了重病，整天以淚洗面，求神拜佛，碧書卻知道小姐突然生病的原因。本來她見小姐不肯說，也猶豫著不該說，後來見小姐越發病重，便悄悄告訴了李母。

李母一聽，既埋怨丈夫，又心疼女兒，要不是丈夫非要將女兒嫁給那書生，女兒會變成這樣嗎？

李母來到女兒床前，看著女兒憔悴的模樣，只感覺心疼不已，她抹著眼淚道：「要是真喜歡那個書生，回頭等妳好了，怎麼樣都讓妳爹去梁家，就算是用強的，也要將那書生綁來。」

說來也怪，李若嬌聽了她母親的話後，慢慢就好了起來。李母見女兒真的好了，明白女兒真對那個書生上了心，便欲叫林父再請媒人，卻被李若嬌攔下了。

當女兒提出要搬到梁家附近時，李母心裡是極震驚和不贊同的，但也不敢阻攔，萬一女兒又犯病了怎麼辦？

李母勸了幾句，見女兒態度堅決，只好勉強同意。

趙氏看著面前明眸皓齒的姑娘，穿著一身湖藍襖裙，不過十五、六歲的模樣，相貌甚是姣好，一頭黛青長髮綰在腦後，兩縷頭髮搭在肩頭，面上笑盈盈的，十分惹人喜愛。

趙氏看著精緻的禮盒，笑著辭謝道：「原來是新搬來的鄰居，嬌嬌姑娘太客氣了，這禮我不敢收，嬌嬌姑娘快請進來坐。」說著讓到一邊，請她進來。

李若嬌笑了笑，又將禮盒往前遞了遞。「嬸子收下吧！不是什麼值錢的東西，一番小心意，嬸子要是不肯收，不是傷人的心嗎？我可不依。」

趙氏見嬌嬌姑娘一臉誠意，且話都說到這分上，不好不收，便接了過去。「那真是謝謝姑娘了，快，屋裡坐。」

李若嬌又往院裡看了一眼，見梁家院裡有些簡陋，卻收拾得整整齊齊的。她沒見到想見的人，心裡不禁有些失落，但還好，來日方長。

「今兒就不坐了，來日再來叨擾嬸子。」李若嬌謝道。

見嬌嬌姑娘謝絕，趙氏也不強留，笑道：「姑娘以後常來走動。」

林若嬌眼神一亮，笑道：「這可是嬸子說的，以後我可要常來叨擾嬸子。」

等嬌嬌姑娘離去，趙氏才進了屋，心裡極納悶。

怎麼柳蔭巷一撥一撥的，盡搬來些姑娘？

沈蓁蓁正在房裡午睡，如意聽到一陣敲門聲傳來，走去開門，看見上次在路上見過的姑娘，正笑盈盈地站在院門外，手裡還提著禮盒。

見她開門，那姑娘問好道：「姑娘好，我是新搬來的鄰居，我姓李，以後還請姑娘多多照拂。」

如意對她印象很深，一見到就想起在哪兒見過。

「姑娘住在梁家嗎？」如意問道。

李若嬌笑著搖搖頭，也不多說，只道：「沒有呢！」說著將手裡的禮盒遞上前。「一點小禮品，還請姑娘收下。」

如意在沈府時，也是見過世面的，見到姑娘手裡的禮盒，立刻明白過來。這姑娘怕是大戶人家出來的，因為平常人家不會想到買這麼精緻的禮盒，就像她們送禮一樣，這是多年養成的習慣。

只是她清楚地記得，這姑娘上次說過是梁家的遠房親戚？

如意面上不顯，笑著接下來。「姑娘太客氣了。」

兩人沒說幾句話，李若嬌便告辭了。

等沈蓁蓁醒了，如意便將事情說了，沈蓁蓁嗯了兩聲，表示知道了。

如意見小姐不甚在意的樣子，有些著急。「小姐，我覺得這李姑娘怕不是梁家的遠房親戚。」

沈蓁蓁放下手裡的帕子，笑道：「不是遠房親戚是什麼？」

如意急道：「趙嬸可從來沒說過有什麼遠房親戚要搬過來，這姑娘怕不是想打梁公子的主意吧！不然怎麼會這麼巧？我瞧她身上穿的衣裳，不是尋常料子，送的也是李福記的糕點，那李福記家的糕點，價格不便宜呢！」

沈蓁蓁一怔。

如意嘟囔道：「小姐，您要是不抓緊點，梁公子可要被別人給搶去了。」

沈蓁蓁呼吸驟然一緊，心下卻著惱，轉過身。「他被誰搶去，跟我有什麼干係？」

如意見小姐還是不肯正視對梁公子的情意，不禁急得跺腳。「小姐，您認真考慮考慮吧！別以後後悔了。」

沈蓁蓁怔怔的，沒有反駁，心裡卻不禁慘然一笑。他若是就此被人搶了去，說明不是個良人。

秋雨綿綿。

沈蓁蓁她們租的這院子有些年頭了，屋上青瓦好些地方都裂了縫，一下雨，屋裡就四處漏水，只好用盆桶接雨。

前世沈蓁蓁後來住的院子雖偏，但也沒怎麼漏過雨。這屋裡潮濕，弄得人心情也不舒展。

這天，好不容易放晴，沈蓁蓁和如意便將被子拿到院子裡曬。

隔壁，趙氏也沒有出去，在家將被子和衣裳取出來晾曬。

梁珩站在房間窗下練著字，上回朱縣令派人送來幾大捆紙，說是衙門用不了這麼多，放著可惜，送來給他用正好。

桌角放著一方端硯，是上次沈小姐送的賀禮，梁珩並不捨得用，只是擺在書桌一角，抬頭就能看到。

趙氏正忙著，聽到一陣敲門聲傳來，便過去開門，就見李若嬌滿臉笑意地站在門外，手裡提著一只小巧精緻的籃子。

「嬸子，我上門叨擾您來了。」李若嬌笑道。

趙氏也笑。「嬌嬌姑娘快進來，就是今兒家裡曬被子，有些亂，姑娘別嫌棄才好。」

李若嬌笑笑，將手裡的籃子遞給趙氏。「最近濕氣重，拿這薏仁米熬粥，是最祛濕氣的了。」

趙氏狀似板起臉。「嬌嬌姑娘不帶東西來，嬸子就不給妳開門了是不？」

李若嬌笑道：「怎麼會？只是我空手來，不好意思呢！而且這些天天氣潮，剛好給嬸子帶點薏仁熬粥喝，下次我空手來，嬸子別見怪才是。」

趙氏又笑起來，接過籃子，見裡面放了一個鼓鼓囊囊的白色布袋，估計有四、五斤。

趙氏頗有些不好意思，但人家如此熱情，不好拒絕，趕忙請李若嬌進來。

李若嬌剛進院門，就看到站在一間房窗下、專心寫字的身影。他穿著一身霜色衣裳，低著頭，看不清正臉，如瓊林玉樹一般，讓她頓時心跳如擂，失了呼吸。

「有些亂，姑娘可別笑話。」一旁邊突然傳來的聲音，將李若嬌驚醒過來。

「嬸子別客氣，誰家不會曬被褥？」李若嬌笑笑。

趙氏招呼她坐，提著籃子進廚房去了。

李若嬌不禁又往梁珩那邊看去，他似乎寫得極專注，隱隱能看到眉間微微蹙起，連家裡來了客人都沒察覺。

她癡癡地望著他，極力克制想走過去的念頭。

不一會兒，廚房那邊傳來腳步聲，李若嬌連忙坐好，見趙氏端著碗水，從廚房裡走出來，將碗遞給她。「家裡茶葉苦澀得緊，怕姑娘喝不慣，嬌嬌姑娘將就著喝碗熱水吧！」

李若嬌連忙站起身，雙手接過。「多謝嬸子。」

趙氏搬了張凳子，坐在李若嬌旁邊，笑道：「嬌嬌姑娘聽口音像是本地人？」

李若嬌只道：「是，離這兒不遠。」

趙氏是極有眼色的，見李若嬌氣質不平常，身上衣裳的布料也矜貴，想必搬到這窮巷子來必有原由；但現在不熟，便沒有多問，萬不會想到姑娘是為她兒子來的。

不一會兒，梁珩寫完一篇文章，放下筆，抬起頭就見院中坐著一位姑娘，正背對著他和他娘說話。

一般家裡不會有訪客，梁珩首先想到的是沈小姐，但仔細一看又不像。沈小姐頭上從來都是簡簡單單的，只用一支簪子綰住頭髮，而這位小姐卻插了好幾支精緻的簪子。

李若嬌有說有笑地跟趙氏話著家常，聽見背後傳來一陣腳步聲，她心裡一緊，驟然失了聲音。

好在趙氏見兒子出來，沒察覺到李若嬌的異狀，笑著介紹道：「這是我兒子，叫梁珩。」又自豪地說道：「他前不久才剛考上舉人。」

李若嬌連忙站起來，只看了梁珩一眼，就止不住心跳如擂，連聲音都有些顫抖，對梁珩福了福身。「梁公子好。」

梁珩趕忙還禮。「小姐好。」說著拱拱手，進了廚房。

李若嬌看著梁珩的背影，咬咬嘴唇。這書呆子沒認出她來嗎？

趙氏又說起別的話，但李若嬌的心思卻跟著梁珩去了，聽他似乎在廚房裡轉了一圈，又出來了。

趙氏對兒子道：「珩兒啊！別整天悶在房裡，對身體不好。今兒天氣好，曬曬太陽，除除濕氣。」平常百姓不大講究什麼男女大防，長輩都在這兒呢！別人也挑不出個錯來。

梁珩應了一聲，拿著凳子，遠遠地在院子另一邊坐下。

李若嬌乘機將話題轉到梁珩身上。「我聽別人說，梁公子可是解元呢！這可了不得，嬸子真是有福氣。」

趙氏提到兒子就忍不住自豪，笑道：「也算這孩子爭氣。」

李若嬌又誇讚了梁珩幾句，讓趙氏笑得合不攏嘴。

梁珩聽到她們提到他，便轉過頭看了一眼，看清姑娘面容後，感覺有些眼熟，想起是上次上門討水喝的姑娘。

李若嬌餘光看到梁珩往這邊瞧了一眼，笑道：「說起來，還要好生謝謝公子呢！上次我來看房子，口渴難耐，上門討了水喝。」說著又站起身，朝梁珩福了福身。「多謝公子了。」

梁珩忙站起身。「小事而已，姑娘不必介懷。」

李若嬌聽著梁珩的聲音，只覺得心都要化了。

這幾日，沈蓁蓁不知道聽如意抱怨過多少回了，說那位李姑娘果然是有預謀的，三天兩頭就往梁家跑；會說話，性格也乖巧，趙嬸很喜歡她，不覺多次跟如意提起李姑娘。

如意聽得心裡有些火，但也不能跟趙氏說「哦，這姑娘怕是在打梁公子的主意，您別讓她上門了」。

這天，如意又開始了。

「小姐，這李姑娘臉皮真是夠厚的，為了梁公子，都搬到他家隔壁來了，三天兩頭地到梁家去，換著花樣地送東西，討趙嬸歡心……」

沈蓁蓁聽得耳朵都快長繭子了，無奈地笑道：「妳既然這麼生氣，就到李姑娘家去說說她，讓她別打妳家姑爺的主意。」說完自己先愣了一下，自己現在說「妳家姑爺」，是說得越來越順口了。

如意聽她說得有趣，忍不住笑了笑，又板起臉。「我趕明兒就去，讓她離我家姑爺遠著點。」

沈蓁蓁聽了也笑，心裡卻不禁對李姑娘好奇起來。

恰好，下午兩人上街買東西，剛出門，如意就用手拉了拉沈蓁蓁，下巴一抬，示意她往梁家那邊看。

沈蓁蓁看過去，就見一個身穿水色襖裙的姑娘正從梁家出來，滿面笑容的趙氏則站在院門口送她。

趙氏抬頭，看到沈蓁蓁兩人走出院來，笑著招呼道：「沈娘子妳們出門嗎？」

沈蓁蓁笑著點點頭，眼神卻不禁看向那姑娘。

就見那姑娘聽到聲音轉過身來，看著她們，大大方方打了招呼。「兩位姑娘好。」

只見那姑娘明眸皓齒，一張鵝蛋臉楚楚若仙，一派亭亭玉立。

沈蓁蓁不動聲色地回禮，又跟趙氏打了聲招呼，便告辭了。

李若嬌看著兩人離去，臉上笑意未收，與趙氏又說了兩句才回家；心裡卻忍不住想起那兩個姑娘來，她有種直覺，那天見到的那個姑娘，似乎對她有敵意。

一路上，如意喋喋不休地說著那李姑娘，沈蓁蓁聽得有些心煩意亂，打斷道：「好了、好了，整天李小姐、李小姐的，我都聽膩了，梁家這麼多上門問親的，換家姑娘說行不行？」

如意咕噥。「別家姑娘可沒這麼厚臉皮。」但到底噤了口。

沈蓁蓁卻聽得一怔。前世的她不就像現在的李姑娘嗎？林家一開始是不同意的，她爹娘本來也沒多中意林行周，不過是因為她苦苦哀求，才多次請媒人去問親。

最後，林家被豐厚的嫁妝打動了，這才結了親。

這天早上，梁珩揹著一簍寫滿字的廢紙出門，準備拿到敬字亭去焚燒，誰知出門就碰到沈小姐和如意提著菜回來。

梁珩有好幾天沒看到沈小姐了，這會兒見到她，心裡忍不住欣喜，停下來問好。

不同於梁珩的喜形於色，沈蓁蓁表情略有些冷淡，掃了他一眼，輕嗯了聲便走過去了。

梁珩僵了一瞬。以往沈小姐總是禮貌地回禮，這次是怎麼了？他看了一眼走在後面的如意，又問好。「如意姑娘好。」

如意面色複雜地看了他一眼，搖頭嘆了口氣，說了聲「公子保重」，便跟著小姐走進院子。

梁珩愣在原地，不明白她們到底怎麼了？

泉城東面泉音山上有一座泉音寺，以前沒什麼香火，後來有一屆住持算是經營有道，有一年舉辦了豐收廟會，本來想著好歹給寺裡添些人氣，沒承想那年來逛廟會的人極多，後來便一年一年地延續下來了，固定在每年十月十五這天舉辦。

趙氏提前兩天就約沈蓁蓁了，說是廟會這天極熱鬧，邀她們一起去逛逛。沈蓁蓁對這些沒什麼興趣，只是看如意和菱兒眼睛都亮了，想著自己重活了一世，對這些興趣不大，但如意只是個十五、六歲的姑娘，最愛這些熱鬧，更何況還有菱兒這個小姑娘，便答應下來。

到了十五這天，一大清早，如意和菱兒就起床了，一應可能需要的東西都收拾打包好了。沈蓁蓁看著如意臉上止不住的興奮，心裡有些自責。自己到底自私了些，忘了如意還只是個小姑娘。

沈蓁蓁剛被催促著收拾好，趙氏便上門來叫她們了。

沈蓁蓁走出院門，就見到梁珩站在梁家門口，背上揹著一個小竹簍，顯然要跟她們一起去。

梁珩看著沈小姐走出來，心裡不禁有些忐忑不安。

他以前從不湊這些熱鬧，趙氏便沒跟他說這個，昨晚無意間說起今天要跟沈小姐她們一起去逛廟會。

他愣了半晌，憋出一句「我也要去」。

趙氏愣了愣，忍不住打趣道：「你以前不是不愛湊這熱鬧嗎？」

梁珩急道：「這次不一樣。」

趙氏看著兒子臉紅的模樣，收起笑。「說不定沈娘子她們會帶不少東西，你去幫她們拿東西也好。」

因為沒提前跟沈小姐說，又想起上次見到她時，沈小姐似乎不大高興，這會兒梁珩心下有些惴惴不安；但見沈小姐看到他只是愣了一下，便恢復平常，便放了心。

趙氏見如意揹著包袱，笑道：「如意，這有現成的腳伕呢！把包袱拿給珩兒揹著吧！」

如意可不客氣，直接走到梁珩身邊，笑嘻嘻地道謝，將包袱放進梁珩背上的小竹簍裡。

趙氏招呼著眾人，沈蓁蓁牽著菱兒跟著趙氏往巷外走，正巧，李若嬌從家裡回來，在巷口下了馬車，正往巷裡走，迎面就碰上梁珩一行人。

前幾天下雨，買下的這宅子漏雨，屋裡潮濕得很，李若嬌有些住不慣，好在離李家不遠，便每天回家去睡，清早李府又派馬車送她回來。

李若嬌顯然有些吃驚，笑著給眾人問好。「嬸子，你們是要去哪兒呢？」

趙氏笑道：「去泉音山上逛廟會呢！嬌嬌姑娘要去嗎？」

李若嬌看了一眼站在後面的梁珩，他穿著一身鴨蛋青的長衫，就算揹著小竹簍，也難掩他儒雅的氣質。

李若嬌笑道：「聽著就熱鬧，可得去逛逛。不過嬸子你們先去，回頭我再去尋你們。」他們都要出發了，她什麼都還沒收拾好呢！自然不可能讓他們等她。

趙氏笑道：「那行，嬌嬌姑娘快些來。」

等梁珩一行人走遠，李若嬌站在原地，若有所思。

出了城兩里外便是泉音山，山勢不高，林壑尤美，只是到了秋天，樹葉大多枯黃，只有那松柏蔚然深秀。

幾人一路聊著，倒不覺路遠，菱兒最是激動，一路止不住地說，人都活潑不少。梁珩一路都走在最後面，幾個女人說話，他插不上嘴，便靜靜地聽著。

林間有一條兩車寬的路，時不時有馬車經過，坐馬車的大都是些大戶人家，平常老百姓都走路，負者歌於途，行者休於樹，往來不絕。

幾人走了大半個時辰，終於到了泉音寺前。

廟會並不在泉音寺裡，而是在泉音寺外面的空地上搭起棚子。賣吃食的、耍戲法的、賣各種小玩意兒的，甚至還有搭起臺子唱戲的，人潮如織，十分熱鬧。

梁珩見人太多，快走兩步，走在沈蓁蓁她們旁邊。

如意和菱兒對兩旁的小玩意兒、零嘴最感興趣，看見新鮮的玩意兒，挪不動腳步，買了許多小零嘴，都放進梁珩背後的小竹簍裡。

趙氏恰巧碰到幾個相熟的女人，又感覺跟年輕人到底說不到一塊兒去，便打了招呼，又囑咐梁珩保護好沈蓁蓁她們，跟自己的老姊妹們一起去逛了。

這會兒，他們停在一處捏糖人的鋪子前，捏糖人的老爺爺很快就照著菱兒和如意的樣子，捏出兩個小糖人來。

如意接過糖人，轉頭看著背後的兩人，對老爺爺道：「您給我們家公子和小姐也捏一個吧！」

周圍人太多，聲音嘈雜，沈蓁蓁和梁珩都沒有聽到如意說的話。

老爺爺很快又捏出兩個糖人，如意湊近菱兒耳邊，悄悄跟她說了兩句話，菱兒點點頭，拿著兩個糖人，給梁珩和沈蓁蓁一人一個。

沈蓁蓁本來不想要，菱兒硬是塞給她；梁珩則是笑著道謝，接了過去。

沈蓁蓁看著手裡的糖人，是個男子模樣，身上穿著長衫，臉上神情有些似曾相識，抬頭看身邊的梁珩，反應過來，手裡的糖人可不就是他嗎？再看梁珩手上的糖人，分明就是自己的模樣！

沈蓁蓁看著梁珩手上的糖人，道：「菱兒弄錯了，這個才是你。」說著將手上的糖人遞過去，欲將梁珩手上的換過來。

梁珩這才注意到手上的糖人是沈小姐的模樣。穿著一身對襟束腰長裙，頭上還有一支小簪子，臉上的神情像極了沈小姐，溫柔恬靜，唇角還帶著一絲笑。

梁珩看著沈小姐手上自己模樣的糖人，搖搖頭不肯換。「這是菱兒給我的。」

如意本來見小姐要跟梁公子換，還有些擔心，這會兒見梁公子拒絕，心裡偷笑，走過去挽住小姐，拉著她往下一個攤位去，不忘轉頭囑咐梁珩。「梁公子拉著菱兒，可別走丟了。」

沈蓁蓁還來不及說話，便被如意拉走了，心裡明白過來，定是如意故意教菱兒的。她心裡有些著惱，想將手裡的糖人扔了，抬頭看到糖人臉上溫潤的笑，鬼使神差地就狠不下心來。

梁珩拉住菱兒的手，看著她頭上兩個整齊的小辮子，忍不住抿唇笑了笑。

四人繼續往前走，如意存心想給小姐和梁公子單獨相處的機會，找了個空檔，打了聲招呼，沒等沈蓁蓁反應，拉著菱兒就走了。

等沈蓁蓁明白過來，如意和菱兒的身影已經淹沒在人群裡。

沈蓁蓁暗自跺了跺腳。如意眼裡、心裡都將梁珩當成未來姑爺了，一心胳膊兒往外撇。她抬頭看了看身邊的梁珩，梁珩背後的小竹簍已經裝滿東西，這會兒人擠人的，他怕她被擠到，挨她挨得很近，半張著手護著她。

看著這樣的梁珩，沈蓁蓁心裡突然就生出安定感來。這是梁珩一直給她的感覺，從那次碰到惡狗開始，她感覺自己的心，突然像是化成水一般，蕩漾不定。

兩人都對這些沒什麼興趣，人又擠得慌，便決定出去，找個地方坐一會兒。

兩人擠著往外走，突然沈蓁蓁被人擠了一下，往一旁歪了過去，梁珩趕忙伸手拉住她，四面人群擁擠，沈蓁蓁被擠進了梁珩懷裡。

人聲鼎沸中，梁珩的心跳聲卻那麼清晰。一下、兩下……

兩人皆愣住，梁珩慌忙想往後退，後面卻已經擠得沒有空位了。

沈蓁蓁像是也聽到了自己的心跳聲，奇異地和梁珩的心跳重疊在一起。

人山人海中，她突然感覺到，自己原本禁錮的心，像被打開了個小缺口。

兩人好不容易擠到人群外面，沈蓁蓁看著熙熙攘攘的人潮，不禁有些擔心，如意可別跟菱兒走散了。

轉身看到梁珩還揹著小竹簍。「揹得很累吧！快放下來，我們就在這兒等一會兒。」

梁珩笑著搖搖頭，將竹簍放下來，突然想起什麼，臉色一變，慌忙伸手往懷裡一掏，掏出那個糖人，糖人已經面目全非了。

梁珩愣愣地看著手裡擠成一團的糖人，這糖人對他來說多珍貴啊！現在卻被壓扁了，心裡止不住沮喪。

沈蓁蓁見梁珩看著手裡的糖人發呆，像要哭出來的模樣，兩步走近他，將他手裡壓成麵餅的糖人一把抽出來，扔了。

「人都在這兒呢！看什麼糖人？」

梁珩驚訝地微張著嘴，看著地上的糖人，半晌沒回過神來。

沈蓁蓁也被自己的動作怔住了，臉色不覺微紅，轉過身，不再看他。

「沈小姐……」

梁珩反應過來，看著沈蓁蓁嫋嫋婷婷的身影，沈小姐話裡的意思……他有些難以置信，心裡湧出的歡喜幾乎將他淹沒。

「沈小姐。」

沈蓁蓁轉過身來，頗有些不自然，眼神飄到一旁，輕聲問道：「做什麼？」

梁珩指著地上說道：「沈小姐坐一會兒吧！走半天了。」

沈蓁蓁順著他手指看去，只見地面一處石板上，鋪上了一塊藍色的手帕。

今天確實走了不少路，腳都有些痠了。沈蓁蓁輕聲道謝，坐了上去。

梁珩看她眉眼含羞，只覺心好像都化成水，甘願淪亡。

兩人等了一會兒，梁珩似乎聽見有人叫他。他四處望了下，沒看到人，以為是自己聽錯了。

沈蓁蓁倒是聽得真切，順著聲音看去，就見穿著一身水藍色長裙的李若嬌，帶著一個丫鬟，站在不遠處，滿臉驚喜。

李若嬌見梁珩沒看到自己，快步走了過來，又叫了幾聲「梁公子」。

梁珩終於聽清楚了，轉過身就看到隔壁的李小姐站在五步開外處。

梁珩禮貌行禮。「李小姐好。」

李若嬌嬌笑道：「人這麼多，還以為碰不到公子呢！沒承想，剛過來就看到了，這真是……」

這真是緣分。沈蓁蓁在心裡替她把話補齊了。

李若嬌留了半句沒說完，問道：「嬸子她們呢？」

「我娘她們還在裡面呢！我和沈小姐在這兒等她們。」說著，梁珩看了看坐在一旁的沈蓁蓁。

李若嬌這才看到一旁坐著的沈蓁蓁，面上笑意不減。「原來沈夫人也在這兒呢！」她看沈蓁蓁梳著婦人頭，便以夫人相稱。上次倒是見過沈蓁蓁一次，只是上次沒有注意到她的髮式。

沈蓁蓁並不解釋，站起身來，也笑著打招呼。「李小姐。」

李若嬌又道：「梁公子不去逛逛嗎？」

梁珩道：「裡面擠得慌，我們就出來了。」

李若嬌笑了笑，往廟會那邊看了一眼。「人確實多了點。」說著略帶嬌羞地道：「小女子有個不情之請。」

梁珩看了一眼沈蓁蓁，見她面色如常，便道：「李小姐請說。」

「公子能陪我進去逛一會兒嗎？你看我們就兩個小姑娘，裡面龍蛇混雜，怕會遇到壞人，要是有公子在，我就安心了。」李若嬌裝作很為難地道。

梁珩「啊」了一聲，下意識又看了一眼沈蓁蓁，就見她臉上帶著笑意。

沈蓁蓁見梁珩看向自己，笑了笑。「梁公子陪李小姐去逛一逛吧！正好我等得無趣，想去寺裡拜佛。」

梁珩驚道：「那怎麼行，妳一個人去我不放心，我陪妳去。」

不待沈蓁蓁開口，李若嬌道：「公子要是不放心沈夫人，我讓碧書陪著沈夫人去。」

梁珩聽李若嬌一口一個「夫人」地稱呼沈蓁蓁，不禁微微皺眉。

沈蓁蓁轉頭看了看一臉笑意的李若嬌，也笑了笑，說道：「不礙事，不敢勞駕小姐的丫鬟。」轉頭又對梁珩道：「公子就陪李小姐去逛一逛吧！我自己去，丟不了的。」

梁珩看著沈蓁蓁，她臉上雖然帶著笑，卻未及眼底。他心一慌，揹起一旁的小竹簍站在她身邊，不再說話，用行動表明了態度。

李若嬌見狀，感到有些奇怪，只當是梁珩先說要陪沈夫人，這會兒不好撇下她。她不想讓梁珩為難，便笑道：「我原本想著逛完廟會再去拜菩薩的，既然公子放心不下沈夫人，那我們一起去如何？說不定拜完菩薩，廟會的人就散去些呢！」說完笑著看了一眼沈蓁蓁。

沈蓁蓁本是隨口一說，這會兒見李若嬌提出要一起去，看了她一眼。「也好，李小姐請。」

李若嬌謙讓了一下，請沈蓁蓁先走。沈蓁蓁抬腳往廟門走去，梁珩跟著走在她身邊。

李若嬌看到梁珩背上的小竹簍已經裝滿了，笑道：「梁公子你們買的東西不少啊！」

梁珩道：「這些都是如意買的。」

李若嬌聽了，神色一變，笑了笑沒再接話。

寺廟門口有小販在兜售香燭，沈蓁蓁選了一把香，一伸手，卻發現沒帶荷包。這時才想起在家時，她見如意帶了，想著兩人始終在一塊兒，加上身上穿的衣裳不好放荷包，便沒有帶。

心下正尷尬，旁邊伸出一隻手，遞了銅板給小販。

沈蓁蓁轉過頭，就見梁珩面色極為自然地伸手接過她手中的香，她心下一暖，臉上不由帶了絲笑意。

梁珩見她真正露出笑容，心裡一鬆，止不住欣喜起來。

李若嬌正低頭選香紙，沒多注意，倒是碧書看著梁珩兩人的模樣，心裡生起不好的感覺來。

四人進到寺裡，走到外面寶殿的香爐處，香客眾多，排了一會兒，才輪到他們上香。

上了香，四人又進寶殿拜佛。

雖說子不語怪力亂神，但梁珩作為讀書人，素來是不大信佛的，便站在一旁等她們。

沈蓁蓁跪在蒲團上，雙手合十，虔誠地看著那尊高大的佛像。

李若嬌很快就拜完站起身來，沈蓁蓁卻跪了許久。

這重活的一世，是上天對她的眷顧，也許冥冥之中自有定數吧？若不是重生，若不是離開，若不是剛好租在他家隔壁，如何會遇到他？她又為遠方的家人祈福，想起隔了一世至今卻未曾得見的家人，不覺淚流滿面。

她抬袖擦了擦眼淚，這才站起身來。

等沈蓁蓁轉過身，梁珩看到她下巴處掛著幾滴淚，眼眶也是通紅的，他心裡一疼，慌忙想掏手帕遞給她，卻想起手帕先前墊在石頭上弄髒了。

沈蓁蓁看著梁珩慌亂的樣子，心裡不由一暖。自己掏出手帕擦了擦臉，安撫地對他笑了笑。

李若嬌在一旁看著兩人的動作，終於感到有些不對勁。這沈夫人對梁公子的態度，似乎不像是普通鄰居，竟像是……有些情意綿綿？

她心裡驚訝不已，沈夫人是成了親的啊？莫非……她不敢再想下去，帶著碧書率先走出大殿。

梁珩走在沈蓁蓁身畔出了寶殿。

李若嬌看著沈夫人對梁公子的黏糊勁，心裡有些明白了。原先她看那個如意似乎對她抱有敵意，她便以為如意也對梁公子有意，如今看來，是這個沈夫人對梁公子有意，那個如意才會敵視她。

而且剛才她說讓梁公子陪她去逛廟會，這個沈夫人就說她要去拜佛，怎麼這麼巧，早不去、晚不去，偏偏她剛提出來，她就要去拜佛？可見這女人是極有心計的。

李若嬌心裡千迴百轉，心裡忍不住厭惡起沈蓁蓁來。看著像是個好的，沒想到如此不守婦道。

四人出了泉音寺，廟會那邊的人潮還是不見少，也找不到趙嬸和如意她們的人影，沈蓁蓁擔心菱兒跟如意走散，不覺有些著急。

李若嬌也不提去逛廟會了，她本來就對廟會沒什麼興趣，會來只因為梁公子在這裡。於是四人就站在路旁等著。

梁珩又掏出手帕墊在石板上，讓沈蓁蓁坐下。

李若嬌眼睜睜地看著沈蓁蓁坐下，又笑盈盈地招呼她坐。

她不由得幽怨地看了一眼梁珩，就見梁珩正在問沈蓁蓁渴不渴，沈蓁蓁搖了搖頭。李若嬌緊了緊手，碧書看著揪心，不由擔心地看了看小姐。

四人一時無話，等了一會兒，便看見如意牽著菱兒出來了。

菱兒懷裡抱滿了吃食，看到沈蓁蓁等人，驚喜地叫道：「姊姊和哥哥在那兒！」

沈蓁蓁看著菱兒歡喜的樣子，心裡也欣喜。梁珩迎上去將菱兒手裡的零嘴接過來，菱兒蹦蹦跳跳地跑到沈蓁蓁跟前。

沈蓁蓁掏出手帕，替菱兒擦拭額頭上的細汗，笑道：「如意姊姊給妳買那麼多零嘴，吃得完嗎？」

菱兒嘻嘻笑了笑，想起什麼，說道：「我給姊姊買了好東西。」說著就跑到梁珩旁邊，在竹簍裡翻了翻。

誰知東西還沒找到，翻到了那個梁珩糖人，她拿了出來，對沈蓁蓁道：「姊姊，這個哥哥糖人妳怎麼不吃啊？可好吃了。」

如意嘻嘻笑道：「這個可是姊姊的寶貝呢！姊姊怎麼捨得吃？」

沈蓁蓁和梁珩聽完話，皆是鬧了個大紅臉。沈蓁蓁輕叱了聲。「就妳話最多！」

如意見小姐和梁公子都紅了臉，明白兩人的關係近了一步，心裡頗為欣慰。真是菩薩保佑，小姐總算沒有再和梁公子拗著了。

李若嬌見她們自顧自地打趣梁珩，心裡不由生起火氣來，但只能硬生生忍著。

菱兒從竹簍裡拿出零嘴，每個人都發了一份，也禮貌地準備給李若嬌她們發一份。

李若嬌心裡雖然有氣，但還不至於發在孩子身上，正欲接過來，碧書就在後面道：「我家小姐不吃這種東西。」

李若嬌忙轉頭叱了一聲。「碧書！」又轉過頭，擠出笑道謝，接過菱兒手裡的丸串子。

菱兒雖然還小，但能聽懂那話裡的意思，她轉身跑回沈蓁蓁身邊。

李若嬌暗道不好，抬頭望過去，果然看見沈蓁蓁和如意臉色都沈了下來，就連梁公子都皺著眉。

李若嬌趕忙道歉。「真是對不住，是我沒教好碧書這丫頭。」

沈蓁蓁表情淡淡，沒接話。

李若嬌尷尬地看了梁珩一眼，梁珩卻不看她，只是低著頭看著沈蓁蓁和菱兒。

趙氏走的時候，就交代回去的時候不用等她，這會兒如意她們回來了，一行人便準備回去了。

沈蓁蓁看著一旁的李若嬌，問道：「李小姐來了還未去逛廟會呢！是要等人散一些再去嗎？我們這就回去了。」

李若嬌忙笑道：「天色不早了，就不逛了，跟你們一道回去吧！不然就我們兩個姑娘，等等回去晚了不好。」

沈蓁蓁點點頭，不再說話，拉著菱兒往山下走去。

如意暗自撇撇嘴，也不說話。這李小姐打著逛廟會的旗幟來，卻不逛廟會，又跟著他們回去，明眼人都看得出來她在打什麼主意。

路上，李若嬌見身板看著略顯單薄的梁珩揹了滿滿一簍東西，有些擔心他累壞了，出聲道：「梁公子揹著這麼多東西，可別累壞了，要不咱們租輛馬車回去吧？」

沈蓁蓁聽到後面的聲音，沒有說話。如意轉頭看了看梁珩。

梁珩搖頭道：「不礙事，李小姐要是走不動的話，可以租輛馬車回去，我們走路回去就好。」

李若嬌見他謝絕她的好意，心裡不禁泛起苦澀，但還是笑道：「我能走。」

梁珩點點頭，不再說話。

第八章

李若嬌雖說她能走，但她自生下來就沒走過這麼長的路，但凡出門都有馬車接送，還沒走到山下，就感到腿一陣痠疼，但自己先前說了走得動，這會兒不好說讓他們休息一下。

碧書擔心地看著小姐，剛想出聲讓前面的人停一停，就被小姐以眼神制止了。

沈蓁蓁和如意的腳力是天天出門買菜練出來的，梁珩身為男子，體力自然不弱。

李若嬌性格極好強，額頭都冒出汗來，但見前面的人走路帶風一般，便咬著嘴唇，緊跟在後面。

李若嬌一直看著前面的人，一時沒注意腳下，踩到一顆石頭，身體失去平衡。她驚呼一聲，還好碧書眼疾手快拉住了她。

雖然沒有摔倒，腳踝卻是扭了，頓時疼得她臉色慘白。

沈蓁蓁等人聽到驚叫，停了下來，回頭就見李若嬌跌坐在地上，卻咬著牙不肯呼痛。

她雖然對李若嬌心有膈應，卻不會看著人受傷而置之不理。她走近李若嬌，問道：「李小姐傷到哪兒了？」

李若嬌抬頭看了看沈蓁蓁，見她臉上確是關心，便道：「好像扭到腳了。」說完又抬頭看了看梁珩，見他正看著她的腳，不覺心下赧然。

碧書著急地蹲下身，欲察看李若嬌的腳踝，卻被制止。雖說梁公子是她心上之人，但女兒家如何好意思在男子面前裸露腳踝？

沈蓁蓁明白她的意思，轉頭對梁珩道：「梁公子，轉過身去。」

梁珩愣了一下，反應過來，乖乖轉過身。

碧書這才拉下李若嬌的襪子，就見腳踝處已經高高腫起。

沈蓁蓁看著咬著牙沒呼痛的李若嬌，心裡不由對她有些改觀。這李小姐雖說是富人家養出來的，但是身上還算沒有多少嬌氣。

碧書急得眼淚都流出來了。來的時候是家裡的馬車送她們來的，到了泉音寺，小姐就讓小廝回去了，誰知這會兒小姐卻受傷了，怎麼送小姐去醫館？

李若嬌輕聲安慰碧書幾聲。

廟會倒是有出租馬車的，只是他們現在的位置不上不下的，一時半刻找不到車。

李若嬌看了一眼背對著她們的梁珩，心裡不由有些委屈。自己都傷成這樣了，梁公子卻不過問一聲。

沈蓁蓁將李若嬌的神情看在眼裡，等了一會兒，還是沒有馬車下山來，這裡又只有梁珩一個男子……雖說心裡有些膈應，沈蓁蓁還是叫了梁珩一聲。

「梁公子，這裡離山下不遠，不如你揹李小姐下山吧！山下應該有租馬車的地方。」

李若嬌難以置信地看了一眼沈蓁蓁，後者表情淡淡的，看不出情緒來。

梁珩愣了一下，回頭見李若嬌確實傷得嚴重，沒有推辭，點了點頭。

如意心裡老大不樂意，但見李小姐疼得臉色發白，終究沒有出聲，默默接過梁珩背上的小竹簍。

李若嬌看著眼前半蹲著的背影，腳上的痛意奇異般地消失了，只感覺到一顆心在胸腔裡顫慄不止。

在碧書的攙扶下，李若嬌慢慢站起身來，趴到梁珩背上。

她雙手搭在他肩頭，感覺自己在作夢，但腳上的痛意傳來，提醒著她，這是真的，梁公子真的揹著她！

她羞得臉色像醉酒一般酡紅不已，甚至沒注意這一路是怎麼下來的，一顆心一直如飄在雲端。

到了山下，梁珩將李若嬌放下地來。

李若嬌輕輕道謝，抬頭就見梁珩滿頭大汗，忙取出手帕遞過去，就見沈蓁蓁也拿了手帕出來。

梁珩接過沈蓁蓁的手帕，擦了汗，卻沒有還回去，說道：「手帕我弄髒了，回頭洗過再還給沈小姐吧！」

沈蓁蓁愣了一下，輕嗯了聲。

李若嬌手帕遞到一半，見狀咬了咬唇，將手帕收了回去。

梁珩去租馬車，不一會兒，帶了一個中年漢子過來，是趕馬車的車把式（注），想讓李小姐看看好不好。

注：舊時稱駕車的人。

李若嬌咬著唇不說話。

見狀，沈蓁蓁道：「梁公子一起送李小姐去醫館吧！」

她明白李若嬌的憂慮，這車把式雖然看起來忠厚老實，但畢竟是陌生人，若是起了什麼歹意，兩個姑娘家如何反抗得過？

李若嬌不禁感激地看了沈蓁蓁一眼。

梁珩轉頭看了看沈蓁蓁，想著這路上人來人往的，沈小姐她們回去應該安全，於是點了點頭。

李若嬌的腳不能走，梁珩只好又揹著她上了馬車，轉過頭來囑咐沈蓁蓁。「沈小姐，妳們注意安全。」

沈蓁蓁點點頭，目送他們離去。

如意見馬車走遠，才嘟囔道：「這李小姐腳扭得真是時候。」

沈蓁蓁心裡自然也有些膈應，但是能怎麼辦呢？總不能放著受傷的李小姐不管吧？她安慰如意道：「好了，這不是只有梁公子一個男子嗎？梁公子若是不幫忙，萬一李小姐出了什麼事，我們也良心難安。」

如意就是抱怨兩聲，沒真希望梁公子袖手旁觀，這會兒見小姐也不大情願的樣子，嘻嘻一笑。「小姐，您現在明白梁公子的好了吧？」

沈蓁蓁臉色一紅。「我看啊！妳如今眼裡、心裡都只剩梁公子了，我是半分也擠不進去了。」

如意嘻笑道：「怎麼會？左眼是梁公子，右眼是小姐。」

沈蓁蓁睨了她一眼，拉著菱兒往前走。

另一頭，馬車很快往城裡趕去。

車把式見梁珩的氣質像是讀書人，便問了句，得到肯定的回答後，笑道：「咱們泉城多少年沒出過解元，總算今年出了一個。聽說那梁解元還很是年輕，還沒成親，也不知道要便宜哪家姑娘了。我家那小子啊！今年也送進學堂了，不求他像梁解元那樣高中，能認幾個大字，就不算虧負祖宗了。」

梁珩聽著車把式說起自己，也不說破身分，只笑道：「大哥說得是，能多讀些書、多明白些道理，也是好的……」

李若嬌坐在車內，聽到車把式誇梁珩，心裡不由生起一股驕傲，越發覺得梁珩好。

李若嬌受了傷，這幾天都不敢回家，只怕她娘看到她在外面受了傷，再不肯讓她出來。而趙氏一回來，聽說李若嬌的腳扭了，上門去看望過一次。

平時沒怎麼見過人進出，開門的卻是一個面生的婆子。聽她說是上門來看望李小姐的，還讓她在外面等了一會兒，說是要進去通傳。

平常人家哪有這規矩？趙氏越發相信李小姐是從大戶人家出來的了。

李若嬌正躺在屋裡養傷，聽到通傳，趕忙請趙氏進屋。

趙氏進了房，看到裡面的擺設，不禁吃了一驚。

只見家具一應俱全，且都是嶄新的，看木料紋路就知道名貴，各類瓷器也放了不少，整個房間佈置得極為貴氣。

李若嬌睡在一張大床上，見趙氏進來，趕忙招呼她坐，又叫碧書上茶。

趙氏從李若嬌家出來時，心裡忍不住感嘆，果然大戶人家出來的做派就是不一樣。

如意最近生了不少氣，這天又氣呼呼地找沈蓁蓁抱怨。

「小姐，剛剛趙嬸跟我說，中午李小姐拄著枴杖去了梁家，說是在家養病悶得慌，想練練字。」

沈蓁蓁嗯了一聲。

如意急道：「李小姐要了一張梁公子的墨寶，說是仰慕梁公子的才華，要拿去臨摹！」

「梁公子給了嗎？」

如意見小姐終於有了點反應，用力點點頭。「給了啊！您說氣不氣人？梁公子怎麼能隨便把墨寶給李小姐？他不知道李小姐別有用心嗎？」

沈蓁蓁沈著臉，沈默不言。

如意見小姐這個模樣，不禁心裡哀嘆一聲。小姐這是什麼意思？到底是喜歡還是不喜歡？

李若嬌養了半個月的傷，腳才好些，終於能慢慢走路了。

這天，碧書在門縫處張望半天，見趙氏出了巷子，趕忙進屋叫小姐。

李若嬌慌忙地出來，打開院門，一瘸一拐地到了隔壁。

她緊張地敲了敲院門，很快地，門被打開，梁珩出現在她面前。

梁珩看著院外的李小姐，客氣地問：「李小姐有事嗎？」

李若嬌仰頭看著梁珩，緊張得說不出話來。

「我……我……」她深吸一口氣，迅速說道：「上次多虧梁公子幫忙，我想著沒什麼好感謝梁公子的，就繡了個荷包，希望梁公子別嫌棄。」說完低著頭，將手裡的荷包遞過去。

梁珩低下頭，見李小姐手上拿著一個水藍色的荷包，上面繡了幾根翠竹。

他正欲拒絕，抬頭就見沈小姐和如意正從巷口走過來，如意懷裡還抱著兩個大柚子，兩人臉色似乎都不大好。

梁珩見沈小姐繃著臉，頓覺不好，怕沈小姐誤會，忙越過李若嬌，走出院門，等在路旁。

等沈蓁蓁走過來，梁珩問了好，沈蓁蓁卻沒理他，站在梁珩身邊，看著李若嬌手裡來不及收回去的荷包。

李若嬌見沈蓁蓁看著她手裡的荷包，慌忙將荷包收進袖子裡。女子給男子送荷包，跟示愛沒什麼區別了，所以她才會背著趙嬸過來。

沈蓁蓁看著她，突然笑了笑，道：「梁公子不會收李小姐的荷包的。」

李若嬌被她看見送荷包的舉動，本來有些難為情，這會兒聽她這麼說，頓時有些惱羞成怒。「沈夫人如何知道梁公子不肯收？」

沈蓁蓁粲然一笑。「因為，他要娶我。」

李若嬌難以置信地瞪大眼睛，一下反應過來，不禁尖叫一聲。「梁公子憑什麼要娶妳？」

沈蓁蓁並不理會她，轉過身，看著梁珩道：「梁珩，你說，你是不是要娶我？」

梁珩難以置信地睜大眼，眼中萬分驚訝、萬分欣喜，讓他激動得一下說不出話來。

沈蓁蓁見梁珩遲遲不說話，倏地沈下臉，轉身就往家裡走。

如意看著兩人急得直跺腳，還好梁珩突然驚醒過來，幾步小跑至沈蓁蓁跟前，伸手攔住她，眼眸亮得發光，激動得有些語無倫次。「是……我想娶妳，我想娶妳……」

沈蓁蓁看著梁珩面上不加掩飾的喜悅，心頭就像開出一朵花。

李若嬌看著兩人情意綿綿，難以置信地尖聲道：「你們怎麼敢?!」

她不管腳上傳來的劇痛，小跑至梁珩身旁，猛地伸手拉住他的手臂，幾近魔怔道：「梁公子，她可是有夫之婦，這樣會毀了你一輩子的！」

說完，她轉頭看著沈蓁蓁。「沈夫人，妳安的什麼心？梁公子大好的前程，妳想毀了他嗎?!」

梁珩皺了皺眉，客氣地將李若嬌的手甩開。「沈小姐她沒有成親。」

李若嬌難以置信地瞪大眼睛，看著梁珩。她梳著婦人頭，怎麼會沒有成親？難道是寡婦？她李若嬌竟比不上一個寡婦？

梁珩並不想跟她多說，略走兩步至沈蓁蓁身側，輕聲道：「沈小姐，妳先進去吧！」

沈蓁蓁點點頭，輕聲道：「你也回去吧！」說完也不看李若嬌，帶著如意逕自進院去了。

李若嬌愣愣地站在原地，依然難以置信地看著梁珩，驀然流下淚。這是她心心念念的人啊！他心裡竟然早已有了人，還是個寡婦。

她的眼淚滑進嘴裡，苦澀不堪。

梁珩轉頭看了看李若嬌，欲張嘴，卻又覺得沒什麼好說的，便也進院去了。

李若嬌看著梁珩的身影慢慢消失在門裡，心像被撕裂了一道口子。

她自小就是嬌嬌女，萬事都很順利，因此有些自負和執拗。她素來才名在外，試問讀書人哪個不風流？哪個不愛才貌雙全的千金小姐？只要梁公子知道她的好，必會願意娶她，這是李若嬌一直以來的信念。

梁公子幾乎不怎麼出門，她只好搬到他家隔壁，他不出門，她便上門，這是她一早就想好了的；只是千算萬算，卻沒算到梁公子拒絕她是因為心裡有人了。

碧書在房裡焦急等待許久，也不見小姐回來，正猶豫要不要去看看，就從堂口看到小姐推開院門進來了。

碧書心下一喜，連忙走出房來，頓覺不對，只見小姐魂不守舍的，仔細一看，臉上竟掛滿了淚水。

碧書心知不好，連忙迎了上去，正想開口問，李若嬌無力地揮了揮手，逕自進了屋，反手關上門。

碧書心急如焚地等在門外，聽著裡面壓抑的哭聲，心裡將梁珩罵了千萬遍。

不知過了多久，門從裡面打開了。碧書見小姐雙眼紅腫，擔心地輕叫了聲。「小姐？」

李若嬌雙眼無神，愣愣地站了會兒，突然自嘲地笑了笑。

「碧書，我們回去吧！」好一會兒，李若嬌輕聲道。

碧書驚訝地睜大眼。「小姐？」

李若嬌慘然一笑。她是何等驕傲，如何能與別人搶並不喜歡自己的男人？只怪自己太晚……太晚了……

李若嬌坐在回家的馬車上，情緒已收在心裡，臉上是古井無波的模樣。

碧書擔心地看了看小姐，她以為小姐已經放下了，但是……她低頭看了看小姐手裡緊握的一幅卷軸，那是梁公子的墨寶。

如意聽到隔壁離開的動靜，忙去找沈蓁蓁說了。

沈蓁蓁聽了，沈默片刻，說道：「李小姐是敢愛敢恨的女子，以後歸宿未必差了。」

自從那日她和梁珩互相表明心意後，兩人好幾日都沒有再見過，像是都忘了有那麼回事般。兩人感覺像是誰也不急，倒把如意好一頓急。

這天，如意跟沈蓁蓁道：「小姐，雖說姑娘家不能像男孩一樣進學堂裡唸書，但好歹得識些字才行，菱兒都要十歲了，認的幾個字還是梵兒教的，怕是得給她請個西席先生。」

沈蓁蓁點點頭。「我也想過，只是菱兒畢竟是姑娘，得請個女先生才可靠，但女先生不好請，一時半刻地怕是難找，且我們在這裡認識的人也不多，回頭先買幾本啟蒙書籍，我先教菱兒識些字。」

如意笑道：「說到可靠，隔壁不就有個現成的可靠先生嗎？」

沈蓁蓁反應過來，如意這丫頭合著下了套子給她鑽呢！

她略思索片刻，道：「這事得給趙嬸通個氣才行。」

如意見小姐答應，歡喜得不行，笑道：「小姐放心，包在我身上。」

沈蓁蓁看著如意臉上的笑意，心裡頗為感動。如意是真心實意，一心為她好。想到這裡，她不禁有些埋怨起梁珩，這書呆子，這麼些天一點音信都沒有。

不能怪沈蓁蓁這麼想，上輩子似乎已經耗盡她所有的勇氣，這輩子總是有些思前想後、畏畏縮縮的。

這幾天，梁珩總是坐立不安，時常走神兒。他一直很沈穩，做事也有條不紊，這般異常，自然引起趙氏的注意。

「珩兒啊！你這幾天是怎麼了？」

這天吃飯時，趙氏開口問道。讀書最忌浮躁，這樣可不行。

梁珩搖搖頭，想了想，又點點頭。

知子莫若母，見梁珩這樣，趙氏就猜到了些。「怎麼，沈娘子那裡又出了什麼狀況？」

上次一起去廟會，趙氏何嘗不是想給兒子製造機會？還好如意姑娘看著也是極為滿意珩兒的，想必她會幫忙。

梁珩道：「娘，這事您別管了。」

趙氏笑著拍了一下梁珩的頭。「娘不管，誰管？」說完又像是無意道：「沈娘子家屋頂上的磚瓦會漏雨呢！」

梁珩怔了一下。

兩日後，恰逢下雨，沈蓁蓁和如意正忙著用木盆接雨水時，就聽到一陣敲門聲。

沈蓁蓁以為自己聽錯了，沒有理會，過了大概半刻鐘，又聽到一陣敲門聲，這會兒清晰些。她披上蓑衣，走到院門處打開門，就見梁珩站在門外。

梁珩見她開門，連忙問好。

沈蓁蓁看著他被雨水濺濕半身的衣裳，也不知道他在門外站了多久？她看著他凍得有些蒼白的臉，不禁半心疼、半埋怨道：「這雨這麼大，聽不見你敲門，你就不知道推門進來嗎？」

梁珩笑了笑。「不礙事。」

沈蓁蓁這才問道：「梁公子何事？」

「我聽我娘說沈小姐的房屋漏雨，去找了些筍殼，先將就修補一下，等秋天過了，再請瓦匠換新瓦。」

沈蓁蓁順著他的眼神往下看去，就見地上放著幾大疊筍殼，旁邊還放著一架梯子。

她看著梁珩略顯單薄的身板，不說話。
梁珩臉一紅，低聲道：「我會補的。」
梁珩的聲音幾乎被雨聲掩蓋，沈蓁蓁見他臉紅，抿嘴笑了笑，讓到一邊。「進來吧！」
她見梁珩肩上扛著梯子，不大好拿筍殼，便低下身，欲幫忙拿一些。
梁珩見狀，忙道：「沈小姐別碰筍殼，上面有刺！」說著伸手過來拿筍殼，兩人的手便碰到了一起。
梁珩在沈家門外等了許久，手上溫度已是冰涼一片，沈蓁蓁心裡不禁湧上心疼，突然握住了他的手。
梁珩愣愣地看著沈蓁蓁白皙柔軟的手覆在自己手上，一陣熱度傳來，直傳入心上，整個人似乎都因此暖和起來。
沈蓁蓁回過神來，見自己握著梁珩的手，臉色不覺一紅，倏地縮回手，也不理會他，快步往院裡走去。
梁珩感覺到手上溫度忽然消失，心裡跟著有些空落落的。他抬頭看著沈蓁蓁的身影，心裡才又重新被暖意填滿。
如意手裡拿著一個木桶，出房就看到梁珩扛著一架梯子走進院裡，手裡還拿著看不出是什麼的東西。
當如意知道他是過來幫忙修補屋頂時，也不禁露出和沈蓁蓁一樣的表情。梁公子的手是寫字的，幹這個能行嗎？

梁珩臉色微紅，道：「如意姑娘，妳跟我說說哪個地方漏雨吧！」

如意笑道：「這事，我可做不來，我去叫小姐來。」

如意剛說完，就見沈蓁蓁從屋裡出來了，手裡拿著一件蓑衣。

她走近梁珩，將蓑衣遞給他。「下這麼大的雨，都不知道穿件蓑衣嗎？唸書唸傻了？」

梁珩笑了笑，沒接話。家裡只有一件蓑衣，他娘有事穿出去了。

他在房間裡架好梯子，爬上房頂，用筍殼修補漏雨的地方。

沈蓁蓁在下面看得膽戰心驚，還好梁珩確實像他說的那樣，雖然模樣看起來笨拙了點，好歹將許多漏雨的地方都補上了，剩下房頂上的，梯子搆不著，只好作罷。

前面的修補還算順利，修補好最後一處時，梁珩欲從梯子上下來，卻不慎腳滑，整個人從梯子上摔了下來。

「梁公子！」

沈蓁蓁驚叫一聲，伸出手想接他，無奈梁珩腳被梯子勾住，只聽見「砰」一聲，人就摔到地上。

沈蓁蓁和如意皆被嚇得魂飛魄散，慌忙撲到梁珩身邊。「梁公子，你哪裡受了傷？」

梁珩臉色慘白，額頭上一下冒出豆大的汗珠。

沈蓁蓁心痛與自責交加，不敢拉他，只能連聲問道：「梁公子，你哪裡受傷了？」

梁珩強忍著沒有呼痛，見沈蓁蓁急得眼淚直掉，忍著痛意安慰她。「我……沒事，妳們別擔心。」

沈蓁蓁終於想起來要請大夫，連忙對如意道：「如意，快去請大夫來！」
如意點點頭，小跑著出門。
沈蓁蓁半跪著，看著梁珩壓抑著痛楚、滿頭大汗的模樣，淚水止不住地流出來。
梁珩見狀，感覺心上痛意比腳上更強烈，不禁伸手，輕輕為沈蓁蓁拭去眼淚，輕聲安慰道：「我真的沒事，沈小姐，妳別哭。」
沈蓁蓁聽得心下更酸，急道：「你說啊！哪裡受傷了？」
梁珩見她急成這樣，只好指了指左腳。「好像扭到了腳踝，妳別擔心。」
沈蓁蓁顧不得那麼多了，撲到梁珩腳邊，輕輕撩起他的褲腳，就見他腳踝處腫得老高，整個腳掌不正常地往一邊歪著。
梁珩感覺到幾滴眼淚滴在發熱的腳踝處，帶來幾絲清涼，忙掙扎著支起上半身，安慰道：「應該沒什麼大事，沈小姐妳別擔心……」
沈蓁蓁卻不管他，只是忍不住地哭。
梁珩的心都要碎了，不禁拉住沈蓁蓁的手，輕聲安慰。
沈蓁蓁淚眼朦朧地看著梁珩的臉，忍不住一下撲到他懷裡，伸手緊緊抱住他的腰。她不敢回想梁珩掉下來的場景，那種強烈的失去感，彷彿連呼吸都停滯，她再也不想經歷了。
梁珩被她撲得往後一個踉蹌，忙伸手撐住。
沈蓁蓁自責萬分，她本不該答應讓他上去修補屋頂的，她明明知道他只是握筆的書生……悔恨與後怕交加，更加止不住眼淚。

梁珩低頭看著懷裡的沈蓁蓁，腳上的痛感奇異般消失了，只感覺到懷裡的暖意。他張著手，猶豫了會兒，放在沈蓁蓁背上，輕輕拍著。

梁珩的氣息，聞著讓人心安。沈蓁蓁就是一時沒控制住，情緒爆發，哭了一陣後慢慢平靜了下來，卻一直抱著梁珩沒放手。

良久，她抬起頭，見梁珩還是滿頭大汗，掏出手帕，輕輕替他拭去額上的汗珠。

「疼得厲害嗎？」

梁珩朝她露出一個安撫的笑容，輕輕搖搖頭。「不疼。」

明明痛得冷汗直流，卻說自己不痛，沈蓁蓁看著傻愣愣的梁珩，忍不住想打他，可當手落下時，又不禁放輕力道，輕輕拍在他肩頭。「你傻不傻？痛就說痛，不痛你會流這麼多汗？」

梁珩臉色依然蒼白，也不接話，只看著沈蓁蓁笑著。

過了一會兒，如意慌慌張張帶著大夫來了，大老遠就聽到了聲音。「麻煩您快些……就在這裡……」

沈蓁蓁慌忙從梁珩懷裡掙脫出來，站起身。

如意引著一個中年模樣的大夫進來了。劉大夫本來被如意一路催促，有些不大高興，但見病人是梁舉人，不禁重視起來。

「梁舉人，你這是？」柳蔭巷離善仁堂比較近，附近的人幾乎都認識這個泉城驕傲梁解元。

梁珩勉強笑道：「不慎從梯子上摔了下來，腳好像受傷了，麻煩大夫看看。」

劉大夫道了句「客氣」後，開始檢查梁珩的腳。

檢查完，劉大夫道：「還好，沒有傷及骨頭，但要將養幾個月。」

沈蓁蓁一顆懸著的心，這才終於落下。

劉大夫矯正了梁珩的踝關節，又讓如意去找了幾根竹板，包上草藥夾上了。

「我三天就來換一次藥，不可沾水，這隻腳不可用力。」說完又對沈蓁蓁道：「得買一對枴杖。」

沈蓁蓁點頭應下。

最後，劉大夫連出診銀子都沒收，象徵地收了些醫藥銀子，也不要他們送，自己走了。

如意幫忙將梁珩扶到軟椅上坐下後，就出門買枴杖了。沈蓁蓁看著梁珩濕了一半的衣裳，擔心他凍壞了，抱了一床夏被出來，讓梁珩將外衣脫下。

梁珩紅著臉，看著沈蓁蓁，不肯脫。

沈蓁蓁轉過身。「我不看你，你快脫下，別受涼了。」

明明沈蓁蓁沒有看他，梁珩卻感覺臉更熱了。他不是怕沈小姐看他，只是在她面前脫衣裳，太唐突她了。

沈蓁蓁良久沒有聽到後面有動靜，心裡倏地冒出火來。別說她沒有看他，就算看了，他一個大男人，被她看一眼又會怎樣？她倏地轉過身來，準備好好說說他，就見梁珩長衫半解，露出裡面的白色褻衣，正一手撐起身體，艱難地想將被屁股壓著的衣裳抽出來。

梁珩餘光看到沈蓁蓁轉過來，嚇得一下跌坐在軟椅上。

沈蓁蓁也愣了一下，她沒聽到後面有動靜，還以為梁珩不肯脫，沒承想他脫得毫無聲息。

她裝作沒看到梁珩迅速泛紅的臉，像是若無其事地又轉過身。

待聽到身後傳來一聲「好了」，沈蓁蓁才轉過身，將懷裡的被子給梁珩蓋上，又拿起他脫下的衣裳，輕聲道：「我去把衣裳洗了。」

梁珩臉色通紅，忙阻攔道：「不，沈小姐，我自己拿回去洗就好。」

沈蓁蓁卻不理他，拿著衣裳出去了。

沈蓁蓁到廚房生火，熬了碗薑湯，給梁珩送了過去。

進房時，就見梁珩面帶微笑，出神地看著房頂，連她進來都沒聽到。

沈蓁蓁走近他。「想什麼呢！這麼出神。」

梁珩被嚇了一跳，忙道：「沒……沒什麼。」他正想著兩人的將來，這會兒像是做壞事被發現一般，心裡止不住慌亂。

沈蓁蓁將碗遞給他。「給你熬了碗薑湯，快趁熱喝了。」

梁珩頗有些受寵若驚，忙坐起身來，道了謝，將碗接了過來，悶頭一口喝光，被嗆得直咳嗽。

沈蓁蓁忙伸手拍了拍他的後背，半嗔半怪道：「喝那麼急做什麼？」

梁珩看著沈蓁蓁眉眼裡的溫柔，很想將她擁入懷中，而他也確實這樣做了。

這突如其來的擁抱，讓沈蓁蓁有些愣神兒。他很少這麼主動，對她一直都是發乎情、止乎禮。

梁珩心下還有些惴惴，見沈蓁蓁只是驚了一下，接下來就安靜地任由他抱著，心裡止不住湧出歡喜。

他正是年輕氣盛的年紀，抱著沈蓁蓁柔軟的身體，嗅著她身上的香味，心裡沒有旖旎想法，身體卻自己做出了反應。

沈蓁蓁見梁珩慌忙放開她，有些奇怪地問道：「怎麼了？」

梁珩紅著臉，連忙搖頭。「沒……沒什麼。」

沈蓁蓁看著紅著臉、表情閃躲的梁珩，想起自己前世經歷過，心裡知道了答案，不覺也紅了臉，轉身出了房。

如意買了一對枴杖回來，一回來就見梁公子躺在軟椅上，身上還蓋著被子，心裡暗笑，小姐到底是心疼梁公子的。

如意讓梁珩起來試試枴杖好不好用，梁珩不肯起來，吶吶地說自己沒穿衣裳。

如意瞪大了眼睛，想起梁珩淋濕了的衣裳，心下了然，點點頭出去了。

梁珩還沒來得及叫住她，如意的身影就不見了。

如意走到廚房，見小姐坐在灶孔前發呆，問道：「小姐，您在這兒做什麼？」

沈蓁蓁「啊」了一聲，回過神來，說道：「燒點熱水，等等把梁公子的衣裳洗了。」

如意「哦」了一聲，笑道：「那要小姐洗才行，我就不幫忙了。」

沈蓁蓁瞋了她一眼。

如意又笑嘻嘻地道：「這下梁公子沒了衣裳，可算是困在我們家了。」

梁珩焦急地在房裡等，好不容易才等到如意進房。

梁珩忙道：「能否麻煩如意姑娘去我家，給我拿件衣裳過來？」

如意嘻嘻一笑。「不能。」

梁珩愣了愣。

如意又笑道：「除非公子答應我一件事。」

梁珩道：「如意姑娘請說。」

如意便說了想請他來教菱兒認字的事。

「若是公子答應，我這就去幫公子拿衣裳。」

梁珩正欲點頭，沈蓁蓁就進來了。

「說什麼呢！快去給梁公子拿衣裳來。」沈蓁蓁道。

如意嘟嘟嘴，想著梁公子定會答應，沒再多說，問清衣裳放哪兒後，便起身出去。

梁珩對沈蓁蓁道：「菱兒喚我哥哥，教她認些字本是應該的。」

沈蓁蓁看著他上著夾板的腳，道：「你如今受著傷呢！」

梁珩忙道：「這傷不礙事的，我拄著枴杖來就好。」

沈蓁蓁思索片刻，道：「等你傷好些再說吧！」

梁珩見她應下，心裡很是欣喜，這樣不只能教菱兒認字，還能每天看到她。

如意到了梁家，趙氏還沒有回來，她便推開梁珩房間的門，待看清裡面的擺設後，不禁有些吃驚。

只見房間極為簡潔，房間西面有一個書架，上面整齊地擺滿書本，臨窗下有一張書桌，上頭擺著毛筆、書本等物，如意還看到小姐送梁公子的那方端硯，擺在書桌一角。

如意沒有多看，走到衣櫃前打開，隨便挑了件衣服就走出房間。

如意一回到家，走至房間門口時，見房裡兩人輕聲說著話，臉上皆帶著笑意。她見氣氛這麼好，正猶豫著要不要進去，梁珩抬頭就看到了她。

「如意姑娘回來了。」梁珩招呼道。

如意笑了笑，走進屋將衣裳遞給梁珩。

「我們出去，你穿衣裳吧！」沈蓁蓁說完就跟著如意一起走出房。

梁珩很快穿好了衣裳，拄著枴杖走出房間，就見沈蓁蓁和如意等在門口。

「我回去了。」梁珩看著兩人道。

沈蓁蓁看著地上的雨水，院子裡滿是泥漿，有些不放心讓他自己拄著枴杖回去，畢竟他才剛使用枴杖，還不熟悉，地上又濕滑，萬一摔倒就麻煩了，便道：「我們送你回去。」

梁珩連忙謝絕。「不用麻煩沈小姐了……」

如意笑道：「不麻煩小姐，麻煩我總可以吧？我送公子回去！」

梁珩知道如意這是在打趣他，卻也認真道：「也不麻煩如意姑娘了。」

沈蓁蓁卻不讓他再說，走過去貼著他走，這樣萬一他滑倒，她能及時拉住他。如意也走到梁珩身體另一邊。

梁珩見狀，只好由她們護送著回家。

趙氏一回來，就見兒子腳上綁了竹板，嚇了一大跳，忙問怎麼回事。

梁珩沒有瞞著他娘，只是怕他娘聽完原因，會埋怨沈小姐。

果然，趙氏一聽完，臉就沈了下來。

梁珩忙道：「這事怨不得沈小姐她們，是兒子自己去的，給她們添了麻煩，平白擔心了一場，還累得如意姑娘冒雨給我請大夫。」

趙氏臉色稍緩了些，但到底心疼兒子，還是有些遷怒沈蓁蓁。

這幾天，趙氏要照顧兒子，就跟沈蓁蓁打了聲招呼，沒有上沈家做飯。

這天，沈蓁蓁和如意帶著補品，上門探望梁珩。

梁珩摔傷的事，沒什麼人知道，因為他本來就深居簡出，不然探望的人怕是要將梁家擠爆。

趙氏見沈娘子上門來看望梁珩，心裡那點怨氣散去了些。

梁珩本來見沈蓁蓁上門來看他，心裡極高興，可她只坐著和他娘說了一會兒話便告辭了。

梁珩只好眼巴巴地目送沈蓁蓁離去。

趙氏關上院門一轉身，就見兒子戀戀不捨地望著院門。

趙氏心裡嘆了口氣，走到兒子身邊坐下。「珩兒啊！娘覺得沈娘子怕真是對這門親事沒什麼意思，你都傷成這樣了，都不見沈娘子有什麼感動的。珩兒啊！你還年輕，遇到了沈娘子，就覺得沈娘子好，以後還會遇到其他姑娘的。」

梁珩一聽，急忙說道：「娘，沈小姐她……她已經接受兒子的心意了。」

趙氏著實吃了一驚，忙問道：「這是什麼時候的事？」

梁珩低聲道：「就……前陣子。」

趙氏心裡很高興，埋怨道：「那麼久了，竟然瞞著娘？」

梁珩道：「那時兒子還不確定沈小姐的心意，不敢亂說。」

趙氏喜道：「意思是現在能確定了？」

見兒子點頭，趙氏笑道：「那得請個媒人趕緊把事情定下來才好。」

梁珩沈吟片刻，道：「兒子自己先問問沈小姐吧！」

趙氏點點頭。「也好。」

過了兩天，沈蓁蓁再次上門探望時，趙氏藉故到廚房燒茶，如意也跟著趙氏進了廚房，說要找趙嬸說說話。

堂屋只剩下梁珩和沈蓁蓁兩人。

梁珩一想到自己將問的話，緊張得直冒汗，好幾次欲開口，都沒能問出來。

沈蓁蓁見梁珩明顯緊張的模樣，不禁有些疑惑。「怎麼了？」

梁珩抬頭看著沈蓁蓁的眼眸，握緊手，一鼓作氣地問了出來。

「沈小姐，我想……我想請個媒人提親，妳覺得怎麼樣？」

他緊張地等著她的回應，卻見她沈思半晌沒說話。

梁珩臉色變得慘白，一顆心立刻沈了下去。

沈蓁蓁見梁珩變了臉色，忙道：「是這樣的，你知道我是外鄉人，家裡尚有父母、兄長，婚姻大事須得家中長輩同意才行。」

聞言，梁珩鬆了口氣，只要她不是不願嫁他就好。

梁珩忙道：「那我陪妳回去，我去求長輩恩准。」

沈蓁蓁卻很為難。一是退婚的事才過去沒多久，若現在帶著梁珩回去，說不定有人會說她當時是因為看上別人才退婚。她不怕別人亂傳，但卻不能讓家中親人被當成笑柄。二是退婚這事，她還沒有告訴梁珩，不知道他會不會介意？

沈蓁蓁左思右想，最終笑道：「不急，等你高中了，再風光娶我吧！」

梁珩看著沈蓁蓁臉上勉強的笑意，明白這只是她的託詞。她有什麼顧慮，讓她現在不願嫁他？可看她的意思，似乎不願告訴他，梁珩不禁有些沮喪。

沈蓁蓁見梁珩情緒一下低落下來，怕他多想，伸手握住他的手，說道：「別胡思亂想，我自然願意嫁你，只是現在……現在還不是時候；至於原因，我以後再慢慢告訴你，好嗎？」

梁珩抬起頭，看著沈蓁蓁認真的眼眸，鄭重道：「妳什麼時候覺得合適了就告訴我，我娶妳。」

沈蓁蓁看著梁珩臉上的真誠，沒有說話，只是看著他。

梁珩猶豫了下，說道：「我的腳好多了。」

沈蓁蓁看了看他上著夾板的腳，點點頭。

梁珩見她沒什麼反應，又道：「我真的好多了。」

看著梁珩面上的著急，沈蓁蓁突然反應過來，不禁低頭笑了笑。

「行，那你什麼時候過去教菱兒認字？」沈蓁蓁輕聲問道。

梁珩見她聽懂了，臉上不禁露出笑容。「明天下午。」

沈蓁蓁點點頭。「行。」

兩人說了半晌話，趙氏才提著茶壺進來。剛走到門口，就見裡面兩個年輕人手拉著手，輕聲說著話。

趙氏轉頭想避開，裡面的人卻已經聽到動靜。沈蓁蓁轉頭見趙氏站在門口，慌忙縮回手，臉一下就紅了。

趙氏笑了笑，走進去，給沈蓁蓁倒了碗水。「沈娘子喝水。」

沈蓁蓁慌忙站起來，雙手接了過來，紅著臉道：「多謝嬸子。」以前還沒覺得怎麼樣，這會兒被趙氏撞見，心裡不禁有種媳婦見婆婆的慌亂，氣氛突然變得不自在起來。

沈蓁蓁連水都沒喝就慌忙告辭了。

趙氏送沈蓁蓁出去，回來就見兒子呆笑著，笑道：「這下可如願了？」

梁珩只是笑，沒說話。

第二天下午，梁珩就拄著枴杖到了沈家。

沈蓁蓁一早就跟菱兒說好了，菱兒聽是隔壁的梁哥哥教自己，心裡也是極願意的，高高興興地應下了。

院外太冷，梁珩便在堂屋裡教菱兒認字。

堂屋裡燒著炭火，十分暖和，梁珩教菱兒認字，沈蓁蓁和如意便坐在一旁做衣裳。

沈蓁蓁一面做衣裳，一面聽著另一邊傳來的唸書聲，心裡像是有一顆種子，慢慢地接受滋潤，期待它長成參天大樹。

梁珩時不時看一眼坐在一旁的沈小姐，她穿著一身修身素色長裙，秀麗的黑髮襯得膚色白皙如玉，她正低頭縫著手中的梧桐色衣裳。

梁珩只覺得心裡滿滿當當，除了她，再無他物。

時光飛逝，很快就到了年關，泉城開始下起雪來。

梁珩的腳好了許多，不用枴杖就能走路了。

這天，梁珩教完菱兒，正欲回去，被沈蓁蓁叫住了。

沈蓁蓁取出一雙梧桐色的棉靴，遞給他。「試試看能不能穿。」

梁珩看著那雙鞋，驚喜交加。他看過沈小姐做這雙鞋，卻沒想到是做給他的，她沒有量過他腳的尺寸。

梁珩歡喜地接過鞋換上，站起身走了幾圈，尺寸剛剛好。

沈蓁蓁看著梁珩臉上止不住的笑意，也極為歡喜。她本就想給他一個驚喜，才沒有提前告訴他，他的尺碼還是從他印在雪地上的腳印量的。

但沈蓁蓁沒有想到梁珩會突然抱住她，還是當著如意和菱兒的面。

如意見梁公子喜得一下子抱住了小姐，心裡暗笑，忙拉著菱兒出去了。

「哥哥為什麼要抱姊姊？」菱兒乖乖地由如意牽著出去，但還是不解地問道。

沈蓁蓁聽得一陣臉熱，欲從梁珩懷裡掙脫，梁珩卻緊抱著她不肯鬆手。

沈蓁蓁氣得使勁捶了捶梁珩的胸口，梁珩還是一動不動。沈蓁蓁到底捨不得，不由放輕了力道，捶了兩下就停手，也伸手回抱住梁珩的腰，靜靜地將臉貼在他的胸口。

梁珩不禁又抱緊她幾分，兩人緊緊地貼在一起。

第九章

千里之外，涼州。

沈府裡四處掛滿大紅燈籠，一片喜氣洋洋的過年氣氛，主院裡卻一片蕭條，下人們進出都小心翼翼的。

許氏躺在床上，哭著罵一旁悶不吭聲的沈父。

「都怨你，你去把我女兒找回來！女兒是我身上掉下來的肉，你不就是不心疼才將她趕出門去？你看看，這麼久了，女兒一點音信都沒有，她一個姑娘家，又沒有出過遠門，萬一在外面……我可憐的女兒啊！」許氏忍不住又哭了起來。

沈嘉輝送完大夫回來，就見母親又哭上了。

沈嘉輝心下也酸。小妹離家已經過了半年，音訊全無，心裡不禁埋怨起小妹的狠心，好歹給家裡送一封平安信才是啊！

「娘，您別擔心了，小妹素來有主見，她還帶著不少銀子呢！應該能照顧好自己。」

不說還好，這麼一說，許氏更加擔心了。

「她一個弱女子，帶著那麼多銀子，萬一遇到壞人，怎生是好？」說完又哭了起來。

「不是還有如意嗎？那丫頭機靈著呢！您安心養病，小妹不是那麼狠心的人，說不定等年一過，小妹就回來了。」

許氏聽了，心裡總算燃起一絲希望，卻還是不願意見沈父杵在一旁。「沈忞你出去，我不想看到你！」

沈父一言不發地走出房間。

沈父呆站在廊下，聽著裡面病妻的抽噎聲，看著院中樹枝上積的雪，想到被他趕出家門的女兒，忍不住流下兩行老淚。

泉城。

沈蓁蓁和如意在準備年貨，如今家裡多了兩個人，好歹不至於那麼冷清，要多備些年貨，把年過得熱鬧些。

到了新年，各地的遊子都趕回家，街上熙熙攘攘，十分熱鬧。

黃梵也休了假，這天四個人一同上街置辦年貨。

菱兒跟在如意身邊，手裡還握著一串糖葫蘆，穿著一身白色的棉襖，頭上戴了一頂白毛帽，毛茸茸地甚是可愛。

黃梵又長高不少，穿著一身素色棉袍，肩上揹著竹簍，負責扛年貨。

四人很快採買好，又揹又提地回了家。

沈蓁蓁和如意皆不會做過年吃的糕點，幾乎都是趙氏過來幫忙做的。

很快地，到了年三十這天。

因為沈蓁蓁她們不會做大菜，趙氏也不能兩邊跑，想著兩家快成一家人了，乾脆在沈家做年夜飯，一起在沈家吃。

沈蓁蓁和如意在廚房幫忙趙氏做飯，梁玠和黃梵在屋裡說話，菱兒不想聽兩個哥哥說她聽不懂的話，便自己去院裡玩雪了。

這頓年夜飯吃得極熱鬧，雞鴨、魚肉皆有，除了菱兒，眾人都飲了酒。

梁玠略喝了一杯薄酒，臉就紅了起來，席間不停給沈蓁蓁挾菜，看得趙氏又暗笑、又搖頭的。果然應了那句老話，兒子有了媳婦就忘了娘。

飯後，大家一起圍坐在堂屋裡，一邊烤火，一邊守歲。

沈蓁蓁給黃梵和菱兒發了壓歲錢，裡面放了一個銀錁子，用紅紙封著。

趙氏坐了一會兒，就推說自己年紀大，守不了歲，先回去了，把梁玠留了下來。

梁玠起身送趙氏到了自家院門，趙氏就催他趕緊回去。

梁玠轉身欲走，就聽他娘在後面囑咐道：「晚上要回來睡啊！你們現在還沒成親呢！兩人年輕氣盛的，可別亂了規矩。」

梁玠聽完，腳下一滑。

他進屋時，就見沈蓁蓁腿上放了一件梧桐色的棉袍，和他腳上的棉靴是同樣的顏色。

他心下一動，眼巴巴地看著那件衣裳。

果然，沈蓁蓁見他進來，招呼道：「公子快過來試試這衣裳能不能穿。」

梁玠喜孜孜地快步走過去，接過衣裳，抖開一看，是件深衣樣式的棉袍，很是厚實。

「去我屋裡穿上吧！」沈蓁蓁又道。

如意眼疾手快地遞來一盞蠟燭，梁珩接過，走進沈蓁蓁的房間。

一進房間，他就聞到一股香味，是沈小姐身上的味道。

燭光一閃一閃的，照亮了半個房間，只見沈小姐的房間很是簡潔，沒什麼多餘的家具和擺設。

他不敢多看，迅速將身上的棉袍脫下，換上棉衣，走出房去。

沈蓁蓁愣愣地看著從房間走出來的梁珩，他本就有一張冠玉般的臉，通身又有一股讀書人的儒雅氣質，看著真真是顏如宋玉的模樣。

這件衣裳是江南錦的料子，梧桐色更是襯得梁珩長身玉立、眉眼溫潤，俊逸到極致。燭光朦朧間，頗有些燈下看美人之感，讓人心生驚豔。

如意見小姐看著梁公子回不了神，心裡暗笑，站起來說道：「菱兒還小，禁不起熬夜，就不守歲了，我帶著菱兒先去睡了。」說著給黃梵使了個眼色。

黃梵也是極聰明的，這幾天已經看出些苗頭，這會兒也跟著站起來。「那我也回去了。」

沈蓁蓁知道這是如意想給她和梁珩製造單獨相處的機會，忙道：「你們都別走，我跟梁公子出去看夜雪吧！你們繼續坐著守歲。」

如意嘻嘻一笑。「也好，若是夜雪不好看，小姐就看看姑爺吧！咱們姑爺可比夜雪好看多了。」

沈蓁蓁端著燭臺進房，拿著剛做好的那件水藍緞面披風出來。如意走過來，幫沈蓁蓁披上披風。

梁珩見沈小姐主動提出要與他出去看夜雪，心下極為高興，在一旁等著。

沈蓁蓁收拾好，交代如意幾聲，便跟著梁珩一起出門。

這幾天一直下雪，地上鋪了一層厚厚的積雪，整個泉城都掩在銀白之下。兩人出了院子，一前一後地走出巷子。

街道上一片空曠，沒什麼行人，只有幾個頑童在家門口放著炮竹，整個街道都瀰漫著年夜飯的香味。

路上積雪很厚，踩上去嘎嘎作響。

兩人走了一段，沈蓁蓁轉頭看了看身側的人，梁珩俊逸的側顏，看得她有些心生癢意。

兩人一直走到西邊望河河畔才停了下來。

河畔只有幾家酒樓茶肆，大過年的，全都關著門，所以河畔這邊安安靜靜的，沒有人影，只能偶爾聽到積雪壓斷樹枝的聲音。

河面結了一層厚冰，上面蓋著雪，藉著光還能隱約看到上面有白天滑冰留下的痕跡。

梁珩聽到沈蓁蓁輕輕地吸了吸鼻子，有些擔心她受涼。

「沈小姐，冷嗎？」

沈蓁蓁出神地看著不遠處街道人家門前的大紅燈籠，不禁想起以前家裡過年時的場景。

沈宅很大，宅院十進不止，每逢過年，每個院子都掛滿大紅燈籠，每個角落都是紅彤彤一片。如今泉城也是通紅一片，每一盞卻都是陌生的。
沈蓁蓁出神間，聽到梁珩開口，轉過頭看向他。
梁珩怎麼看都是極溫柔的，溫柔的眉眼、溫柔的唇、溫柔的人。
她突然轉身抱住了梁珩。
明明懷中之人沒有說話，梁珩就是能感覺到她情緒似乎有些低落。
遠處傳來一陣炮竹聲和孩子的歡鬧聲，梁珩沒有說話，只是緊緊地抱著懷中之人。
「我不是望門寡婦。」沈蓁蓁突然開口說道。
梁珩有些吃驚，卻沒有說話，靜靜地聽她說完。
「我……我退親了。」沈蓁蓁抬起頭，看著梁珩說道。
梁珩臉上有驚訝、有心疼，卻沒有嫌棄。
沈蓁蓁繼續說道：「我成親當天，在送親半路退親的。」
梁珩緊緊地抱著她，輕嗯了一聲。
沈蓁蓁猶豫了會兒，問道：「你會不會嫌棄我？你……你以後說不定會做官，你要是娶了我，這怕會成為你的污點。」
見梁珩沈默不言，沈蓁蓁的心止不住地往下沈，就聽梁珩輕聲說道：「我現在心裡只有慶幸。」
梁珩低下頭，看著沈蓁蓁道：「慶幸妳沒有嫁給別人，若能娶到妳，此生無憾矣。」
他知道退親對姑娘家的影響有多大，所以他心疼，但幸好……幸好沈小姐退親了啊！梁珩只要想到懷中之人差點成了別人的妻子，就忍不住心痛，所以他慶幸不已。
沈蓁蓁看著滿臉真誠的梁珩，眼淚一下就流了下來。
梁珩慌忙伸手給她擦眼淚，沈蓁蓁卻伸手握住了他的手。四目相對，她看著梁珩發著光的眼眸，心裡突然湧起一股強烈的悸動。這一刻，她什麼都不想管，只想做心裡渴望的事。
梁珩睜大眼睛，看著近在咫尺的臉，唇上柔軟的觸覺傳來，讓他整個人僵住了。
沈蓁蓁踮起腳，在梁珩唇上輕啄了一下，看著他的臉從白到紅，忍不住輕笑兩聲。這個書生面皮還是這麼薄。
梁珩見沈小姐笑他，咬咬唇，低下頭吻在她的唇上。
沈蓁蓁沒想到梁珩竟會回吻她，不禁瞪大眼睛。
梁珩還不會親吻，只是貼著她的唇。
就在這時，身後突然傳來一陣咻咻聲，不知是誰家開始放煙火了，一朵朵絢麗的煙花，在兩人身後綻開。
誰能想到，今夜在萬籟俱寂的望河河畔，兩顆年輕火熱的心，就此真正貼在一起，再也不能分離。
兩人回去時，已是亥時正了，天上飄起紛紛揚揚的雪花。寒風襲人，兩人的心卻都是溫暖、火熱的。
兩人到家時，如意和黃梵正嗑著瓜子說話。見兩人回來，如意忙站起身來，準備幫小姐把披風解下，就見梁公子自然地將小姐的披風接了過去。

如意笑了笑，去打了盆熱水來給兩人泡腳。

沈蓁蓁泡腳時，梁珩和黃梵兩人皆轉過身去。

沈蓁蓁問道：「菱兒睡了嗎？」

如意點點頭。

「這麼晚了，梵兒睏不睏？守歲坐坐就行，哪還真坐一整夜？」

黃梵道：「我一會兒就回去。」

黃梵一個人住在家裡，沈蓁蓁想著總有些心疼，但那是黃梵的家，而且沈家也沒有多餘的房間了，沒別的法子。

等梁珩也泡了腳，黃梵便跟著梁珩一起告辭。

沈蓁蓁送兩人出了院門，不知道走至外面的兩人還停下來說了會兒話。

「珩哥。」

梁珩轉過身來，就見黃梵滿臉嚴肅地看著他。

「梵弟，怎麼了？」梁珩問道。

黃梵朝他走了兩步，說道：「我知道珩哥喜歡沈姊姊。」

不等梁珩說話，黃梵繼續說道：「珩哥想必以後定會有大出息，試問珩哥若是有朝一日得勢，依然會對沈姊姊好嗎？」

梁珩看著滿臉嚴肅的黃梵，他印象中的黃梵，雖然一直都是沈穩的模樣，但這會兒身量已和他差不多高，更讓他顯得像個大人。

梁珩鄭重地點點頭。

黃梵又道：「我可能沒有資格過問沈姊姊的事，但我絕不能看著沈姊姊像我娘一樣……珩哥無須向我保證什麼，珩哥只要記得一件事，若是珩哥以後負了沈姊姊，我……我定會殺了珩哥。」

梁珩回到家後，不禁反覆回想黃梵說的那些話。

黃梵是因為他爹那個讀書人，做了天下讀書人雖都不齒，但也最可能發生在自己身上的事，才會擔心他也會一樣，所以他並不怪他。黃梵是真的擔心沈小姐，才會跟他說這番話。不過黃梵的話，讓梁珩認真思索起來，他以後會不會負了沈小姐？

他問了自己無數遍，都只有一個答案——

不會，一定不會。

大年初一，沈蓁蓁和如意提著禮品到梁家拜年。

趙氏嘴裡說著客氣話，心裡還是極高興的。說來也是奇怪，以前她還嫌棄沈娘子的望門寡身分，如今沈娘子真的要成為她的兒媳婦，心裡反而再沒有膈應，只有滿滿的歡喜。

一出了春，時間過得很快。春闈將近，沈蓁蓁讓梁珩專心溫習功課，菱兒的啟蒙課程便先暫停。

很快到了二月初，梁珩該準備進京事宜了。

不同於上次進京時沈蓁蓁的事不關己，這次她想到梁珩要獨自進京，總有些心慌。

如意看著小姐時常走神兒，明白小姐的憂慮。

三月的天氣還十分嚴寒，不同於鄉試，考試期間還能出考場稍作休息，會試一進場就是八天，梁公子身板看著單薄，進了京又要加緊溫習功課，不知道能不能照顧好自己？

沈蓁蓁恍了幾天神後，做了決定。

「沈娘子要陪珩兒進京？」趙氏聽了沈蓁蓁的話，很是驚訝。

沈蓁蓁點點頭，怕趙氏不同意，正要開口，就見趙氏連連點頭。

「好、好，我還擔心珩兒獨自進京，這下有沈娘子陪著一起去，我就放心了。」趙氏笑道。

梁珩在屋裡聽到沈小姐要陪他去，快步走出房來，有些難以置信，又驚又喜地看著沈蓁蓁，顫聲問道：「沈小姐要陪我去嗎？」

沈蓁蓁點點頭。

萬沒想到沈小姐竟要陪他去，梁珩一下喜得說不出話來。

決定陪梁珩一起上京後，沈蓁蓁就開始準備起來。

頭一件事就是學做飯。她現在頂多只會炒幾樣簡單的菜，好在她聰慧，跟著趙氏學了幾天，總算能做一些簡單的家常菜。

臨行前夜。

如意幫小姐清點了一遍行李，其實沈蓁蓁的行李不多，幾乎都是些衣裳。

沈蓁蓁想著以後不會在泉城久住，梁珩要是考中了，可能不會再回來，之前心裡又有開鋪子的念頭，京裡的機會說不定更多，趁著這次進京去看看也好，便帶了二千兩銀票以備不時之需，縫在棉衣夾縫裡。

是夜，沈蓁蓁躺在床上，卻怎麼也無法入睡。

上次林行周不知有沒有進京，這次卻是肯定會的。這次進京，說不定會碰上他。

想到林行周，就會想到杜月茹，不知道這輩子她有沒有嫁進林家？是不是成了林行周的正室？

沈蓁蓁想到前世害她至此的人，心底不禁生起一股深深的恨意。只求惡人自有天收，否則這輩子林行周依然會高中，憑著那道貌岸然的偽裝，還是會平步青雲。

次日天剛亮，沈蓁蓁就起身了。

如意聽到動靜也起身，洗漱後去廚房生火做早點。

而隔壁的梁家，母子倆也是天沒亮就起來了，趙氏給梁珩下了碗麵。

趁著梁珩吃麵的空檔，趙氏語重心長地交代道：「沈娘子是個好姑娘，如今大老遠地陪你進京，以後你要是有出息了，可不能辜負人家，不然娘第一個就不許！」

梁珩頓了頓，抬起頭，認真道：「娘，兒子必不會辜負沈小姐的。」說完又想一件事。「沈小姐她不是望門寡，她……就是在家鄉那邊退了親，她說一開始會用這個身分，是因為不想惹麻煩。」

趙氏一怔。「當真？」

梁珩點點頭。

趙氏感覺心裡梗著的那口氣一下就順出來了。雖說退親說出去也不大好聽，但是比起望門寡，退親這事實在不算什麼。

趙氏不禁埋怨道：「這沈娘子真是的，說什麼不好，非得說是望門寡，也是年輕不懂事。」

梁珩輕聲道：「娘，您還是叫沈小姐蓁蓁吧！」

趙氏點點頭，又道：「那和她家裡商議親事的事……沈娘子有說什麼時候回去嗎？」

梁珩搖搖頭。

趙氏不禁又擔心起來，猶豫了會兒，說道：「這次進京，就你和沈娘子……蓁蓁，你可不准欺負人家，雖然娘想早點抱孫子，但也得等成親以後，聽見沒？」

梁珩聽得臉色一紅，連忙點頭，怕他娘還要說些難為情的話，幾口吃完麵，出了廚房。

梁珩幾天前去了一趟易旭家，約他一起進京。這次因為沈蓁蓁也要跟著進京，搭貨隊的馬車就不大方便了，最後決定租一輛馬車，雖比搭貨隊的車貴得多，但勝在方便。

易旭一聽隔壁那個姑娘要陪梁珩一起進京，便說不跟他們一起走了，還給梁珩寫了他進京可能投宿的親戚家的地址。

梁珩他們剛收拾好，馬車就來了。

趕車的是個中年漢子，幫忙將行李搬上車。

趙氏去了隔壁，幫忙將沈蓁蓁的行李搬出來，也放上了馬車。

大清早，巷子裡還沒有人，兩人走得毫無聲息，誰都不知道前段時間流言傳得厲害的兩人一塊兒進京去了。

之前兩人商量過了，打算扮作一對兄妹，哥哥要進京趕考，妹妹就跟著進京照顧哥哥。原本梁珩是有些不大願意的，他其實想扮作年輕夫妻，又怕沈小姐說他孟浪，只好將話吞回腹裡。

兩人坐在馬車裡，馬車搖搖晃晃的，昨晚沒睡好，今早又起得早，沈蓁蓁不禁有些犯睏。

梁珩見沈蓁蓁眼皮將閉不閉的，起身將行李中的棉被拿出來，墊在腿上，伸手抱過沈蓁蓁。

沈蓁蓁一下驚醒過來，就見梁珩將自己抱到他腿上，不禁臉色一紅。

梁珩輕聲道：「妳那樣不好睡，我抱著妳，妳睡一會兒吧！」說著將被子另一面蓋在她身上。

沈蓁蓁輕輕嗯了聲，靠著梁珩的胸口，聞著他的氣息，沒多久就睡著了。

梁珩低頭，不眨眼地看著她嫻靜的睡顏。

沈蓁蓁膚色白皙，瓊鼻小巧，一雙遠山眉最是好看。他愣愣地看著她的紅唇，不禁回想起大年夜那晚親吻的畫面。

梁珩心下一陣悸動，忍不住低下頭，輕輕親在沈蓁蓁的額上。

溫香軟玉在懷，馬車又搖搖晃晃的，梁珩也不由睏意上湧，不知不覺打起盹來。

不知過了多久，車身突然震了一下，梁珩正打著盹，一時沒防備，兩人一起往車廂中間栽去，好在沈蓁蓁身上的棉被緩衝了力道，兩人倒是沒摔著，梁珩卻整個人壓在沈蓁蓁身上。

梁珩來不及生出什麼旖旎心思，一心只擔心沈蓁蓁是不是摔著了，忙撐起身，問道：「沈小姐，妳摔著沒？」

沈蓁蓁剛睡醒，還有些迷糊，只是愣愣地看著梁珩手神俊美的臉，一下回不過神來。

梁珩見沈蓁蓁直直看著他，沒什麼反應，又慌忙叫了兩聲。「沈小姐，妳哪裡摔著了？」

車外，車把式連忙道歉。「梁老爺，你們沒事吧？剛剛路上突然有顆石頭，我沒看見，真是對不住……」

沈蓁蓁回過神來，見梁珩焦急的模樣，輕輕說道：「我沒事。」

梁珩將她扶起來。「對不起，沈小姐，我……我睡著了。」

沈蓁蓁瞋了他一眼。下次沈蓁蓁犯睏，梁珩欲抱她時，沈蓁蓁怎麼都不肯了，梁珩不由沮喪。

白天趕路，晚上就住在客棧裡，一路很順利，兩天後就到了長安。

沈家在京裡有座宅子，當時她出嫁時，想著林行周以後要進京趕考，沈家便陪嫁了京城裡那座宅子的房契。後來林家進京，也一直住在那宅子裡。

正因為如此，沈蓁蓁不大願意帶梁珩去那裡住。

她知道城西那邊有宅子出租，便直接讓車把式載他們過去。車把式是十分熱心的人，一直等他們租好院子，幫忙把東西搬進去後，才領著銀子告辭。

兩人租了一個小院子，房東是一個矮胖的楊大嬸，看著面相還算和善。

等車把式走了，兩人便開始收拾起屋子，等整理完畢，已是下午了。

因為租了馬車，兩人都帶了被褥、餐具等物，這會兒倒是不用再去買，只是米、菜等糧食還是得買。

沈蓁蓁本想讓梁珩在家溫習，梁珩卻擔心她一個人不安全，堅持要一起去，沈蓁蓁只好應下，兩人鎖上院子一同出門。

西市有大型坊市，裡面什麼都有賣，兩人買了米、麵、肉和菜，梁珩兩手都提滿了東西，看著前面挑選著菜的沈蓁蓁，心裡不由生起滿足感。

買好東西，兩人肩並肩地回家，看著像是小夫妻一般。

這算是沈蓁蓁第一次自己做飯，不由有些緊張，手忙腳亂了一番後，總算炒出幾樣菜，飯也煮好了。

梁珩淨了手，走進廚房，就見沈蓁蓁在灶上忙活著，像是娉婷可人的新媳婦，梁珩不禁看得癡了。

沈蓁蓁將鍋子洗乾淨後，抬頭就見梁珩愣愣地站在門口看著她。她不禁有些不自在，低下頭，輕聲道：「看什麼呢！把菜端出去。」

梁珩回過神來，輕應了一聲，端著菜出去了。

沈蓁蓁盛好飯，遞給梁珩，又給他挾了一筷子炒蛋，看著梁珩吃下去，滿臉期待地問道：「怎麼樣，好吃嗎？」

梁珩頓了頓，點點頭。「好吃。」

聽梁珩說好吃，沈蓁蓁不禁心生歡喜，又給梁珩挾了其他的菜。

梁珩都面不改色地吃下去了。

沈蓁蓁這才端起碗，挾了一筷子白菜。

嗯，味道有些淡。

她又挾了一筷子炒蛋，剛入嘴，就忍不住吐了出來。

鹹，很鹹。

梁珩忙給沈蓁蓁倒了碗水。

沈蓁蓁接過碗漱口，看著梁珩，道：「我竟不知梁公子口味這麼重，看來下次我要分開炒菜了。」

梁珩一愣，張嘴想說話，又將話吞回去。

沈蓁蓁看著梁珩默默地又伸筷挾炒蛋，伸手將那盤炒蛋端走，哭笑不得，又感動不已。

「你是唸書唸傻了嗎，這麼鹹不知道說啊？就這麼硬生生吃下去。」

梁珩咬咬唇，輕聲道：「這是沈小姐第一次給我做飯，自然是怎樣都好吃的。」

沈蓁蓁看著梁珩有些委屈的小模樣，突然忍不住很想親在他臉上。

她到底忍住了，起身將炒蛋倒掉，回來後又一一嚐了其他菜。還好，其他菜的味道只有微鹹或微淡，忍一忍還是能吃的。

兩人就這樣吃了在長安城裡的第一頓飯。

飯後，沈蓁蓁洗好碗出來時，就見身著一身素白長衫的梁珩，一手負在背後，另一手執著書，一邊慢慢在院裡踱著步，一邊輕聲唸著。

素衣雪月，公子如玉。

沈蓁蓁倚在門上，靜靜地看著梁珩向她走來，伸手抱住她。

她靠在梁珩懷裡，感受著他的氣息將她包圍，內心不禁深深地感激。感激上天讓她重活一世，不然她如何會知道，這世上能有這麼一個人，只要他輕輕的一個擁抱，不說一字，就能讓她感受到這世間最動人的溫柔。

夜色很快就暗了下來。

梁珩只好進屋，點著燈看書。

這兩天舟車勞頓，沈蓁蓁有些睏了，便回房躺下了。躺下後卻翻來覆去，怎麼都睡不著，此時聽到隔壁傳來輕輕的翻書聲。

梁珩正專心看書，突然一陣敲門聲傳來，他起身開門，就見沈蓁蓁手裡拿著針線籠子站在門外。

沈蓁蓁笑道：「我有些認床睡不著，過來借個光做衣裳。」

梁珩愣愣地點點頭，讓到一邊。沈蓁蓁走進去，尋了張凳子坐下。

梁珩將油燈放到書桌邊緣，靠近沈蓁蓁的地方。

沈蓁蓁忙道：「別管我，你看書要緊，我看得見。」

燈下，沈蓁蓁看起來格外美麗，梁珩看得心裡一陣悸動。

「這樣，我也能看見。」梁珩輕聲說道。

沈蓁蓁見梁珩堅持，便沒再說話。

梁珩繼續看書，沈蓁蓁卻沒有做衣裳，而是看著梁珩愣神兒。

自重生那天起，她心底一直沒有多少情緒，不管是歡喜、痛快、恨意，都很微弱。自己就像個旁觀者，總感覺這一世很不真實，興許不過是一場夢，連對家中親人，都沒有太多思念之情。也許只有在夢裡，才不會有那麼強烈的感情，這更讓她心生懷疑，重生不過是一場鏡中花、水中月。

而梁珩卻讓她感受到了真實，與心底生生不息的濃烈感情。

梁珩看了一會兒書，轉過頭看沈蓁蓁時，就見她專注地看著他，雙眸在燈下熠熠生輝。

梁珩輕輕一笑，突然問道：「好看嗎？」

見沈蓁蓁點了點頭，兩人都笑了起來。

沈蓁蓁突然想起一件事。

前世林行周到了京城後，不知認識了什麼人，託了關係，花了幾百兩銀子進了長安最好的書院——承天書院，聽了半個月的會試講學。承天書院是高祖時親賜的名字，有好幾百年的歷史了，底蘊深厚。每年會試之前，都會請翰林院在任或致仕的學士、侍講學士到書院講學，那些都是真正有廣博學識的人，哪怕只去聽一堂課，都是考生們的造化。

這會兒雖然有銀子，但長安城裡，最不缺的就是有銀子的人，光有銀子是進不去的，還得有人脈。

沈蓁蓁看著認真看書的梁珩，不由一陣心疼。梁珩出身普通百姓人家，注定要一步一腳印，慢慢地往那條青雲路上走。好在梁珩自己是個踏實上進、從不怨天尤人的人。

沈蓁蓁只在心裡想著這事，並沒有說出來。

兩天後，梁珩去了一趟易旭留給他的地址，是一家看著挺富貴的人家。

那家的下人聽了梁珩的詢問後，有些不耐煩地說易旭並沒有在這裡。

梁珩不禁擔心起來。

可長安城這麼大，一時不知去何處尋他。

沈蓁蓁看著梁珩面有憂色地回來了，便問他是不是沒有找到易公子？

梁珩點點頭，道：「易兄他只給我留了這麼一個地址，但那家下人說易旭並不在他家。」

沈蓁蓁沈吟片刻，道：「我倒覺得易公子看著像是很通人情世故的人，想必自己能找到地方住，不會有什麼事，你別瞎擔心。」

梁珩想起易旭的家。易旭家的宅子很大，他到他家門口時，看見高高的門庭有些吃驚，但門口的小廝聽他說是來找易旭的，像是不大情願給他通傳。

易旭來接他時，笑容明顯有些勉強，住的院子也很普通，沒什麼下人。梁珩略坐了會兒就告辭了，易旭也沒多留，送他出了大門。

易旭家看著很富貴，但易旭上次卻和他一起跟人合租在小院子裡。梁珩想著，也許易旭家的情況有些不一樣吧！畢竟聽說富貴人家的關係最是錯綜複雜。

梁珩擔心沒兩天，沈蓁蓁在出門買菜時就恰好碰到易旭，還是易旭認出她來的。

「弟妹？」

沈蓁蓁看著攔在她身前的年輕男子，感覺有些面熟，卻想不起來是誰。

易旭見沈蓁蓁一臉困惑，笑道：「我是易旭，梁兄的同年。」

他這麼一說，眼前人的模樣就與記憶中那晚的輪廓重疊起來。

「原來是易公子，梁公子他去找過你，但你不在，還好一陣擔心，這會兒碰上了正好，你跟我回家去吧！」

易旭聞言，輕輕笑了笑，笑容裡卻帶著些寒意。

「我等等還有事，弟妹給我留個地址，我回頭得空了就去拜訪。」

沈蓁蓁硬是沒反應過來易旭一口一個「弟妹」，跟他說了地址後，易旭就匆匆地告辭了。

沈蓁蓁回到家，將碰到易旭的事說了。

梁珩聽見易旭好好的，這才放下心來。

過了兩日，易旭來了，卻是有好事要來約梁珩。

兩人在房裡說著話，沈蓁蓁避到廚房裡，燒了一壺茶水，給他們端過去。

「……後天巳時正開始講課，我央劉公子多給我一張請帖，到時候辰時就來叫梁兄。」

「多謝易兄！」

沈蓁蓁聽著裡面傳來對話，又見梁珩站起身來，給易旭做了個揖。

易旭忙起身將梁珩拉起來。「你我兄弟，何須如此？」

沈蓁蓁看著易旭臉上的真誠，不由為梁珩感到高興，易旭確實是個難得的朋友。

沈蓁蓁走近門邊，伸手敲了敲門。

易旭抬頭見是她，笑道：「弟妹來了。」

沈蓁蓁這才留意到他的稱呼，不由紅雲上臉，放下茶壺就出去了。

易旭沒坐多久就告辭了。

等易旭走後，梁珩才告訴沈蓁蓁，這次易旭來，是給他送承天書院的請帖。原來易旭不知道在哪裡認識了家裡有些權勢的劉公子，劉公子弄了幾張會試講學的請帖，給了易旭一張，易旭想到他，便多要了一張，這會兒就趕過來送給他了。

沈蓁蓁聽了，心裡止不住驚訝。前幾天她還想著要是梁珩能去聽聽講學就好了，沒想到今天易旭就送了請帖過來，一時對易旭極為感激。

「你這朋友當真不錯。」沈蓁蓁不由地道。

梁珩點點頭。易旭品性端正，極重義氣，很多地方都幫了他不少，兩人算是亦兄亦友了。

兩日後一大清早，易旭就過來了。

沈蓁蓁猜他還沒用早飯，便多做了些，易旭果然還沒吃，也不客氣，道謝後就跟梁珩一塊兒吃了起來。

兩人迅速吃完，揹著書篋出門，往朱雀街走去。

「我跟劉公子約好了，我們就在朱雀街等他，他坐馬車過來，順道載我們一起去書院。」易旭道。

梁珩點點頭。雖然易旭沒說明劉公子的身分，但能弄到好幾張講學請帖，身分怕是不會低了。

兩人很快到了朱雀街上，等沒多久，一輛樸實無華的赤黑色馬車由北面駛了過來。拉車的是一匹毛色黝黑光亮的駿馬，趕車的小廝認得易旭，將馬車駛到他們跟前，一拉韁繩，馬就停了下來。

「易公子。」小廝劉言對易旭笑了笑，打了聲招呼。

易旭也對他笑了笑。

這時一個年輕男子下了馬車，看著易旭笑道：「易兄。」

易旭打過招呼，給他介紹。「劉兄，這位是我的朋友，梁珩。」

劉致靖看著梁珩，拱了拱手。「梁解元，久仰大名。」

梁珩連忙拱手還禮。

易旭又跟梁珩介紹道：「這位是劉致靖，劉公子。」

梁珩又拱手見禮。

劉致靖笑了笑。「兩位兄臺快上車。」

易旭先爬上車轅，伸手來拉梁珩，等三人上車，馬車又啟程了。

桂榜放榜時，梁珩並不在京城，所以不知道第三名就是劉致靖，直到劉致靖自己說出來。

「早就聽過梁解元的大名，今日有幸才得以一見。說來也是有趣，前三名竟被我等年輕一輩給包下了，第二名的林行周聽說也很年輕。據說皇上很高興，年輕這一輩總算能撐起來了，看朝裡那些倚老賣老的傢伙還有什麼話好說。」劉致靖說到朝廷，就噤了口。

梁珩沒想到眼前這個年輕人竟是第三名得主。

幾人年紀相仿，又同是年少成名、學識淵博之人，很多見解都不謀而合，心中不由生起一股惺惺相惜之感。

承天書院位於京郊，平日並沒多少人，今天卻是車水馬龍，人來人往，十分熱鬧，大多都是頭戴方冠的學子，且沒什麼人走路，都是乘坐馬車；而劉家的馬車，其他人家都認識，自家分量不夠的，都忙不迭地讓路。

馬車還未行至承天書院，便被堵住了。

劉言在外面說道：「公子，前面堵住了，我去看看。」

聽劉致靖應了一聲，劉言就下車去了。

過沒多久，劉言又回來了。

「公子，前面堵得很長，一時半刻估計過不去。」

劉致靖沈吟片刻，說道：「如此，我們就走路過去吧！反正也不遠了。」

三人便下車步行。

一路走過去，前面的人幾乎都認識劉致靖這個長安大魔王，不停有人打招呼，劉致靖煩不勝煩，冷著一張臉，走到了書院門口。

書院門口有專人收請帖，一張張地反覆驗看。以前偽造請帖的事時有發生，如今檢查得特別嚴格。

輪到梁珩他們，收請帖的小廝一見請帖上「劉致靖」的大名，屁都不敢放，立刻放他們進去了。

這一路，梁珩心裡很驚訝。原先想著劉公子身分不低，現在看來應是非常高了；只是劉致靖對他們一直都是客客氣氣的，不像現在這樣，看人都是睨著眼睛。

進了書院大門，前面有一個寬闊的廣場，最前面擺了幾十張凳子，已經坐得半滿，後面的人只能席地而坐。

劉致靖招呼兩人跟著他走，直走到最前面，才穩穩地坐了下來。

旁邊早就坐著尚書左僕射趙贇次子趙博裕，兩人的老子在朝裡雖是同僚，地位相當，都是尚書省的一把手，但所謂一山不容二虎，兩人總有些不對盤，而兩人之子更是一個賽一個的心高氣傲，又受了老子關係的影響，兩人也是互相看不順眼，碰在一塊兒時，總免不了互相挑刺、嘲諷一番。

趙博裕見劉致靖帶著兩個眼生的學子過來，兩人身上穿的衣料很普通，便嗤笑道：「劉致靖，你別什麼人都帶過來，這前排位置是什麼人都能坐的嗎？你劉致靖老子是宰相，坐在這裡我無話可說，他們憑什麼？」

劉致靖似笑非笑地看了他一眼。「憑什麼？憑才華。這裡自然不是人人都能坐的，你趙博裕憑老子是宰相坐在這裡，我也無話可說。」

這趙博裕算是真正的紈袴，肚子裡沒有二兩墨水，而趙贇見對頭的兒子雖頂著紈袴之名，學問卻是一等一，本來國子監監生是不必參加縣試的，劉致靖卻偏偏去考了縣試，還考了個第一名案首。

劉致靖的老子經常拐著彎諷刺他有個不成器的紈袴兒子，趙贇被老對頭一刺，就逼著趙博裕去國子監進學，趙博裕也因此更不待見劉致靖。而趙博裕從小就被慣壞，哪吃得了讀書的苦？功名都是花銀子捐來的。學問？他沒有。

周圍坐的都是朝裡數一數二大員家的子弟，不懼趙博裕，一聽劉致靖話裡暗諷趙博裕不學無術，不過是仗著老子的勢才能坐在這裡，一個個忍不住「噗」地笑出來。

趙博裕氣得臉色脹成了豬肝色。這劉致靖向來嘴尖舌巧，他從沒在他那兒討過好，卻每次都不記事，每次都要挑他的刺。

趙博裕見自己說不過劉致靖，住了嘴，但到底嚥不下那口氣，轉眼看著劉致靖身邊的兩人，出聲呵斥道：「劉公子不懂規矩，你們也不懂嗎？這是你們可以來的地方嗎？」

劉致靖臉色一冷。「趙博裕，也是你趙公子臉皮厚，我要像你靠祖蔭才捐了個偽舉人，壓根兒就沒臉來聽這講學，反正再怎麼聽也考不上，有什麼意思？平白浪費時間和別人的機會不說，你趙家先人的棺材板怕是都被你臊紅了。他倆可是正兒八經的舉人，你想和人家說資格，別笑死人了。」

趙博裕聽了，更是惱羞成怒，騰地一下站起身來，死死地瞪著劉致靖。

「喲！眼睛瞪這麼大，嚇唬誰啊？想打架你就上，只是別被揍了又回去找你娘哭鼻子！」劉致靖嗤笑兩聲。

周圍人一聽，更是哄堂大笑起來。上次趙博裕被劉致靖好一頓揍，回頭趙博裕他娘就找劉致靖他娘討說法去了，這事眾人都知道。

這邊鬧得厲害，突然聽到一陣鐘響，臺下走上去一個中年人，正是翰林學士鄭均之。鄭均之看著臺下鬧烘烘的場面，不禁眉頭一皺，威嚴道：「鬧什麼？不想聽老夫講學的馬上離開！」

眾人見翰林學士來了，這才安靜下來。

趙博裕氣得胸口劇烈地起伏，狠狠地看了劉致靖一眼，又冷冷看了旁邊的梁珩兩人一眼，這才坐下。

梁珩和易旭對視一眼，眼中皆是苦笑。不用說也知道挑刺的那人家中必定也是數一數二的權貴，還好劉公子替他們擋下了，不然也只能忍下。逞一時之快誠然痛快，但現在的他們卻還惹不起這種人。身在高位不說，品性也不端，不怕他當面給人難堪，就怕背後找人麻煩。

鄭均之見臺下安靜下來，便開始講學。

鄭均之是丁酉科狀元，自然是有真才實學的，講的都是平日學子們自己難以理解的內容。臺下眾人聽得認真，時不時在紙上做筆記。

這次講學從巳時正到午時正，剛好一個時辰。

鄭均之講完，問道：「若是有疑惑，盡可提出來。」

隨即有幾個學子提出自己的問題，鄭均之雖然繃著臉，但也一一耐心做了解答。

「請問老師，夭壽不貳做何解？」

鄭均之抬頭看了看第一排坐在劉家公子旁邊的年輕學子，講解道：「凡事只要自己盡力，不違背天意本心，那麼就算中途夭折或者是壽終正寢，都沒有差別……」

講學很快就結束了，眾人皆散了，趙博裕到底沒有再過來找碴。

梁珩和易旭又搭乘劉致靖的馬車回去了。

馬車很是高大，車轅有些高，劉致靖卻一躍就上去了。

易旭正準備爬上去，就見劉致靖朝他伸出一隻手。

易旭笑了笑，拉著他的手上去，劉致靖又朝梁珩伸出手。

這種貴公子自有一股與生俱來的清高傲氣，那種上等士族的優越幾乎是刻在骨子裡的。劉致靖身為宰相之子，這種觀念更是只強不弱，這會兒劉致靖卻願意伸手拉他們，可見是真心想結交兩人。

另一頭，沈蓁蓁收拾好碗筷，想著梁珩一時半刻不會回來，猶豫了下，寫了一封家書。

沈家是做玉石、珠寶生意的，在京城也有一家分店，她想著離家半年，她娘怕是很著急，而且她大哥說不定在京裡，便鎖上門，往東市沈家玉坊的方向去了。

前世她來過不少次，這次也算輕車熟路，走沒兩刻鐘就到了。

沈家玉坊的店面很大，在景盛街中段，是一棟兩層的樓。

沈蓁蓁走進去，裡面有兩個女客，一個看著像是小姐的模樣，另一個明顯是丫鬟，一個夥計正熱情地招呼著。

沈蓁蓁見程掌櫃不在，便在一旁等著。

「這塊羊脂玉看著不錯。」

「小姐，您真是有眼光，這可是籽玉，您看，一絲雜質都沒有。」

沈蓁蓁看了看那姑娘，只見那姑娘穿著一身煙粉色的羅衫，外面罩著一件五彩緙絲杏色披風，鵝蛋臉，膚色白皙，一雙杏眼眼波流轉，身段姣好，貌美可人；一身菱錦，玉佩瓊琚，滿頭釵環，好個貴門千金小姐的模樣。

過沒多久，那小姐買了玉，帶著丫鬟離去，夥計這才有空過來招呼她。

「這位小姐，您要買些什麼？」

沈蓁蓁笑了笑。「程叔不在嗎？」

夥計一聽她叫他們掌櫃為叔，以為是掌櫃家裡的親戚，便道：「程掌櫃病了，這兩天都不在，您要找他，可能得去他家裡了。」

「病得可厲害？」沈蓁蓁問道。

夥計笑笑。「感染了些風寒，這兩天已經見好。」

沈蓁蓁這才放下心來。程叔年輕時就跟著她爹，後來沈家生意做大了，就請他進京來主理這邊的事。

沈蓁蓁將信拿出來，遞給夥計，說道：「等程叔來了，麻煩小哥將這封信交給他，就說是沈家小姐請他幫忙送回涼州的家書。」

夥計聽得一愣，接了過去。

「多謝小哥了。」沈蓁蓁道完謝，出了沈家玉坊。

等夥計回過神來，想起那是誰而追出去時，哪裡還有沈蓁蓁的身影？

夥計慌忙關上門，往掌櫃家跑去——涼州東家交代留意的大小姐，竟真的出現在京城了！

第十章

沈蓁蓁回到家時，梁珩還沒有回來，沈蓁蓁又做了會兒衣裳，才生火做飯。

劉致靖依然在朱雀街讓兩人下車，又約好明日也在這裡等後就離去了。

「沒想到劉公子竟然是宰相大人家的公子。」梁珩看著離去的馬車，說道。

易旭早就知道劉致靖的身分，只是笑笑。「劉公子可不是外面所傳的紈袴，可謂是學富五車，是極好的人。」

梁珩點點頭，轉頭對易旭道：「易兄，你現在住在哪裡？」

易旭道：「還是上次咱們住的那裡，蓮花巷，和人一起租的。」

梁珩蹙眉。「易兄不如搬來和我們一起住吧！還有一個房間。」

易旭笑著拍了拍梁珩的肩。「我可不是那麼沒眼色的，梁兄如今和弟妹兩人甜甜蜜蜜的，我搬過來算怎麼回事？梁兄放心，這次一起租的人品性都不錯，住在那兒還算舒坦。」

梁珩又勸了兩句，見易旭堅持，只好隨他去了，又開口邀他去家裡吃飯。

易旭看天色不早了，便道：「今天就不去了。等會試結束，咱們再好好喝一回。」

梁珩到家時，沈蓁蓁正在廚房忙活。

梁珩聽到廚房有動靜，便走到廚房門口，就見沈蓁蓁正在炒菜，油煙嗆得她直咳嗽。

梁珩不禁心疼起來。他知道沈小姐以前是不大下廚，如今洗手作羹湯，全是為了他。

沈蓁蓁正盯著鍋裡的菜，沒注意到門口有人走了進來，就站在她背後，直到他伸手抱住了她的腰。熟悉的墨香味傳來，混雜在嗆人的氣味裡。

「回來了？」

「嗯。」

梁珩抱了一會兒就放開了，準備接過沈蓁蓁手裡的菜鏟。「太嗆人，我來吧！妳出去歇一會兒。」

沈蓁蓁一邊咳嗽，一邊將梁珩推開。「回屋看書去，以後菜有你做的。」

梁珩聽她說「以後」，忍不住心生歡喜，又緊緊地抱了她一會兒，直到沈蓁蓁覺得不方便動作，叫他放開，梁珩才喜孜孜地回屋看書去了。

接下來幾天，梁珩都是辰時出門，和易旭一起坐劉致靖的馬車到書院聽講學，下午又坐他的馬車回來。

幾天相處下來，三人越發融洽，關係可以稱得上是朋友了。

沈蓁蓁吃了幾天自己做的飯，不禁有些心疼梁珩，明明有時候沒熟或是太鹹，梁珩都是悶不吭聲地吃下去，就算梁珩沒吭聲，沈蓁蓁自己都有些難以下嚥，便決定去外面訂個席面回來，好歹兩人也吃頓好的。

沈蓁蓁走了約一刻鐘，看到一家酒樓。酒樓規模不大，可能不是吃飯時間，裡面沒什麼人，看裡面還算乾淨，便走了進去。

裡面坐著一個肩上搭著白毛巾的年輕小二，似乎有些愁眉苦臉，見有顧客上門，勉強扯出笑，迎了上來。「這位小姐，您可是要吃飯？」

沈蓁蓁對他笑了笑。「請問可以訂席面外送嗎？」

小二點點頭。「若是不遠的話，可以的。」

沈蓁蓁點了幾樣菜，準備說地址，裡面就走出一個中年男人，見小二在跟沈蓁蓁說話，便問道：「客人是來問轉讓酒樓的事嗎？」

見小二搖搖頭，男子不禁一陣失望，勉強對沈蓁蓁笑了笑，走到櫃檯後面坐下。

沈蓁蓁心裡突然一陣心動，問道：「你們這酒樓要轉讓嗎？」

小二點點頭，說道：「掌櫃家裡出了急事，必須回鄉，又急需銀子，只能將酒樓盤出去。」

沈蓁蓁四處看了看，酒樓不大，有兩層樓，靠東邊有梯子通往樓上。

沈蓁蓁道：「我能上樓看看嗎？」

小二聽她這話是對酒樓有點興趣，忙點頭道：「當然可以……」話還沒說完，便被一旁的掌櫃打斷了。

「我帶您去。」掌櫃忙走過來，引著沈蓁蓁往樓上走。

只見樓上擺著五、六張桌子，採光不錯，很是亮堂。

掌櫃又帶著她去看了看後廚。

「不瞞姑娘說，我確實是有急事，不然這酒樓已經經營了數年，哪捨得轉讓？還有我這些夥計和後廚師傅們。」說著掌櫃嘆了口氣。「他們也跟著我多年，如今將酒樓轉出去，不知道該如何安置他們。」

一圈看下來，沈蓁蓁覺得這酒樓還行，雖然位置偏僻了點，若是好生經營，就算不能賺錢，應該也不會虧本。「不知這酒樓，掌櫃打算多少銀子轉讓呢？」

掌櫃見她問了價錢，道：「姑娘也知道皇城寸土寸金，這酒樓原先沒有兩千五百兩我是不會轉讓的，若是姑娘真心想要，一千五百兩就轉給姑娘了。」

一千五百兩，這個價格確實很低。沈蓁蓁沈吟半晌，算起來，開酒樓應該算是比較能上手的生意，雖然沈家是生意人家，但沈蓁蓁卻從來沒有接觸過這些。想到泉城的如意和黃梵兄妹倆，黃梵既然不願去學堂，就讓他來店裡學著做掌櫃好了。

這麼一想，沈蓁蓁才真正下定決心盤下來。

沈蓁蓁見掌櫃著急用銀子，她也不是那種見別人著急就拚命殺價的人，便同意以這個價格盤下來。

誰知掌櫃又有些猶豫道：「姑娘，原本我不該開這個口，但姑娘將酒樓盤下來也需要用人，我店裡原先這些人都是手腳勤快的，姑娘就繼續用他們如何？若是姑娘同意，我願意以一千四百兩轉讓給姑娘。」

沈蓁蓁暗自點頭，這掌櫃當真是個重情義的東家。她剛剛轉了一圈，大堂和二樓後廚十分乾淨，可見正如掌櫃所說，酒樓裡的夥計和師傅們都是不錯的。於是她道：「夥計可以留下來，至於大師傅，我得嚐嚐大師傅們做的菜的味道才能決定。」

掌櫃喜得連連點頭，當即就想讓人吩咐後廚師傅們做菜，卻被沈蓁蓁攔下了。

「等付了銀子再說吧！我出來沒帶銀子，明天一早再來，然後咱們就去官府過契。」

掌櫃只好點頭同意，連席面都不欲收錢，沈蓁蓁還是給了。

她回去後跟梁珩說，梁珩自然是支持的。

第二天，等梁珩出門，沈蓁蓁就帶著銀子來到酒樓。

掌櫃正望眼欲穿地盼著她來，就怕她反悔，這會兒見她真的來了，喜不自禁地帶她去順天府衙，辦好手續，交付銀子。

沈蓁蓁將店契拿在手裡時，心裡不由一陣激動。

以後，她也有自己的事業了。

酒樓後面有幾間房間，是原先掌櫃一家住的。掌櫃將酒樓轉讓後，當天就收拾好東西，回鄉去了。

買下酒樓後，沈蓁蓁只剩五百兩銀子，要將酒樓經營起來，五百兩銀子是絕對不夠的。沈蓁蓁便想著先計劃酒樓的裝修，等梁珩考完試再請人動工。

有兩個大師傅自行辭職，剩下兩個，沈蓁蓁嚐了他們做的菜，味道不算絕佳，但做一般的菜還是可行的，只是做招牌菜的大師傅需要另外請人。

夜晚，梁珩在燈下看書，沈蓁蓁就拿著筆，在一旁寫寫畫畫，思考著酒樓的裝修。

梁珩湊過去，看了看，卻不明白她畫的是什麼。

沈蓁蓁抬頭看了看他，笑了笑。「我覺得那酒樓的裝潢太過平常，還是要好好改造一下，但現在請不起名匠，只能自己看著辦了。」

梁珩看著她紙上看不出是什麼形狀的圖，問道：「這是什麼？」

沈蓁蓁頓了頓。「這是椅子。」

梁珩忍不住輕笑一聲。

沈蓁蓁臉色一紅，輕推了他一下。「看你的書去。」

梁珩卻接過她手中的筆，緊挨著她坐了下來。「妳說，想要什麼樣子的，我來畫。」

沈蓁蓁不由懷疑地看了他一眼，自己好歹請名師教過，梁珩竟然看不出是椅子，他肯定沒有學過，會畫得比她好嗎？

梁珩卻提著筆，面帶微笑地看著她。

感覺梁珩的氣息籠罩著她，沈蓁蓁不由轉開臉，輕聲道：「我想在樓上設兩間雅間，桌椅最好能做兩套獨特的出來，首先要舒適，其次得雅致。」

梁珩點點頭。

「我爹有腰傷，曾花大錢專門請人做了兩把椅子，我坐過，很舒服，我希望椅子能做成那樣；至於桌子嘛，我還在想。」

這是沈蓁蓁第一次提起家中親人，梁珩聽得不由有些激動。

沈蓁蓁描述了椅子的模樣，梁珩略思索一會兒，提筆畫起來，一把椅子的雛形在他筆下生成。

「這裡要彎一些，這裡……對，差不多就這樣。」

梁珩很快畫了一張椅子的正面圖出來，又畫了幾張側面圖。

沈蓁蓁看著紙上和家中差不多模樣的椅子，心裡不由一陣嘆服，果然天資聰穎的人就是不一樣。沈蓁蓁轉頭看向梁珩，就見他滿眼發光地看著她，像是……等著誇獎？

沈蓁蓁心裡暗笑，卻說道：「嗯……還可以，就這麼先用著吧！」

梁珩眼裡的光瞬間暗了下去。他見沈蓁蓁像是不大滿意他畫出來的椅子，正感到沮喪，沈蓁蓁突然湊過來，在他臉上親了一下。

她見梁珩不出意外地又僵住了，心裡輕笑，正欲起身，梁珩突然抱住了她，低頭親在她唇上。

沈蓁蓁沒想到梁珩會親她，這麼多天，他只是偶爾抱抱她，就算情在深處時也沒有吻過她。發呆間，不自覺舔了舔唇。

這個無意識的舉動，卻給梁珩打開了一扇新世界的門。

到了最後，沈蓁蓁被梁珩吻得氣喘吁吁時，心想在這方面，男子果然會無師自通，明明上一次還很生澀、害羞，今天卻……

沈蓁蓁推開同樣滿身熱意的梁珩，起身收拾東西，準備回房。

梁珩見沈蓁蓁冷下臉來，心裡不由惴惴不安，忙伸手拉住她。

沈蓁蓁發現手被拉住，轉頭見梁珩緊緊抿著唇，小心翼翼地看著自己。她輕輕抽了抽手，梁珩卻不肯放開。

沈蓁蓁輕聲說道：「下不為例。」
梁珩才又笑起來，央道：「再坐一會兒。」
她實在見不得梁珩這可憐的小模樣，僵了一會兒，又坐了下來。
梁珩再不敢孟浪了，規規矩矩地坐著看書，一手卻拉著沈蓁蓁的手不放。

次日清早，梁珩照例和易旭坐著劉致靖的馬車來到承天書院。
這次講學的不是別人，正是力薦梁珩成為解元的周仕成。
由於考生們都是有畫像的，雖然跟本人有些差別，可大致還是能認得出來，梁珩今日又是坐在第一排，周仕成一下就認出了他。
當時看畫像，就覺得梁珩必然面貌不俗，如今看到本人，果真是丰神俊美，相貌堂堂，一派輕裘緩帶、書生氣質模樣。
周仕成不由撫鬚而讚。這梁珩器宇不凡，才貌雙全，如今聖上最是欣賞這種年輕有為的學生，怕是以後會有一番造化。
這麼一想，周仕成又不由感嘆起來，看來得讓梁解元知道自己出的力，以後若他真有一番作為，也有了層提攜之恩的關係。
講學結束後，梁珩正欲跟易旭他們離開，就有個小廝模樣的人走過來。
「梁解元留步，我家老爺翰林侍講學士周大人請您過去。」
不就是剛剛講學的翰林大人嗎？請他做什麼？梁珩不由有些疑惑，但還是跟易旭他們打了招呼。

「你們先走吧！回頭我走路回去便是。」

劉致靖還有別的事，便道：「如此，那我們就先行一步了。」

梁珩跟著小廝走後，劉致靖和易旭一同往外走。

「易兄不如搬到我府裡來吧！」劉致靖道。

易旭笑道：「我在蓮花巷可是交了銀子的，怎麼樣都要住上一個月，多謝劉兄了。」

劉致靖聽他這麼說，明白易旭只是在委婉地謝絕，便不再提。

兩人一起走著，一名年輕男子走了過來，對劉致靖拱手道：「在下林行周，久聞劉公子大名，今日有幸得見，想上前結識公子一番，冒昧之處，望公子海涵。」

劉致靖看著眼前一臉笑意的年輕男子，林行周一直在京裡，他也見過不少次，他似笑非笑道：「久聞我什麼大名？長安大魔王嗎？」

林行周一愣，又笑道：「自然是公子的才名。」

劉致靖原先看林行周長得人模人樣的，能考中第二名，才華自不必說，心裡還有幾分欣賞，如今看來，也不過是惺惺作態之人。

「我倒是不知我除了紈袴還有別的名聲，林公子還有事嗎？」劉致靖擺出居高臨下的姿態。

林行周聽說劉致靖對有才華的人十分欣賞，這才上前來準備結識一番，畢竟劉致靖的老子可是正二品的宰相，這條船搭上了，以後絕對是最大的助力；沒想到劉致靖並不像傳言那麼客氣，不，應該是像傳言裡那樣不客氣。
劉致靖見林行周愣住不說話，冷著臉走了。
易旭並不認識林行周，雖然覺得劉致靖直接離開有些不大禮貌，但劉致靖向來就是這樣，輪不上他置喙，便也跟著離去。
林行周站在原地，看著兩人遠去的身影，不禁握緊了拳頭。
有朝一日……他深吸了口氣，轉身離開。

另一頭，梁珩跟著小廝往裡走，來到書院某一池沼處，就見剛剛講學的周大人站在廊下，看著池沼內的殘荷。
聽到背後的動靜，周仕成轉過身來，就見梁珩跟在小廝周吉後面，正往這邊走來。
梁珩走到近處，忙彎腰行禮。「學生見過大人。」
周仕成呵呵一笑，上前將他扶了起來。「好個神采英拔的梁解元！」
梁珩拱手道：「大人過獎了！」
周仕成卻道：「你不應喚我大人。」
見梁珩抬頭不解，周仕成撫鬚道：「你該喚我一聲老師。」
不等梁珩詢問，他解釋道：「你是出自我房下的。當時我觀你文章，確實十分出色，便向鄭大人力薦。鄭大人原本點了後來的第二名林行周，我看了他的文章，確實是極為出色，但你破題新穎，略勝一籌，我便拉著其他房官找鄭大人共評，這才點了你。」

周仕成自然不會把自己將他文風和行卷相似的烏龍說出來，這樣就像是雖然你在我的力薦下成了解元，但不是我的本意，不過是場意外罷了。

梁珩從這一番話裡，聽出了點意思：你的文章可能確實比林行周好一點，但原先主考官點的是林行周，要不是碰到我這個伯樂，你就被埋沒了。

接著又說自己如何出力，這麼一來，稱呼一聲「老師」，也算應該。

梁珩連忙彎腰一拜。「學生多謝老師！」

周仕成笑呵呵地又拉他起來，兩人從此算是有了師徒情分。

既然梁珩現在叫他一聲老師，他也應當盡些老師的職責。周仕成拉著梁珩聊了半晌，都是書上沒有的學問。

一番聊下來，梁珩也受益頗多。

直到下午，他才從書院回去，到家已是酉時正了。

梁珩本來還擔心沈蓁蓁見他這麼久沒回來會擔心，誰知易旭猜他可能會遲些回來，已經前來知會過了。

雖然會試講學有半個月，但梁珩去聽了七、八天後，就不再去了。吸收的東西一下子太多，未必就好，這些天便靜心在家中溫習。

很快就到了三月初七，初八就是會試進場之日。

沈蓁蓁一早就開始準備梁珩在號舍裡可能會用到的東西，又交代了梁珩一番。

到了初八這天，易旭很早就挑著東西過來了，兩人卻磨到下午才過去。

沈蓁蓁送他們到貢院前，貢院大門上貼著張大書著「迴避」兩字的紅紙，十分醒目。貢院門口依然是人山人海，除了考生，更多的是送考的親朋好友，有的甚至是一人考試，全家出動送考。

上次梁珩和易旭兩人皆是沒人送考，到了考場排隊就進去了，這次卻不一樣。

沈蓁蓁沒有說幾句話，倒是梁珩止不住地交代著。他這一進去就是八天，家裡只有沈蓁蓁一個姑娘在，他們在京城又舉目無親，若是她出了什麼事，他人在貢院裡，連消息都收不到，更別提出來幫她了。他越想越擔憂，絮絮叨叨交代了半晌。

「妳下午早點回去，晚上千萬別出門，注意把門給拴好了……」

沈蓁蓁看著梁珩臉上的憂色，怕他在號舍裡會因為擔心她而發揮不好，便安慰道：「你放心，這是天子腳下，治安好著呢！我一定連門都不出，晚上也鎖好院門，你就專心考試，讓我當當狀元夫人。」最後一句，沈蓁蓁說得很輕，但梁珩還是聽得真切。

他看著沈蓁蓁眼裡的笑意，明知她是在安撫他，還是認真地點了點頭。

沈蓁蓁伸手幫梁珩理了理衣襟，梁珩看著旁邊的人群，到底忍住了想抱抱她的衝動。

避到一邊的易旭看著兩人像小夫妻般難分難捨，心下不由感嘆。前次看到梁兄，還在為情所困，如今兩人已是如膠似漆了。

梁珩再不捨，到底還是挑著考籃，和易旭一起進去了。

看著梁珩消失在貢院門內，沈蓁蓁轉身往回走，沒想到會碰到那個平生不願再有絲毫瓜葛的人……不，一家人。

林家一家人正簇擁著林行周，往貢院門口這邊走來。他們顯然沒有看到她，錢氏正絮絮叨叨地和林行周交代著什麼，林父則是挑著考籃，悶不吭聲地走在旁邊。林行周的妹妹林婉滿臉興奮地四處看著，她長得跟林行周有幾分相像，瓜子臉，秋水眸，模樣倒好，就是上挑的眉梢，生生添了幾分刻薄。

林行周穿著一身素白長衫，相貌還是面如冠玉，只是如今沈蓁蓁卻是連多看一眼也不願了。

錢氏正絮絮地交代著，就見兒子突然停了下來，看著前方某處。

錢氏順著看過去，只見前面不遠處有個姑娘迎面走來，身材窈窕，相貌倒是個好的。錢氏只見過沈蓁蓁一面，沒想過她會出現在這裡，一下沒認出來。

見兒子緊盯著人家姑娘，便道：「周兒，等你考中了，不知有多少大官會想招你做婿呢！這會兒只管好生考試。」

林行周看著沈蓁蓁面色冰冷地與他們擦肩而過，明白沈蓁蓁定然也看到了他們。沒想到自退親後就消失半年的沈大小姐，竟然到京城來了。

林行周並沒有跟他娘說破，這會兒聽他娘不停說著他的親事，不由皺了皺眉。「娘，月茹等了我這麼久，我如何能另娶？」

錢氏頗為不悅，但想著兒子馬上要進考場，還是克制住了，只沈聲道：「等你考完再說吧！」

林行周知道母親對杜月茹有些偏見，今天也不准她來送他，不過這當口，他也不想再多說，到了貢院門口，接過他爹肩上的考籃便進去了。

上次鄉試時就熟悉了的貢院，這次梁珩輕車熟路地找到了自己的號舍。他將考籃裡的東西都拿了出來——被褥、爐子、炭火、吃食、筆墨、藥盒，還有兩件換洗的衣裳。梁珩收拾好東西，坐了下來。

會試明顯比鄉試嚴格許多，巡考更多也更勤，考生之間也不得出聲交流。酉時末，三聲鼓響傳來，貢院龍門徐閉，直至三月十六，才會再次打開。

梁珩坐在號板上，身上搭著被褥。三月的號舍還是十分寒冷，雖然油布擋住了一些風，但號舍是磚石砌築的，久不住人，寒氣逼人。

而另一邊，不同於梁珩他們這些寒生將自己包裹在被褥裡取暖，劉致靖的號舍裡燃著銀絲炭，炭火旁還煨了一壺佳名，清香四溢。

巡考們自然知道這間號舍裡是劉大公子，路過都不敢吭聲。要說這劉公子是紈袴，可人家的學問那是實打實的；若說不是吧！劉公子那脾氣真是捉摸不透，一惹他不高興，說打就打，說罵就罵。

當夜子時，題目發了下來，卻不是下發試題紙，而是將題目寫在大紅燈籠上，幾個人舉著燈籠在號舍間慢走。紅光映襯下，黑字試題清晰可見，而四書題前三道都是皇上命題的。

現今大齊皇帝繼位不過五、六年，登基之時不過十七歲，如今才二十有三，是位極為年輕的帝王。這三道考題明顯和鄉試不一樣，梁珩總感覺裡面隱含著一位年輕帝王勢要強盛國家的宏願。

他趕忙將試題抄在紙上，思索了半宿才睡下了。而沈蓁蓁卻失眠了一夜。

今天看到錢氏，她突然想起一件事——前世她成親五年都沒有生下孩子。

這五年，除了後兩年林行周半步不進她院子，前三年有同房過，可她卻一直沒有懷上，這也是錢氏不待見她的原因之一；而杜月茹在第四年生了安哥兒，這更是讓她在林府再無安身之地。

沈蓁蓁不禁害怕，自己若是不能生孩子，如何能嫁與梁珩？

她恍惚了幾天，想著畢竟不孝有三，無後為大，梁珩是梁家的獨苗，若是梁珩介意，她也不會怪他。

她拋開這些雜念，開始處理酒樓的裝修。她並不認識什麼木匠，還是店裡一個大師傅給她介紹了一家木坊。

沈蓁蓁帶著圖紙去與陳家木坊的掌櫃商量，因為是訂做，又是他們從沒做過的樣式，所以價格並不便宜，只做了兩套桌椅，就花了三十兩銀子，付了一半的訂金；至於店裡其他裝修，也讓他們去做，最後與木坊的人談論好才定下來。

酒樓裝修的事總算告一個段落，沈蓁蓁又不可避免地想起那件事來。

以前她也請大夫看過，說是沒什麼問題，將養著就行，可還是三年無孕。

沈蓁蓁想著，要不再去找個大夫瞧瞧吧？

很多考生帶著八天的饅頭進去，就算天氣寒冷，饅頭放八天還是會餿。雖然號舍裡也有賣吃食，只是非普通人能買得起，光是一壺茶水就要價二、三十文，最後只能忍耐地將餿饅頭吃下。

有不少人鬧起肚子痛，實在堅持不下去，提前被送出去。

沈蓁蓁給梁珩備下的全是乾糧，熱水一煮就能吃，雖然沒有味道，好歹不是餿的。

這天梁珩煮了乾糧正在吃，就聽旁邊起了動靜，似乎有人吵了起來，還引來了巡考。

「怎麼回事？」

「考官，我好端端地在這兒煮我的鴨子，這人突然來向我要，我又不認識他，自然不給，誰知這人突然一腳踢翻了我的鍋！」

就聽巡考問那人。「你為什麼踢翻人家的鍋？」

那人說道：「那麼一大隻鴨，分我一點又怎麼了？不讓我吃，我也讓你吃不著！」

眾人聽得不由一陣語塞，這人倒是理直氣壯。不過眾人都在考場裡吃了幾天油鹽皆無的乾糧，突然聞到肉香，臉皮厚的，就想上前要一塊，只是沒想到別人不給，這人倒是乾脆，直接把人家的鍋給踢翻了。

八天對貢院裡的考生來說，如白駒過隙一般，有的考生思維慢一些的，甚至來不及將試題做完。

梁珩提前一天將試題寫完了，又推敲了半天，才小心翼翼地將答案抄至答卷上。答卷只有一份，若抄錯一字，意味著本科會試算是白考了。一旦答卷上出現抄錯劃掉的字，考官都不會再閱這張答卷，無論寫得有多好。

梁珩挑著考籃出貢院時，在人山人海中看到那思慕的人。

直到梁珩走到身邊，沈蓁蓁才看到他。

梁珩明顯瘦了很多，臉色蒼白，嘴唇上方冒出了些青鬚，眼下一片青黑，眸中血絲遍布，唇上也起了乾皮。他本就偏瘦，如今又瘦了不少，形銷骨立的模樣，看得沈蓁蓁心疼不已。

「出來了？」沈蓁蓁忍著心下的酸意，朝梁珩露出一個微笑。

梁珩沒有說話，將肩上的考籃卸下，一把抱住她。

他嗅著她的髮香，整個人一放鬆，深深的疲憊感就湧了上來。

沈蓁蓁感覺到梁珩往她身上壓來，讓她有些支撐不住，趕忙叫旁邊的陳山幫忙。

陳山是酒樓的夥計，沈蓁蓁想著八天考下來，很多人一出貢院就暈倒，萬一梁珩也暈過去，她一個女子沒辦法將梁珩抱回家，於是叫了陳山來幫忙。

陳山做了幾年的跑堂夥計，還是有些眼色的，雖然東家沒說這男子是誰，如今看來應是男東家沒錯了。

陳山連忙將梁珩扶過去，梁珩感覺沈蓁蓁的氣息驟然消失，勉強睜開眼睛，就看到一個陌生小夥子扶著自己。

沈蓁蓁見梁珩睜眼，忙道：「梁公子，你再支撐一會兒，咱們雇了馬車，就在外面，走出去就到了。」

梁珩輕嗯兩聲，自己站直了，沈蓁蓁連忙扶著他往外走，陳山則挑著考籃跟在後面。

梁珩走了兩步，突然想起易旭，停下來問道：「看到易兄了嗎？」

沈蓁蓁點點頭。「易公子跟一個年輕公子先走了。」

梁珩點點頭，想必他是跟著劉致靖先走了，遂放下心來。

誰都沒注意到，有一人正站在三人背後，面色複雜地看著三人離去。

林行周原還以為自己看錯了，仔細一看，確實是沈家大小姐；而將沈家大小姐抱在懷裡的，竟然是搶了他解元位置的梁珩！

這兩人如何認識的？沈家大小姐不過離家半年，怎麼這麼快就認識了梁珩，兩人看起來還像夫妻一般親密？

自己和沈家大小姐退親不過半年，而沈家大小姐據說連家門都沒進就離開涼州，難道兩人早就相好了，沈家大小姐才一定要退親？林行周並不知道親事是沈蓁蓁自己求的，成親那天前，他從來沒見過沈蓁蓁，只當是沈家長輩看中了自己。

是了，說不定是沈家長輩看中了自己，想將她嫁與自己，結果沈家大小姐另有心上人，這才在半路退親，還立刻讓他寫下退親書，好叫她家中長輩無計可施，只能退親。

難怪後來沈家賠償時如此大方，想必是知道自家女兒做了出格之事，理虧所致吧？

想到這裡，林行周眼神冷了下來。沈小姐既看中了別人，何必又要應下與他的親事，還精心在半路退親，讓他和林家在涼州淪為笑柄！

而這邊，三人坐上馬車，陳山自覺地和車把式一起坐在車轅上，車裡就只有沈蓁蓁和梁珩兩人。

梁珩坐下沒多久，話都沒說幾句，便靠著沈蓁蓁睡了過去。

沈蓁蓁見馬車一搖一晃，便將梁珩抱在懷裡，心想這樣可能會舒服很多。

梁珩緊皺的眉心，漸漸舒展開來。

很快地，馬車到了兩人住的地方。

「梁公子醒醒，到家了。」

梁珩睜開眼，眸中通紅一片。沈蓁蓁扶著梁珩下車，陳山謝過車把式，挑著東西跟在後面進了院子。

陳山放下東西後，便告辭了。

梁珩剛才小睡了會兒，精神好了些，聞著自己身上的餿味，不覺難為情起來，想要換洗一番。

沈蓁蓁本想讓他先睡一覺，見梁珩堅持要先洗漱，便去廚房給他生火熱水。梁珩也跟著她進了廚房，不做什麼，就坐在一旁看著她。

梁珩倒是想好好抱抱她，但是聞著自己一身的餿味，怕熏著她，便安靜地坐在一旁。

光是這麼看著她，心裡就已是滿滿的歡喜。兩人幾天沒有見面，沈蓁蓁也是很想念他，這會兒見梁珩眼也不眨地看著她，眼裡不禁熱意上湧。

水很快就熱了，梁珩起身自己舀水，提著進房去了。

梁珩洗了很久，沈蓁蓁擔心水涼了，便舀了鍋裡剩下的水，提到房外。

她聽著裡面的水聲，不禁一陣臉紅，輕聲道：「梁公子，我把熱水給你提過來了，你自己提進去吧！」

裡面的水聲驟然停了下來，梁珩頓了頓，輕輕嗯了一聲。

沈蓁蓁轉身避進廚房，直至坐下來，心頭還一陣猛跳。

梁珩洗完澡就睡下了，晚飯時都沒醒過來。沈蓁蓁輕輕敲了敲門，見裡面沒有回應，便輕輕推開門走進去，就見梁珩躺在床上，睡得正熟。

沈蓁蓁走近，怔怔地看著他安靜的睡顏，見他眉間微皺，不禁伸手輕輕撫在他眉間，想要將之撫平。

梁珩的眉形極好看，不疏不密，眉形微細，卻又極為方正，清秀又不失陽剛。

她沒有叫醒梁珩，而是任由他睡，而他這一覺，直睡到次日清晨。

這幾天，沈蓁蓁特意吩咐酒樓裡的大師傅們連做了好幾天的補菜，梁珩吃了幾天，臉色總算紅潤不少。

這天下午，易旭造訪，卻是約梁珩出去喝酒。

易旭生怕沈蓁蓁生氣，小心翼翼地先跟她商量。

「弟妹啊！就我、梁兄，還有劉公子，我們三人在聚仙樓喝兩杯，絕不勸梁兄多喝，絕不會帶梁兄去那些不三不四的地方，喝完就送他回來！弟妹……」

沈蓁蓁以前糾正過他的稱呼，易旭依然執著地叫她弟妹，沈蓁蓁聽著聽著也習慣了，就隨他去了。

見多了易旭笑嘻嘻的模樣，這會兒見他陪著小心，沈蓁蓁心下不禁生起些窘迫。「易公子約梁公子去喝酒，來問我做什麼？」

易旭嘻嘻笑道：「需要弟妹首肯，梁兄才敢去啊！」

沈蓁蓁聽他這麼直白，不禁臉色一紅，怕易旭再說出什麼讓人難為情的話，忙道：「梁公子願意去就去唄。」

易旭笑道：「弟妹這是同意了？那我們這就去了，晚上一定早點回來。」說著還朝沈蓁蓁做了個揖。「多謝弟妹了。」

沈蓁蓁臊得忙背過身，易旭嘻嘻笑了笑，拉著梁珩出去，聽到梁珩對她說道：「沈小姐，我去去就回，妳晚上把門拴好。」

沈蓁蓁獨自吃過晚飯，天剛黑不久，院門就被敲響了。

聽聲音是易旭，沈蓁蓁打開門一看，果然是易旭扶著梁珩回來了。

易旭見沈蓁蓁皺眉，心下暗叫了一聲糟，忙解釋道：「弟妹，我們真的沒勸梁兄喝多少酒，誰知梁兄的酒量實在是差，堪堪幾杯就醉了，又一直嚷著妳一人在家他不放心，非要我送他回來，我就把他送回來了。」

沈蓁蓁點點頭，沒說什麼。

易旭將梁珩扶進房躺下後就告辭了。

他走出巷子，街上停著一輛馬車，趕車的是小廝劉言。

從馬車上走出一人，正是劉致靖。

「送回去了？」

「嗯。」

「上來吧！」

易旭藉著伸來的手上的力，上了車。

馬車很快就消失在夜色之中。

沈蓁蓁打了盆水給梁珩擦臉。

梁珩臉色酡紅，醉眸半閉地躺在床上，一動不動。

沈蓁蓁以為梁珩醉狠了，擦好臉後就想出去倒水，沒承想梁珩突然伸手拉住她的手腕。

沈蓁蓁轉過身，就見梁珩半睜著眼望著她。

「醒了？」沈蓁蓁輕聲問。

梁珩卻不說話，只是看著她。

沈蓁蓁抽了抽手，梁珩卻握得緊緊的，紋絲不動。

沈蓁蓁想到上次梁珩醉酒時的場景，似乎在醉後更真實些，不大理會那些世俗教條。

見梁珩不肯放手，對喝醉的人也沒有什麼道理可講，沈蓁蓁便在床沿坐了下來。

梁珩的雙眸在燭光下，像是聚著流螢一般亮，突然出聲道：「沈小姐，妳何時回鄉去呢？我想求得妳家高堂同意，我想娶妳。」

沈蓁蓁被這番突來的話驚了一下，抬頭就見梁珩不眨眼地看著她，像在等著她的回答。

沈蓁蓁沈吟片刻，道：「等殿試後吧！沒兩個月就要考試了。」

梁珩輕輕嘆息一聲。

沈蓁蓁以為梁珩酒醒了，梁珩卻又不開口了。

沈蓁蓁便繼續道：「我前些日子送了一封家書回去，想必家裡的人已經收到了；但是……我沒把和你的事寫上去，當初我爹氣得不認我，畢竟那門親事是我自己求的，可我卻自己退了親，這次想讓我爹娘同意，應該會很難吧！若是你殿試能中，也許爹娘他們會歡喜，若是不能中……」她頓了頓，梁珩氣息明顯停了停，只是她沒發現。

沈蓁蓁繼續說道：「怕是你會被為難了。」

原本躺著的梁珩，突然伸手將沈蓁蓁拉下，沈蓁蓁沒防備到梁珩會突然伸手拉她，一下就倒了下去，跌在梁珩胸口上。

梁珩緊緊地將她抱在懷裡。「沈小姐……」

他今天只喝了幾杯薄酒，有些醉意，意識卻很清醒。這會兒聽沈蓁蓁說殿試後就帶他回鄉，忍不住歡喜起來。

梁珩身上帶著絲絲酒香，混著他自身的墨香，竟是十分好聞。

沈蓁蓁原本以為他醉了，這會兒見他口齒清晰，哪裡像是醉了的樣子？便想著趁這次機會，好好說道。「我是家中獨女，爹娘、兄嫂都很疼愛，只是我退親可能傷透他們的心，他們都希望我能嫁個良人，可我……」

不待她說完，梁珩就打斷她道：「我是妳的良人。」
沈蓁蓁怔了怔。梁珩一直都很含蓄害羞，像這般直白的話，倒是很少說。
梁珩繼續道：「妳別擔心，我會和伯父、伯母說的，承諾我梁珩會疼妳、愛妳一輩子，請他們把妳嫁給我。」
這話雖然聽得肉麻，沈蓁蓁心裡卻有止不住的感動，因為她知道，這些都是梁珩的肺腑之言。
兩人再沒說話，只是心與心貼在一起，心跳聲奇異地重疊了。
因為殿試就在五月中旬，兩人商量了下，決定不回去了，先在京裡等消息，準備殿試。剛好酒樓也在準備中，沈蓁蓁便修書一封，讓梁珩一起託人帶回去。

幾天後。
沈蓁蓁聽到敲門聲，打開門，就見如意帶著黃梵兩兄妹，揹著行李站在門外。
「小姐！」
「沈姊姊！」
門外三人齊聲笑著叫她。
「這麼快就到了？」沈蓁蓁看著三人，很是驚喜，忙招呼梁珩出來拿行李。
黃梵連忙說不用。「沈姊姊，我拿進去就行了。」
沈蓁蓁招呼三人進來，梁珩出來見三人來了，打了招呼就進廚房給他們倒水。

「趙嬸怎麼沒來？」沈蓁蓁問道。

如意道：「趙嬸她不大願意離開泉城，說有妳照顧姑爺，她很放心。」

沈蓁蓁點點頭，倒是梁珩端著茶壺進來，聽到如意叫他姑爺，有些臉紅，心下又止不住欣喜。

「我娘從沒出過泉城，離開泉城會不習慣吧！」梁珩道。

幾人聊了半晌，倒是沒有再收拾房間出來。這房子當時只租了兩個月，到期後他們就要搬到酒樓去了。

沈蓁蓁去酒樓讓大師傅們多做了幾人的飯菜，如意他們就這樣安頓下來。

幾天後，酒樓那邊裝修得差不多，訂製的桌椅也都完成了，只是剛刷上清漆，還有些味道。

等酒樓裝修完工，已過了大半個月，黃梵先搬進酒樓裡去了。

沈蓁蓁和梁珩商量了下，杏榜放榜後，若是梁珩中了，想必梁珩的事會多起來，便趕在放榜之前，四月初六這天開張。

前世沈蓁蓁在京城待的那兩年，並沒有多少幫助，還好有供貨的商家一早就上門來約談，只是沈蓁蓁前世、今生都沒有做過生意，明顯有些應付不過來；倒是黃梵表現得讓人十分意外，沈著、冷靜地跟那些供貨商周旋，壓價。

雖然剛開始還有些生澀，後來越來越老練，像是為商多年一般。

沈蓁蓁本來是想帶著黃梵，讓他學著做，後來反而變成黃梵帶著她學了。多年後，黃梵成為大齊三大皇商之一，沈蓁蓁不由感嘆，果然有的人天生就有別人不能企及的天賦。

酒樓的名字是沈蓁蓁自己取的，她想好之後，說給梁珩聽。

梁珩聽了，輕笑一聲。「很有意境。」

梁大解元都認同的名字，沈蓁蓁便拍板定案，讓梁珩寫了字模，送去木坊，讓他們加工刻出來。

四月初六開張這天，除了菱兒，其他人全都在酒樓裡幫忙。

沈蓁蓁本來還擔心會很冷清，沒想到客人很多，都有些忙不過來了。

易旭之前就聽梁珩說過酒樓今天開張，一早就過來了，和梁珩一起站在櫃檯後面結帳。黃梵便臨時充當跑堂，招呼起客人來。

最近齊湑有點心煩，因為他的好兄弟有了新歡，大半個月沒來找過他了，就連他上門都堵不到他，一早就跑沒影兒，他只好無聊地獨自在京城裡閒逛。

這天他逛到西市，大老遠看見似乎有家酒樓新開張，人潮進進出出，還挺熱鬧。

這種酒樓開張，京裡每月沒有十家，也有八家，這酒樓看著也小，實在勾不起他的興致，正欲走過，就瞧見酒樓牌匾上「飲一杯無」四個字。

這酒樓名字怪有意思。齊湑不禁抬起腳，跟著人潮走了進去。

酒樓的裝潢很是別致，四面擺上屏風，上面或雕或畫著一些花鳥圖案；店內四處刷上清漆，卻沒有漆味，整體看著很雅致，想來酒樓的東家是個文人。

這麼一想，齊滑的興致又消失了，但都進來了，也懶得再換別家，正好店裡的夥計迎了上來，齊滑便問道：「有沒有雅間？」

剛好一間雅間的客人剛走，陳山便將齊滑領到雅間裡。

齊滑隨意點了幾道菜，陳山給他倒茶後就下去了。

過了一會兒，便有人端著菜上來。

齊滑見那人只是將菜擺上就欲走，不禁皺了皺眉。

「欸，你這夥計，上菜不說菜名，我如何知道哪道是什麼？」

沈蓁蓁只好又轉過身來。「客官，真是對不住，是我疏忽了。」

齊滑聽這夥計的聲音嫩得跟姑娘似地，不禁抬頭看去，發現這夥計十分面熟，等想起來在哪兒見過後，不禁輕笑了一聲。

——未完，待續，請看文創風678《梁緣成蓁》2

風 文創 677

梁緣成蓁 1

國家圖書館出版品預行編目資料

梁緣成蓁 / 北棠著. --
初版. -- 臺北市 : 狗屋, 2018.10
冊 ; 公分. --（文創風）
ISBN 978-986-328-914-2（第1冊：平裝）. --

857.7 107014235

著作者 北棠
編輯 王冠之
校對 沈毓萍 周貝桂
發行所 狗屋出版社有限公司
地址 台北市104中山區龍江路71巷15號1樓
電話 02-2776-5889～0
發行字號 局版台業字845號
法律顧問 蕭雄淋律師
總經銷 知遠文化事業有限公司
電話 02-2664-8800
初版 2018年10月
國際書碼 ISBN-13 978-986-328-914-2

定價250元
狗屋劃撥帳號：19001626
網址：love.doghouse.com.tw E-mail：love@doghouse.com.tw